En órbitas extrañas

Volumen 1

Ramón Somoza

ED.DRAGÓN

© 2014 Ramón Somoza García.
1ª edición
Editorial Dragón
ISBN: 978-84-15981-12-1
Portada: Alexia Jorques Castelló
Impreso por/Printed by CreateSpace

A mis hijos

Alan-Carlos, Irving-Ángel y Cristian-Jorge

Índice

Prefacio

Este libro es el primer volumen de la saga "En órbitas extrañas". En realidad no tenía planeado publicar la historia de Tanit en forma de libro, pero varios de mis lectores me han pedido que además de en formato electrónico publicase los relatos también en papel. Dado que obviamente los relatos individuales son demasiado cortos como para poder hacerlo, he decidido hacer una recopilación, y publicar cada cinco relatos como un volumen separado. Consideré hacerlo cada diez, pero exigiría que los lectores esperen demasiado para la publicación de cada volumen.

"En órbitas extrañas" es una serie de novelas cortas sobre una niña que debido a un accidente en una nave estelar se verá obligada a sobrevivir sola en el espacio estelar. Es un genio, pero tiene cierta tendencia a meterse en líos... especialmente porque da por supuesto que todo funciona como ocurre en la sociedad humana.

Este primer volumen cubre los primeros cinco episodios de la serie, tal y como fueron publicados. Jugué con la idea de reescribir los diferentes episodios a fin de hacer una transición más suave entre los diferentes capítulos, pero al final deseché la idea. En primer lugar, porque sería injusto con aquellos lectores que compraron los episodios por separado, en segundo lugar porque ya de por sí los diferentes episodios son claramente secuenciales. Si debido a ello encuentran alguna repetición entre los diferentes capítulos, ésa es la razón.

Cada capítulo de este libro cuenta un episodio diferente. Cada episodio es una aventura completa. Pueden leerlo de un tirón, o por capítulos individuales. A menos que dispongan de mucho tiempo, recomiendo lo segundo.

Para aquellos lectores que entren en contacto por primera vez con Tanit, espero que disfruten de sus aventuras.

Ramón Somoza

La niña perdida

—Nuestra labor es estar en órbitas extrañas —ríe mi padre—. Pero esta vez la órbita es de lo más común. He perdido la cuenta de las veces que he orbitado la Tierra.

Miro con curiosidad por el ventanal. Es muy emocionante ver el planeta azul y blanco que es la cuna de la humanidad. Me gustaría visitarlo, yo nunca he estado en la Tierra, siempre viví en Marte, el planeta rojo. Pero no va a ser posible. En cuanto embarquen a los colonos, nuestra nave estelar partirá para Thuis, donde nos espera mamá.

No ha sido fácil para mamá, ni tampoco para mí. Ella se fue con la primera remesa de colonos a ese planeta que está alrededor de una enana roja en la constelación Dorado. Un planeta muy parecido a la Tierra, me dicen, aunque con un poco más de gravedad. El segundo planeta que los seres humanos hemos colonizado fuera del sistema solar.

Mamá, por supuesto, tuvo que ir. No hay mayor experta que ella en exobiología en todo el Sistema Solar, y su presencia en esta colonización era esencial. Cuando colonizaron Zeta, toda la colonia estuvo a punto de morir debido al ecosistema que se encontraron. Una fauna y flora tan extraños que no supieron en absoluto a qué se enfrentaban. El Ministerio de Colonización aprendió la lección. No se puede asentar una colonia en un nuevo mundo sin conocer la biología del planeta en cuestión.

Me tuve que quedar con la tía Ethel. Nada de niños en una primera colonización, es demasiado peligroso. Y papá no podía cuidarme, es piloto explorador. Fue precisamente él quien descubrió Thuis. Cuando aterrizó fue él también quien le dio su nombre, en holandés: Thuis, el hogar. Dijo que si alguna vez se retiraba, sería allí, que aquello sería como el hogar. Después de ver los hologramas que trajo de vuelta comprendo el por qué lo dijo. Fue la razón principal por la que mamá aceptó ir, dejándome atrás, con sólo ocho años. Marte está terraformado, pero aun así, es un planeta duro. Thuis, en cambio, dicen que es incluso mejor que lo que fue la Tierra en su día. Mis padres piensan que será un gran lugar para mí. Más vale que lo sea. Porque me ha quitado a mi madre durante más de dos años.

Me imagino que soy un bicho raro, incluso para Marte. De entrada, soy blanca, y además rubia. Papá es de origen holandés, mamá es una mezcla de sueca, canadiense, austriaca y española; sus padres vinieron directamente de la Tierra. Nada que ver con la mezcolanza de razas que hay en Marte. Pero también soy pequeña para Marte, donde la menor gravedad hace que la gente sea más alta. Tengo una altura algo superior a la que tiene una chica de mi edad en la Tierra, es decir, un poco más de un metro cincuenta. Pero todas mis amigas me sacan al menos veinte o treinta centímetros.

Hasta cierto punto es lógico. Hace casi tres años que llevo el equivalente a más del triple de mi peso encima; uso un intensificador de la gravedad. Es muy incómodo, pero es necesario si quiero volver con mamá. Y es que al ser la gravedad de Marte el 38% de la gravedad de la Tierra, no podría ni sostenerme de pie cuando llegase a Thuis, de ahí que me haya estado preparando. Mis amigas en Marte son mucho más ágiles que yo, puesto que pesan la tercera parte de lo que aparento pesar yo. En cambio, yo soy muchísimo más fuerte. Ni siquiera los chicos mayores se atreven a meterse conmigo. El último que lo intentó terminó con un hueso roto, y eso que no pensaba lesionarle. Yo no soy tan frágil como ellos. De hecho no soy nada frágil. Es lo que tiene vivir permanentemente con 1,3 ges. En esta nave, con sólo una gravedad terrestre, me siento bastante ligera. Tengo que cuidar mis movimientos, tengo tendencia a aplicar demasiada fuerza.

Por si fuese poco, he superado el entrenamiento de colono. No se puede colonizar un planeta sin ese entrenamiento; la supervivencia, por muy paradisíaco que pueda parecer un planeta, es esencial. Debemos saber sobrevivir. A algo menos de cincuenta años-luz de la Tierra nadie nos podrá ayudar si surge un problema, si hay algún peligro, si ocurre una catástrofe. Una nave estelar tardará seis meses en llegar, suponiendo que haya una disponible cuando llegue el mensaje de socorro. Si no sabemos defendernos nosotros mismos habremos muerto para cuando llegue la ayuda. Pero a estas alturas sé cuidar de mí misma. Sé luchar, sé cazar, sé sembrar, sé construir una casa, sé entablillar un hueso, sé incluso cómo asistir a un parto u operar una apendicitis. El entrenamiento de colono no es nada fácil, y no han rebajado las exigencias por el hecho de ser una niña. He cumplido con todo el programa. El mismo programa que tiene que cumplir un adulto.

Voy con la tercera ola de colonos, pero sigo siendo la única niña. No empezarán a admitir niños hasta la quinta o sexta ola de colonización, cuando el planeta sea lo suficientemente seguro. Pero en mi caso han tenido que hacer una excepción. No es sólo que mamá sea imprescindible en la colonia. O que yo sea la única menor que ha logrado terminar el entrenamiento de colono. Ayuda que tenga un coeficiente intelectual que me califica como genio. Y que he terminado la carrera de astrobiología, con la especialidad de exobiología, lo que me convierte en un elemento muy valioso para la colonia. De hecho me convertiré en la ayudante de mamá. Soy la astrobióloga más joven de la historia, lo que me llena de orgullo.

El hecho que sea tan joven también tiene una ventaja: No me criogenizarán. Viajaré en la nave, con la tripulación, en vez de metida en un sarcófago helado con el resto de los colonos. Y como papá es el primer oficial de la nave, viajaré con él. No tengo tantas oportunidades de estar con papá, suele estar meses explorando, lejos del sistema solar.

Señalo hacia el espacio, hacia un pequeño punto en la lejanía.

—Me imagino que es la Estación Beta, ¿no? Porque como está en el L2...

Papá se ríe.

—Así es, mi pequeño genio. Creo que debes ser la única niña capaz de identificar las estaciones espaciales por los puntos de Lagrange en los que están situadas.

Me encojo de hombros, un poco incómoda por su halago.

—Papá, que eso es trivial...

—No tan trivial, jovencita —dice detrás de mí la capitana—. La mayor parte de la gente en la Tierra no sabe siquiera el qué es el L2. —Me mira con aprobación—. Por cierto, ya es oficial. No tienes que ir en crío.

Pego un saltito de alegría.

—¡Bien!

La capitana sonríe. Es una mujer negra, muy amable, ya mayor. Dicen que fue la que descubrió Zeta, hace ya tres décadas. Ella nunca habla de ello. Me imagino que no quiere recordar lo que le pasó a la primera colonia, por lo visto fue muy duro.

—Sí, pero te va a costar. Sabes que en esta nave no se admiten pasajeros. He convencido a Control que, puesto que eres astrobióloga, nos puedes ayudar con la instrumentación astrofísica, además de hacerte cargo del sistema informático secundario.

Abro mucho los ojos. Eso es mucho más de lo que podía esperar. Algo de prácticas reales antes de empezar en Thuis...

—Eso sería estupendo, Laura.

Saca una insignia de tela de su bolsillo, y la adhiere a mi ropa. Es la misma insignia que llevan todos los tripulantes.

—Capitana para ti, astronauta auxiliar Martín. Ahora formas parte de la tripulación.

Me pongo firme, como he visto que se pone papá.

—¡Sí, capitana!

Juraría que se ha reído, pero igual me lo he imaginado porque se está volviendo en dirección a papá.

—XO, la lanzadera está a cien clics. Vaya a hacerse cargo del traspaso de los colonos, yo estaré en el puente.

Mi padre saluda. Tomo nota de cómo lo hace, a partir de ahora también lo tendré que hacer yo.

—Sí, señora. —Mira en mi dirección—. Vaya a la sala de máquinas, auxiliar Martín. Póngase a disposición del oficial de máquinas. Quiero que comience a familiarizarse con el equipo astrofísico.

Repito su saludo, lo más seria que puedo. No está hablando mi padre, es el oficial ejecutivo.

—Sí, señor.

Responde seriamente a mi saludo, y me voy. Aunque me parece que esos dos están que se mean de la risa.

Cojo un carrito eléctrico para ir a la sala de máquinas. Podría ir andando, pero es que tardaría un buen rato. Además, ahora soy un miembro de la tripulación, ¿no? No puedo estar perdiendo el tiempo paseando por ahí, y la nave es enorme.

Chispas está ajetreado, destripando una máquina que reconozco como un analizador de espectro. En realidad se llama Reinhard, pero todo el mundo le llama Chispas. Levanta la cabeza cuando entro.

—¡Hola, Tanit! —me saluda—. ¿Paseando?

—En realidad no, señor —respondo formalmente—. Soy su nueva ayudante.

Deja el destornillador en la mesa y me mira inquisitivamente.

—A ver, explícame eso.

Le muestro la insignia que la capitana ha pegado en mi ropa, y le repito la orden de mi padre. Se rasca la cabeza, pensativo.

—Bueno, no te voy a negar que me vendría bien algo de ayuda. Y aunque tengas diez años, sabes manejarte. ¿Te atreves a terminar la reparación?

Miro el analizador de espectro. A decir verdad, nunca he desmontado ninguno, aunque sé cómo funcionan. Pero siempre se me ha dado bien cacharrear con aparatos electrónicos, llevo ayudando a mis padres a hacerlo desde que supe cómo sujetar un destornillador eléctrico. Que había arreglado yo, por cierto.

—Necesitaré los manuales, señor. Pero sí, puedo hacerlo.

—Te daré un capón como me vuelvas llamar señor, Tanit, ya sabes que en esta nave no somos muy formales. Espera un momento, que te doy de alta en el sistema para que puedas acceder como tripulante, los manuales no están en la biblioteca común. —Se ajetrea un momento con la consola lateral—. Hecho. Pega un grito si necesitas ayuda, estaré con el condensador de flujo.

—De acuerdo, se... —Veo cómo levanta la mano, y me corrijo rápidamente—. De acuerdo, Chispas.

—Te llamaré Chispita —se ríe, y se va, dejándome con el analizador averiado.

Me registro en la consola con mis huellas dactilares. Veo que el menú ha cambiado, hay algunas opciones nuevas respecto a la última vez que entré en el sistema. Ni loca me atrevería a usarlas, podría hacer un buen estropicio en la nave. Seré oficialmente un tripulante, pero eso no significa que esté calificada para hacer nada importante. Claro que el sistema probablemente tampoco me deje hacerlo.

Pero la biblioteca es otra cosa. Hay todo un panel nuevo, permitiendo acceder al registro de navegación de la nave, al manifiesto... veo que está cambiando progresivamente la masa de la nave, y entro para echarle un vistazo. Vale, están cargando los colonos. Van ciento setenta y dos. Mientras estoy mirando, aumenta el número. Ciento setenta y tres. Vuelvo al menú de la biblioteca y busco la sección técnica de la nave, sección equipos auxiliares. Ahí está el analizador de espectro. Abro el manual, le echo un vistazo por encima, y comienzo a trabajar.

Me lleva media hora terminar de desmontarlo, y otras dos horas averiguar el qué le pasa. La reparación es laboriosa, y me lleva otra hora. En cambio, sólo me lleva quince minutos montarlo. Realizo las pruebas funcionales, y parece que está bien. Según indica el manual, registro entonces la reparación que he hecho en el libro de abordo, y la firmo con mi pulgar.

—¡Ya era siglo! —suspiro.

—Te has tomado tu tiempo —oigo la voz de papá.

Me vuelvo. Él y Chispas están cómodamente sentados en sendas sillas.

—¿Cuánto tiempo lleváis ahí?

—Como media hora. Pareces tu madre, cuando está enfrascada en su trabajo no se entera de nada. Chispas, ¿te importaría echarle un vistazo a ese analizador, a ver qué ha hecho nuestro pequeño genio?

—Claro.

El jefe de máquinas se levanta y vuelve a ejecutar el análisis funcional. Luego engancha el aparato a una toma de la nave y hace él una prueba con una señal al azar. Finalmente, comprueba el registro que he hecho de la reparación. Asiente, aparentemente complacido.

—No está mal. Con mucho esfuerzo podremos convertirla en una tripulante de verdad. Dentro de diez años. Le queda mucho que aprender.

—¡Chispas! —protesto.

Entonces se echa a reír.

—Sólo te estoy tomando el pelo, Tanit. Has hecho un buen trabajo. Hala, vete a cenar con tu padre y luego acuéstate. Te espero a las 08:00. Estás contratada.

Y así empieza mi primer trabajo, y nada menos que en una nave estelar.

Aunque a la mayoría de la gente le sorprenda, una nave estelar requiere una tripulación bastante pequeña. De hecho, en la *Sombra Lunar* —así se llama nuestra nave— hay normalmente sólo catorce tripulantes, quince si me cuentan a mí. El tamaño de la nave es imponente, nada menos que seiscientos metros de eslora, pero no se necesita mucho personal, casi todo es carga y los sistemas están automatizados hasta extremos increíbles.

Oficiales hay sólo tres, la capitana, mi padre y Chispas, que es el oficial de máquinas. Luego están los dos astronavegadores, los dos ingenieros de propulsión y sistemas de la nave, la cocinera, el responsable de comunicaciones, el jefe de los sistemas de criogenia y su ayudante, los dos encargados de los jardines hidropónicos y un marinero que es el chico para todo. Bueno, y yo.

Si bien a la capitana la saluda todo el mundo, pronto me doy cuenta de que Chispas tiene razón, aquí no son muy formales, casi parecen una familia. Y absolutamente todos parece que piensan que pueden tomarme el pelo. Eso sí, después de corregirles varias veces cuando creen que me pueden engañar empiezan a tratarme más en serio. Que seré una niña, pero he terminado una carrera universitaria y no me chupo el dedo, de algunas cosas sé incluso más que algunos de ellos.

Ello no quiere decir que sepa de todo, y para mi gran sorpresa me ponen a hacer la ronda de todos los puestos mientras nos alejamos de la elíptica del sistema solar para ponernos en posición para el salto estelar. Papá me explica que son las reglas: En una nave estelar todo el mundo debe saber de todo, por si ocurriese algún percance y alguno de los tripulantes no pudiese realizar sus labores —siempre debe haber alguien que pueda reemplazarle.

Uno de los ingenieros de sistemas es nuevo, y también le están familiarizando con los demás puestos, pero lo hacen en momentos diferentes, por lo que nunca coincidimos. Es lógico: Así se cubre el conocimiento de todos los puestos más rápido. Si él está familiarizándose con un puesto y yo con otro, pues ya cubrimos dos puestos diferentes entre los dos. Es por eso que me quedo muy sorprendida cuando a los dos días el altavoz de la nave nos convoca a los dos al mismo tiempo.

—Tripulante Johanssen, tripulante auxiliar Martín, preséntense en el puente.

Termino la comprobación del sistema de criogenia que estoy verificando, bloqueo el sistema e introduzco los datos de verificación en la terminal. Lo primero que me han enseñado es que, a menos que haya una orden que indique una emergencia, todos los sistemas deben dejarse en un estado seguro antes de atender cualquier otra cosa. El jefe de criogenia asiente complacido cuando cierro la terminal.

—Excelente, Tanit. Por un momento pensé que ibas a salir corriendo, dejando a ese pobre colono descongelándose...

Me echo a reír. Hay pocas probabilidades que el colono salga de su ataúd de hielo, todos los sistemas están en orden, así lo indica la luz verde principal, y otra más pequeña que parpadea muy lentamente al ritmo de los latidos de su corazón.

—Eso no lo haría ni tu gata, Massimo.

El italiano se echa a su vez a reír. Está muy orgulloso de su gata, un animal negro de pelo largo, llamada Baguira. Me contó una vez que el nombre viene de una historia de hace varios siglos, en honor de una pantera negra. No sé qué es una pantera, y Baguira es la primera gata que he visto en mi vida. Me olió la primera vez que me vio, dio una vuelta a mi alrededor, y decidió que yo era inofensiva. El sentimiento desde luego que no era mutuo, y Massimo tuvo que insistir en que la acariciase y luego la cepillase. Es un bicho un poco raro, pero parece que le caigo bien. Creo. No tengo mucha experiencia con animales.

—Baguira tiene mucho sentido común. Anda, vete al puente, te están esperando.

—Espera —señalo, justo dos segundos antes de que suene una alarma—. ¡Luz amarilla!

Levanta la cabeza, mirando el sarcófago donde se ha apagado la luz verde.

—Es el B-349. Tiene una válvula defectuosa que falla intermitentemente. Ya me encargo yo. ¡Al puente!

Obedezco, mientras él coge sus herramientas. Como siempre, el carrito de transporte me está esperando. Tardo sólo tres minutos en llegar al puente. La capitana vuelve la cabeza desde su asiento cuando entro.

—Dice Massimo que detectaste el fallo en el B-349 antes que el monitor.

Me encojo de hombros. La capitana sabe absolutamente todo lo que pasa en la nave, no sé cómo lo hace.

—Más o menos al mismo tiempo, capitana. Vi la luz amarilla.

Asiente.

—De todas formas, buen trabajo. Bueno, Jorg, Tanit, es tradición en esta nave que los nuevos tripulantes estén presentes en el puente la primera vez que entran en modo trans-luz. ¿Estáis listos?

Johanssen y yo asentimos. Siento un nudo en la garganta. Vamos a abandonar nuestro viaje por el espacio normal, y vamos a hacer el salto a las estrellas. Mi primer viaje estelar, la primera vez que viajaré más rápido que la luz.

A decir verdad, la nave no viaja a una velocidad superior a la luz. Pero como he estudiado astrobiología, también tuve que estudiar astrofísica y sé cómo funciona. No se puede superar la velocidad de la luz, pero existe un truco que permite viajar más rápido que ella: Doblar el espacio.

El principio es en realidad muy sencillo. Es como si somos una hormiga que tiene que viajar desde un extremo de una hoja de papel hasta otro. Pero en vez de hacer todo el trayecto, lo que hacemos es doblar primero la hoja de papel una y otra vez, y sólo entonces hacemos el viaje. En vez de recorrer treinta centímetros, recorremos sólo uno. En el caso del viaje estelar, en vez de recorrer cincuenta años luz, recorremos simplemente unos millones de kilómetros. No es que sea un trayecto corto, pero es muchos millones de veces más corto que el viaje a las estrellas. Después desdoblamos el papel, perdón, el espacio, y estamos en nuestro destino.

Por supuesto que no es tan simple como suena. Las energías utilizadas son enormes, pero aún mayor son las fuerzas del espacio-tiempo que manipulamos. Nuestra nave sería destrozada en cuestión de millonésimas de segundo por la distorsión espacial si no fuera porque viajamos es una especie de burbuja de espacio normal en el espacio doblado. Nosotros nos impulsamos en esa burbuja, y como nos movemos, y la burbuja con nosotros, en realidad nos movemos por el espacio doblado a unas velocidades increíbles.

Nuestra velocidad real ni siquiera nos acerca a la velocidad de la luz; hacerlo presenta muchos inconvenientes. En primer lugar, el tiempo comienza a detenerse cuando nos acercamos a la velocidad de la luz. No para nosotros, pero sí para el resto del universo. Un viaje que para nosotros serían meses para el resto del universo serían siglos, y nadie quiere ese desfase temporal, de forma que vamos rápidos, pero no tanto como para alcanzar verdaderas velocidades relativistas. Quizás nuestro viaje de cuatro meses sea para el resto de la humanidad en realidad seis meses, pero la diferencia es aceptable. Papá siempre dice que cuando se casó con mamá era muchísimo mayor que ella, pero que a costa de sus viajes interestelares ahora son de la misma edad. Es extraño, pero es así. El tiempo que papá pasaba en una nave estelar pasaba mucho más lento que el que pasaba mamá. Papá se fue para un viaje que para él duraría seis meses, sin estar mamá embarazada, y cuando volvió yo ya había nacido. Mamá me contó que la cara que puso al enterarse fue notable; para papá era el embarazo más rápido de la historia humana.

Otro aspecto que hay que tener en cuenta es que hay un límite a la velocidad que se puede tener antes de empezar a plegar el espacio. Si se sobrepasa ese límite, ocurren cosas extrañas para las cuales la ciencia aún no tiene respuesta. Debe haber algún tipo de interferencia entre la velocidad de la luz y el pliegue espacial, porque las naves desaparecen y nunca más vuelven a aparecer. Si se va a más de la mitad de la velocidad de la luz y se intenta plegar el tiempo, lo más probable es que la nave simplemente se desintegre en sus átomos. Una muerte ecológica, supongo, pero nada deseable.

—XO, active sistemas. Astro, confirme coordenadas.

Papá se afana con un panel, mientras el astronavegador comprueba los datos de nuestra posición. Uno de los ingenieros de propulsión está reportando datos de un panel que no entiendo; la capitana comienza a dar órdenes, y los tres comienzan a mover controles y ajustar valores en las terminales.

—¡Trans-luz!

Por un instante, las luces parpadean cuando los motores de la *Sombra Lunar* comienzan a plegar el espacio. Unos paneles se iluminan; otros parecen apagarse. Pero por lo demás, no parece haber ocurrido nada.

—¿No ha funcionado? —pregunta Johanssen ingenuamente.

Entonces señalo la pantalla principal. Han desaparecido las estrellas, parece estar parpadeando. Es un anti-clímax, pero estamos en modo trans-luz.

—Creo que sí ha funcionado.

La capitana se vuelve hacia nosotros. Parece que se está partiendo de risa por algún chiste desconocido, pero su voz es bastante seria.

—Por supuesto que ha funcionado, señor Johanssen. Pueden volver a sus puestos.

—Sí, capitana.

Salimos del puente, pero no andamos más de dos pasos. Un cubo de agua nos cae encima nada más salir, dejándonos empapados. Miro a mi alrededor, aún incapaz de reaccionar. Está toda la tripulación, partiéndose de risa. Detrás de mí, en el puente, están desternillándose.

Entonces Chispas se acerca, con un papel que nos entrega. Lo cogemos, aún alelados, mientras toda la tripulación sigue riendo. Miro el mío: Es un certificado que dice que en el día de hoy Tanit Martín ha recibido su bautismo estelar. ¡Bautismo! ¡Estoy empapada!

Más tarde, una vez que nos hemos secado, nos lo explican. Es una tradición que la primera vez que alguien entra en trans-luz tiene que ser bautizado; todos ellos han pasado por ello, incluso papá y la capitana. Ahora somos de verdad tripulantes interestelares.

Pero al cabo de tres meses estamos ya un poco hartos de ser los tripulantes de una nave estelar. La nave funciona en modo automático en modo trans-luz; no hay nada que hacer, aparte de comprobar que todos los sistemas siguen funcionando. Ya he pasado por el entrenamiento básico de todos los puestos, y he vuelto con Chispas a la sala de máquinas. No es que haya mucho que hacer, aparte de arreglar maquinaria averiada. Yo siempre pensaba que era muy excitante ir en una nave estelar, pero en realidad es bastante aburrido. De no ser porque papá ha acordado con la capitana que los tiempos de descanso los pasemos juntos, este viaje sería verdaderamente lo más aburrido que me he encontrado jamás. Comprendo por qué los tripulantes vienen siempre bien provistos de libros, películas y videojuegos. De no ser así se tirarían al espacio de puro hastío.

Por otra parte, también tienen sus aficiones. La de Massimo, por supuesto, es su gata. Le enseña toda clase de trucos. Puesto que casi nunca he visto animales, no sé si eso es fácil o difícil, pero papá me dice que no es nada fácil. Él tiene una afición propia, que es hacer maquetas de barcos. No naves espaciales, barcos como los que antiguamente recorrían los mares de la Tierra. Flotando sobre el agua, por raro que parezca. Obviamente no hay nada de eso en Marte, pero papá nació en la Tierra, y los holandeses por lo visto fueron grandes navegantes. Papá me contó que su abuelo una vez le llevó a dar un paseo en un barco pequeño. Suena muy peligroso, pero papá me dijo que era muy divertido.

Chispas juega a videojuegos muy antiguos que ha logrado hacer funcionar a base de escribir simuladores. No se trata de juegos de inmersión, como los que tenemos hoy día; no, por extraño que parezca son planos, ni siquiera son holográficos. Es muy raro ver un juego sin profundidad, aunque tengo que reconocer que algunos son muy simpáticos. Como ese que hay que tirar unos pájaros a destruir construcciones en las que se esconden unos bichos que no tengo ni idea de qué son. Chispas perjura que los pájaros en la Tierra son así y hacen esas cosas, pero sé que me está intentando tomar el pelo. Otros juegos son históricos y hacen cosas muy extrañas que no entiendo en absoluto, y algunos parece que están basados en un futuro que no se parece en nada a hoy día. Su favorito es uno que se llama *Efecto de masa;* el juego está lleno de alienígenas, cuando todo el mundo sabe que los extraterrestres no existen. Parece un crío pequeño.

Yo, después de probar muchas cosas, me dedico a hacer esculturas de luz con fibra óptica descartada. Se pueden hacer efectos de luz preciosos si sabes un poco de óptica y eres un poco manitas; muy pronto todos los tripulantes me han pedido que les haga una. Estoy precisamente terminando una escultura para la capitana cuando llega la llamada.

—Tripulante auxiliar Martín, preséntese en la cantina.

Dejo la empalmadora de fibra óptica en la mesa de trabajo, y suspiro. Seguro que quieren que ayude a recoger la basura. Es lo que tiene ser la tripulante más joven, todos están deseando quitarse encima marrones y endosármelos a mí, supuestamente porque estoy menos cualificada. Cuando a la hora de la verdad mi expediente académico debe estar entre los tres mejores de esta nave, y no necesariamente en el tercer lugar. En fin. Qué le vamos a hacer.

Miro a mi alrededor, pero Chispas no está. Seguro que se ha ido a comprobar de nuevo el rectificador de flujo. Bueno, me imagino que habrá oído que me han llamado por el intercomunicador.

Cojo el carrito de transporte sin entusiasmo. Mira que hacerme recorrer toda la nave para recoger la basura de la cantina... porque desde luego que no va a ser otra cosa, Samanta no deja a nadie entrar en la cocina que no sea ella. Hasta la capitana tiene vedado el acceso.

Llego a la estación de la cubierta treinta, y me bajo. Después devuelvo el carro de vuelta a la sala de máquinas. Son las reglas; debe haber un carro de transporte en cada estación.

Paso por el área de descanso y me extraño que no haya nadie. Normalmente los que no están de guardia están ahí, jugando a las cartas, charlando, leyendo o jugando a alguno de los videojuegos. De pronto me encuentro esperanzada. Igual es que la capitana quiere comunicarnos algo, suele reunir a la tripulación en la cantina para hacerlo. Con suerte no tendré que recoger la basura.

Sí, debe ser eso, porque no hay un alma por los pasillos. Acelero el paso, hasta llegar a la cantina. La puerta se abre ante mí, pero dudo. La sala está en la más absoluta oscuridad. ¿Qué narices está pasando?

Entonces las luces se encienden.

—¡Sorpresa!

Me quedo con la boca abierta. Está toda la tripulación, y encima de la mesa central hay una tarta.

—¡Feliz cumpleaños, Tanit!

Me cuesta cerrar la boca. Ni me acordaba que hoy era mi cumpleaños.

Papá me coge, riendo, y me levanta por encima de su cabeza. Lo lleva haciendo desde siempre, pero por primera vez parece que le cuesta algo levantarme. Me voltea una vez, y entonces me baja, y me besa. Luego todos me rodean, los hombres palmeándome la espalda, las mujeres besándome.

—¡Once años ya! ¡Está hecha ya una mujer! —comenta Chispas, que por lo visto se había escabullido de la sala de máquinas mientras yo no miraba—. Henk, ¡dentro de nada tendrás que preocuparte de los chicos que andarán tras ella! ¡No te envidio!

Mi padre se ríe.

—No hay problema. Sabes que conoce artes marciales. Tanit sabe defenderse. Ya le rompió un brazo a uno que intentó pasarse de listo...

Los demás se ríen también, pero Chispas sacude la cabeza, apesadumbrado.

—No, si yo no preocupaba *de* ellos, me preocupaba *por* ellos... Una pequeña genio que además sabe artes marciales. Y eso que sólo parece una cara bonita... ¡Pobres chavales! ¡Que no les pase nada cuando ella quiera guerra!

Ahora nos reímos todos. A Chispas le encanta tomarme el pelo, pero sé que no hay malicia en él.

Me sientan delante de la tarta. En una nave espacial no hay velas; consumen demasiado oxígeno. Pero Chispas ha hecho unas velas electrónicas que casi parecen reales. Me explica que tienen un sensor de flujo de aire que las apagará.

—Pero sólo si soplas realmente fuerte. Así que más vale que soples con ganas...

Hincho los carrillos. Pero no llego a soplar; de pronto suena un tremendo golpe, que se oye por toda la nave. Todos saltan en pie.

—¿Lo habéis oído?

—¿Qué coño ha sido eso?

Veo que mi padre y la capitana se miran.

—Ha sonado como si algo hubiese golpeado el casco de la nave.

—Capitana, estamos en modo trans-luz. Es imposible que entremos en contacto con nada físico.

Vuelva a sonar un enorme golpe.

—¡Puestos de emergencia! ¡XO, al puente!

Mientras aún habla, papá me agarra y me arranca de la silla. Justo detrás de nosotros está uno de los refugios. Me empuja dentro y pulsa el botón de emergencia. La puerta se cierra delante de mis narices.

—Tanit, ¡quédate ahí! —le oigo gritar.

Recupero el equilibrio, y corro a la compuerta, mirando por el ventanal. Lo que ocurre entonces no lo olvidaré el resto de mi vida. El fuselaje de la nave está siendo rasgado como si fuera de papel por algo que parece una enorme garra. Y todo lo que hay en la cantina es arrastrado por el aire que se escapa al exterior. Mesas, sillas, muebles... y todas las personas. El último en desaparecer por la enorme brecha es Chispas. Durante un segundo veo que sus ojos han reventado por el vacío.

Me entra tal mareo que tengo que sentarme. Todos mis amigos... arrastrados al espacio. Muertos. Hace un minuto estaban riendo conmigo. Y ahora... Entonces me doy cuenta de algo terrible, incluso muchísimo peor que eso.

—¡Papá!

Salto contra la compuerta, mirando por la ventanilla. Nada. Nada en absoluto. Miro desesperada a mi alrededor, y veo el botón de apertura. Lo aprieto con furia.

—Modo de emergencia —reporta la voz impersonal de la computadora—. No se pueden abrir puertas a zonas de vacío por parte de personal sin traje espacial.

Entonces veo la señal roja: Al otro lado de la puerta no hay nada de aire.

—Papá... —musito, alelada, dejándome resbalar hasta el suelo.

No puede ser. No, no puede ser. La capitana le ordenó ir al puente. Debió salir corriendo nada más dejarme en el refugio de emergencia. Debe estar en el puente. Sí, eso es, está en el puente, planeando mi rescate. No puede estar muerto. No mi papá.

El comunicador. Me levanto de un salto, y me lanzo hacia el comunicador, en un lado del refugio. Pulso la tecla.

—¡Por favor, papá! —grito—. ¡Papá! ¡Contéstame!

Espero durante largos minutos, llamando mientras siento cómo un terrible dolor me está desgarrando las entrañas, pero nadie contesta.

—Papá... —sollozo, derrumbándome en el suelo—. Papá, no puede ser. ¡No puede ser! Por favor, contéstame. ¡No puedes estar muerto!

No sé cuánto tiempo he estado así, sollozando, con las lágrimas cegándome los ojos, pero deben haber sido horas, porque de pronto la voz de la computadora me llama.

—Tripulante Tanit Martín. Utilice las bombonas de oxígeno para respirar. El sistema de renovación del aire está bloqueado debido a daños en la nave.

Al oír la voz la voz he levantado la cabeza; por un instante he pensado que había sobrevivido alguien, por un instante he tenido la esperanza que quizás papá también haya sobrevivido. Pero no, es la voz de contralto de la nave, que conozco muy bien. ¿Oxígeno? Entonces me doy cuenta de que está empezando a ser difícil de respirar. Estoy en un refugio de emergencia, de menos de cinco metros cuadrados. El aire se está consumiendo. Dentro de poco me voy a asfixiar.

—Eres una Martín, Tanit —recuerdo oír la voz de mi padre—. Una superviviente. Pasarás las pruebas de colono, estoy seguro. Sobrevivirás, Tanit. A todo lo que pueda pasar. Y viviremos juntos en Thuis. Nuestro nuevo hogar. Estoy muy orgulloso de ti.

Me lo dijo después de irse mamá a Thuis. Cuando decidí que iba a sacar la carrera de astrobióloga, para poder reunirme con mamá. Él siempre me animó. Él siempre me apoyó. Siempre confió en mí.

—Lo haré, papá —sollozo—. Sobreviviré. Iré a Thuis, con mamá. Y estarás orgulloso, te lo prometo.

Me limpio las lágrimas con el dorso de la mano, e intento levantarme. Pero no es nada fácil, el aire está mucho más viciado de lo que me imaginé. Apenas puedo respirar. Me cuesta levantarme, alzarme hasta la botella de oxígeno de emergencia es una verdadera tortura. Pero al final logro ponerme la mascarilla. El sistema reconoce que hay una persona al otro lado, y el oxígeno empieza a fluir.

Al cabo de unos minutos comienzo a reaccionar, empiezo a darme cuenta de que he estado a punto de perder el conocimiento. Pero el oxígeno que entra en mis pulmones me levanta, aunque no es sólo el oxígeno. Sé que hay estimulantes y ansiolíticos en las bombonas para asegurarse que ante una emergencia el personal que las utiliza esté en plena forma. La adrenalina corre por mis venas, y de pronto ya no tengo miedo.

Miro a mi alrededor. Estoy en un cubículo minúsculo, iluminado exclusivamente por la luces de emergencia. Y fuera... Me asomo a la ventana de la puerta. Nada. La cantina ya no existe. A través de lo que una vez fue el casco veo el parpadeo de los pliegues espaciales. Seguimos en trans-luz. Lo que sea que haya dañado la nave no ha impedido que sigamos viajando rumbo a Thuis.

Me apoyo con la espalda en la puerta. ¿Qué voy a hacer ahora? Si ha sobrevivido alguien de la tripulación no puede haber llegado al puente, porque habrían oído mis llamadas por el intercomunicador. Por si acaso, lo vuelvo a probar. Pero sólo hay silencio.

Cinco metros cuadrados. Miro el indicador de la botella de oxígeno. Tengo quizás dos horas. Luego me asfixiaré. Pero con todas las drogas que debe haber en la botella si siquiera siento preocupación, lo constato con una frialdad clínica que incluso a mí me desconcierta.

Entonces me acuerdo de las clases de supervivencia obligatorias durante el curso de colono. Todas las naves tienen refugios de emergencia para la tripulación, en caso de descompresión. Estoy en uno de ellos. Pero estos refugios tienen también que tener un traje espacial y cápsulas de rescate.

Momentos más tarde estoy abriendo el panel trasero. Sí, ahí está el traje espacial de emergencia y tres globos para ser usados para el transporte de heridos, niños u otras personas que no dispongan de traje espacial. Es obvio que tendré que usar el traje.

Pero un cuarto de hora más tarde es evidente que no voy a poder hacerlo. La parte central es rígida, porque ahí está el cierre del traje. Lo malo es que, al sentarme en esa parte central, mis pies no llegan al suelo. Y lo que es peor: Mi cabeza no llega al casco. Este traje está pensado para un adulto, no para una niña de once. Lloro de rabia y desesperación cuando al fin lo comprendo. Ni siquiera lograré ponerme el casco, mis manos tampoco llegan hasta los guantes, y el traje es demasiado rígido como para que pueda arremangármelo.

Es evidente que voy a morir, pero el pensamiento no me asusta debido a todas las drogas que lleva la botella de aire. Al menos no moriré aterrada. Pero me asfixiaré lentamente en cuanto se acabe el oxígeno de la botella.

Me siento en el suelo. No quiero esperar dos horas. Bueno, quizás hora y media. No tiene sentido prolongar mi agonía. Lo mejor es abrir esa puerta de una vez, y dejar que me arrastre al vacío. Será muy rápido, y estaré de nuevo con papá.

—Sobrevivirás, Tanit —oigo decir a mi padre, y es tan real que levanto la mirada por si estuviese a mi lado. Pero no, no hay nadie.

—No, papá—musito, levantándome—. Sabes que no puedo sobrevivir.

Entonces, furiosa, golpeo el interruptor de apertura, sabiendo que dentro de segundos moriré.

Pero no ocurre nada. O mejor dicho, sí ocurre. La computadora protesta.

—Modo de emergencia —dice de nuevo—. No se pueden abrir puertas a zonas de vacío por parte de personal sin traje espacial.

—¡Estúpida máquina! —chillo—. ¡Déjame morir! ¿No ves que no puedo ponerme el traje? ¿No ves que me voy a asfixiar?

Parece dudar. Pero luego vuelve con su cantinela preprogramada.

—No se pueden abrir puertas a zonas de vacío por parte de personal sin traje espacial.

—¡Estúpida! —murmuro cuando al respirar de nuevo la botella aumenta la concentración de ansiolíticos—. Ni siquiera sabes...

Entonces me quedo pensando. ¿Cómo sabe la mierda de computadora que estoy sin traje espacial? Bueno, tiene sensores en el refugio. Detecta que hay alguien. Y la insignia en mi ropa le dice que soy yo. Aunque no es probable que pueda triangular dónde estoy, no creo que haya sensores térmicos aquí.

Empiezo a experimentar. Sé que mi insignia tiene un sensor identificador. ¿Y si la meto en el traje? No, no funciona. Arrastro el traje hasta la puerta, y me coloco pegado a él, de forma que si hay un sensor térmico mi calor parezca estar dentro del traje. Nada, que sigue negándose a abrirse.

¿Quizás el traje deba estar cerrado y funcionando? Es posible. Me acerco al panel trasero, y recojo el casco. Se ha enganchado en uno de los amarres de los globos de rescate, y me pongo a soltarlo. Pero de pronto me quedo mirándolo.

La cápsula de rescate es una versión muy primitiva de un traje espacial. En realidad es poco más que una bolsa llena de aire, con unas cuerdas para sujetarlo a un traje espacial o a un remolcador. Se supone que sirve para una transferencia rápida de una persona a un vehículo de rescate. No tiene ningún tipo de protección, ni propulsión, ni siquiera un sistema de respiración. Es un simple globo de aire, pensado para personas que no se pueden poner un traje espacial, como niños o heridos. Y yo sí puedo entrar dentro.

—Quizás hayas encontrado algo, Tanit —musito, dejando con cuidado el casco en el suelo.

Vamos a ver. La cápsula me dará aire durante a lo mejor diez minutos. Bueno, no es mucho, pero tengo aún la bombona que cuelga de mi espalda. Supongamos que me meto dentro. ¿Podría abrir la puerta del refugio?

En seguida compruebo que sí. Aunque el globo se hinche, es lo suficiente flexible como para golpear el interruptor. Podré entonces salir, y dirigirme a... ¿a dónde?

Me vuelvo a asomar a la ventana de la puerta. La cantina está arrasada, pero yo diría que no hay obstáculos, las pocas mesas y sillas que quedan están al lado del casco destrozado a través del cual parpadean los pliegues del espacio. El suelo parece estable. No podré andar, pero me imagino que podré rodar por él. Espero que no haya nada que pueda perforar el globo o no lo contaré.

La puerta por donde entré parece que está obstruida, hay un panel que ha caído delante. No hay manera de que pueda quitarlo desde dentro de un globo. Quizás sí si estuviese en un traje espacial, pero no voy a poder moverme en un traje. Mejor dicho, ni siquiera voy a poder ponérmelo.

Pero la otra puerta está abierta. Sé que da a un pasillo. Si pudiera cerrarla una vez que esté dentro... Todas las puertas de la nave son estancas, por si se perforase en algún momento el casco. Lo malo es que nadie imaginó que toda la tripulación pudiese estar precisamente en el sitio donde ocurriese esa perforación.

Muy bien. Voy a entrar en el globo cuando caigo en que sigo con el problema de abrir la puerta. Bueno, habrá que probar la idea original de cerrar y poner a funcionar el traje espacial. Pero quizás esta vez no me esté suicidando.

Coloco el caso en el traje, y cierro todas las presillas. Luego lo activo. Si todo está bien, la computadora pensará que lo llevo puesto. De pronto caigo en que, al abrir la puerta, todo el aire saldrá despedido. Y que arrastrará todo lo que haya dentro del refugio al espacio.

¿Puedo atar el globo? Sí, es probable, tiene una cuerda para el remolque. ¿Pero cómo lo desato después? Sólo faltaría que me quede encerrada en el globo y no pueda moverlo porque lo haya atado. Pruebo la resistencia del globo. Ni en broma voy a poder desatar un nudo a través de él, y menos cuando esté hinchado.

Pierdo un precioso cuarto de hora hasta que se me ocurre una solución. Cojo el panel trasero y lo coloco atravesando la puerta. Eso evitará que pueda pasar mi globo. Aunque sea de aluminio pesa bastante, y estoy jadeando cuando termino. Está deslizándose, y lo sujeto poniendo el traje espacial debajo. Así estará atravesado y me retendrá. Entro en el globo de rescate, sello el cierre y le doy al botón de inflado. Al instante estoy en una burbuja de metro y medio de diámetro. Tengo el tamaño justo para estar de pie.

Entonces me doy cuenta de que no llego al interruptor de apertura debido a la forma esférica del globo. Me tengo que echar para adelante, y al estar inclinada no lo alcanzo. Tardo otros cinco minutos antes de tener una idea, quitarme un zapato y usarlo como prolongación de mi brazo. Se me está acabando el tiempo.

La puerta se abre, y soy zarandeada de forma violenta cuando el aire escapa y choco contra el panel que protege la puerta. Me caigo de culo en mi burbuja, y veo con horror que el panel se está soltando.

—¡No! —chillo involuntariamente cuando cae y es despedido hacia el exterior por la presión del aire que se está saliendo de la cámara de rescate. Entonces mi globo es estrujado contra la puerta. Intento sujetar el marco, pero no hay manera, hay demasiada fuerza. Salgo despedida hacia el exterior.

Tiene que haber un Dios que protege a las niñas, porque choco contra la pared opuesta. Por suerte se trata de un trozo del casco que aún está sujeto al resto de la nave, y reboto de nuevo hacia el interior como si de una pelota se tratase. El aire que aún está saliendo me desvía, y ruedo hacia un lado, rodando perezosamente de nuevo hacia el exterior. En cuanto me doy cuenta me tiro al suelo, evitando que el globo siga rodando. El globo se menea, pero se para. Estoy a sólo tres metros del exterior.

Noto que estoy jadeando. El aire dentro de mi burbuja se está rarificando, y me vuelvo a colocar la botella de oxígeno. Tengo que respirar hondo un par de veces antes de atreverme a mirar a mi alrededor.

La cantina está destrozada, como ya sabía. Pero veo que hay restos por el suelo. Tendré que tener cuidado, no sé cómo de resistente es el globo de rescate, y de si aguantará algún borde afilado.

Me levanto, y comienzo a avanzar, haciendo rodar el globo. Por suerte sigue activada la propulsión y por lo tanto hay gravedad; en caso de tener que hacer esto en un ambiente ingrávido ya podría abandonar toda esperanza. Me lleva diez minutos llegar hasta la puerta del pasillo puesto que tengo que esquivar todos los escombros que no han sido lanzados al espacio.

Finalmente estoy dentro. ¿Y ahora qué? Vale, ahí está en interruptor de cierre de la puerta. Vuelvo a tener el mismo problema que antes, pero agravado por el hecho que la tensión superficial del globo en el vacío lo deja tan rígido que no me deja juntar la superficie del globo a menos de diez centímetros de la pared. Esto es una esfera, y el radio de la esfera está por debajo del puñetero interruptor.

¿Puedo saltar? No, no funciona. No puedo empujar hacia arriba cuando mis pies están sujetando la parte inferior del globo. Entrecierro los ojos. ¿Podría quizás...? Bueno, si no me cargo el globo podría funcionar.

Funciona. El entrenamiento en artes marciales, por muy poco femenino que sea, me ha valido para algo. Una patada alta consigue lo que no he conseguido empujando, deforma el globo lo suficiente como para pulsar el interruptor. La puerta se cierra.

Voy rodando hasta el otro lado del pasillo, y me encuentro con el mismo problema. Pero esta vez no voy a tener que volver a hacer mi numerito ninja, la computadora ha detectado mi presencia.

—Presiones igualadas.

Oigo la voz. Sé que el sonido no viaja por el vacío, por lo que ahora debe haber aire en el pasillo. Pincho con un dedo la pared del globo. Parece haberse reducido de tamaño, y está mucho más flexible que hace unos minutos. Hay aire en el pasillo. Con cuidado abro el cierre del globo de rescate.

Sí. Hay aire, al cerrar la puerta la computadora ha llenado de aire el pasillo. Ahora estoy en la zona habitable de la nave. Dejo caer la botella de oxígeno, termino de salir del globo, y corro hacia el puente. Las luces están apagadas, pero funcionan las luces de emergencia.

—¡Papá! —grito, nada más entrar.

Pero no hay nadie. Miro a mi alrededor en la penumbra.

—¿Papá?

Hay una consola abierta, y me conecto. Después de todo, soy un tripulante, ¿no? Enciendo el intercomunicador de la nave.

—A toda la tripulación, ¡acudan inmediatamente al puente!

Pero media hora más tarde, para mi angustia, sigue sin aparecer nadie. Está desapareciendo el efecto de los ansiolíticos del oxígeno de emergencia, y siento que el pánico me está dominando.

—¿Hay alguien? —chillo por el intercomunicador—. ¡Por favor, contesten!

Entonces me acuerdo que hay otra manera de saber si ha sobrevivido alguien.

—Computadora, identifique a los miembros de la tripulación a bordo de la nave, así como su posición.

La máquina responde al instante.

—Tripulante auxiliar Tanit Martín, puente.

Espero unos segundos, pero no sigue.

—¿Quién más? Dé la lista completa.

—Tripulante auxiliar Tanit Martín, puente. No hay más tripulantes.

Entonces caigo de rodillas, sollozando. Estoy sola. Totalmente sola.

De pronto el recuerdo me golpea como un puñetazo. ¡Los colonos! ¡Hay tres mil colonos en criogenia! Seguro que hay alguno que sepa de naves estelares.

—Computadora, identifique técnicos espaciales entre los colonos.

Hay que reconocer que este trasto es eficaz, responde al instante.

—Técnico Vladimir Svoboda, compartimento A34 de criogenia. Técnico Tanvi Bahtnagar, compartimento H176.

Recuerdo que Massimo me enseñó los controles de reanimación. Un instante más tarde estoy corriendo a la estación treinta, para coger un carrito de transporte. En lo que parece una eternidad llego a la bodega siete, donde están los colonos.

Pero nada más entrar veo que algo va mal. No están las luces verdes que me saludaron en mi visita anterior, no parpadean para señalar el lento latido de los corazones. No, toda la bodega está a oscuras, con largas hileras de luces rojas. Me quedo mirándolas, alelada. Sé el qué significa. Se fue la energía. Toda la energía, incluso la que les mantenía con vida. Ahora estoy navegando a una velocidad superior a la luz en una nave llena de muertos.

Vuelvo lentamente sobre mis pasos, incapaz de aguantar más golpes. Me dejo caer en el asiento del carrito de transporte, sin darle a los controles. ¿Qué voy a hacer? ¿Qué puedo hacer?

—¿Miau?

Miro, incrédula. Es la gata de Massimo. Ha sobrevivido. No estaba en la cantina y ha sobrevivido.

—¿Baguira?

Salta al carrito, y me olisquea. Parece quedarse satisfecha y se sienta en el asiento a mi lado.

—¡Miau! —parece contestar.

Le rasco justo detrás de la oreja, donde me enseñó Massimo, y comienza a ronronear de satisfacción. ¡Quién fuera gato, y no sintiese lo que yo siento!

—Computadora —musito—. Confirme estado de colonizadores.

Por un momento tengo la impresión de que ha dudado, porque tarda dos interminables segundos en contestar.

—Estado indefinido. El sistema de energía primario no funciona; no es posible determinar el estado.

—Activar sistema secundario de energía.

—Ese comando requiere autorización por parte de un oficial.

—¡Estoy sola! —exploto—. ¡Ya no hay oficiales!

—Según el artículo veintisiete c, apartado cuarto, segundo punto del Código de Navegación, debe tomar oficialmente el mando si no hay oficiales superiores.

Me quedo mirando al vacío. ¿Ahora soy la capitana? Supongo que sí, puesto que soy la única persona viva a bordo de la nave.

—¿Y eso cómo se hace?

—Declare que toma el mando. Su declaración quedará registrada en el libro de abordo.

Trago fuerte.

—Tomo el mando de la nave. —Miro a la gata mientras pulso el botón de arranque—. Y tú te acabas de convertir en mi tripulación.

—Mando transferido —anuncia la computadora cuando el carrito salta hacia delante—. La tripulante Tanit Martín ha asumido el mando de la nave.

—¡Entonces activa el sistema secundario de energía!

Las luces se encienden en cuestión de segundos. Pero mis ojos nada ven mientras el carrito avanza por el túnel de servicio.

Cuando me despierto ni siquiera sé cómo he llegado a mi camarote. He dormido fatal, mi sueño he sido una enorme pesadilla, donde he visto una y otra vez la cara sin ojos de Chispas, perdiéndose en el espacio. Miro al techo. ¿Qué voy a hacer? Estoy sola, completamente sola. Entonces por el rabillo del ojo veo el movimiento. Baguira está echada en una esquina de la cama, ojeándome.

—¿Miau? —pregunta.

Me siento en la cama.

—Ojalá supiera la respuesta —respondo, desanimada—. Pero miau también.

De pronto noto el hambre que tengo. No sé cuánto tiempo ha pasado desde que ocurrió todo, pero tengo mucha hambre. Y por cómo se está relamiendo la gata, supongo que ella también.

Dentro de lo malo, la cocina ha sobrevivido; estaba cerrada la puerta a la cantina y la computadora la ha bloqueado. Hace un frío horroroso, me imagino que es porque al otro lado de la puerta está el espacio. Cojo a toda prisa unas galletas y la comida de gato, y vuelvo a salir corriendo; la próxima vez entraré bien abrigada, suponiendo que pueda encontrar ropa de abrigo. En caso contrario igual me tendré que conformar con lo que produzcan los jardines hidropónicos, o me congelaré.

Vuelvo al puente. En realidad no sé por qué, pero parece el lugar correcto. Supongo que si quiero volver con mamá tendré de alguna manera que controlar la nave. Ahora soy su capitana. Me como las galletas en el puente, mirando alrededor, mientras Baguira disfruta de lo que sea que come. Unas bolitas que tienen un aspecto bastante asqueroso.

Inspecciono los paneles de control de la nave mientras como. Algunos no tengo ningún problema en entenderlos, otros no los entenderé ni en un millón de años. Activo el visor, y por el parpadeo continuo veo que seguimos en trans-luz. Por un momento eso me confunde. Luego recuerdo que se necesita una enorme cantidad de energía para desplegar de nuevo el espacio. A menos que haga algo seguiré en este extraño estado toda mi vida. Recuerdo que en la Tierra lo llaman hiperespacio, por incorrecto que sea el término.

Busco los manuales de navegación, y me pongo a estudiarlos. Es complicado, dan por supuesto muchas cosas que no sé, y tengo que buscar información suplementaria en la biblioteca. Pero si la información está ahí aprenderé a manejar la nave. ¡Qué narices! ¿No se supone que soy un genio? Empecé la carrera de astrobiología con ocho años, y he tardado poco más de dos años en terminarla. Incluso mamá necesitó cinco años. No puede ser tan complicado saber manejar una nave estelar.

Pero lo es. Tardo dos semanas en revisarme la documentación principal, y para entonces ya estoy dudando de mi capacidad. Pero sé lo suficiente para saber que la nave está muy dañada. No sé si lograré salir del estado trans-luz, pero si lo logro no volveré a poder entrar en él. Como me equivoque de coordenadas estaré a años luz de Thuis y nunca más veré a mamá.

El problema me ocupa todo el tiempo. Como y duermo, pero el resto del tiempo lo dedico en exclusiva a ver cómo puedo llegar a Thuis. Apenas me tomo el tiempo de peinar a Baguira, o rascarle la tripa cuando llama mi atención, tan enfrascada estoy en mi estudio. Supongo que es mejor así, para no pensar en lo que ha pasado. Siento el dolor en mi pecho, y mis sueños están llenos de pesadillas, pero el concentrar mi mente en el estudio me permite olvidarme de mis horrorosos recuerdos. Pero al final me echo para atrás en mi sillón, y suspiro profundamente. La gata me mira, sorprendida.

—¿Miau?

—Eso digo yo. Miau. Las vamos a pasar canutas, ¿sabes?

Entonces bosteza y se echa plácidamente a dormir. No parece preocuparle mucho. En cambio, a mí sí. No sé cómo vamos a salir de ésta.

Casi todos los instrumentos de vuelo trans-luz están destrozados. No sé por qué, pero estaban casi todos en el lado de babor, y ahí es donde algo enorme ha rasgado el casco, hay veinte cubiertas con el casco dañado, dando al espacio. Es un milagro que la nave siga funcionando.

No hay traje espacial de mi tamaño, pero en el taller logro arreglar uno, a base de eliminar segmentos en las piernas y en los brazos, amén de parte del anillo central. Aun así, me sobra traje por todos los lados; es horrible lo incómodo que me está, pero al menos puedo usarlo. Después de verificar la estanqueidad del traje, me pongo a inspeccionar la parte de la nave que está al vacío, y comienzo las reparaciones.

Pero al cabo de dos días es evidente que no voy a resolver nada; los daños son demasiado grandes. Regreso al puente, y me pongo a estudiar de nuevo los manuales. Esta nave no volverá jamás a funcionar como estaba previsto, hay que usar los sistemas de emergencia.

Vuelvo a la sala de máquinas; es raro no ver a Chispas por allí. Ha saltado el inyector de flujo, y durante tres días intento repararlo. Al final puenteo el limitador de velocidad y utilizo la pieza como repuesto para el inyector. Es una temeridad, pero a estas alturas cualquier cosa es una temeridad.

Escribo un programa para calcular mi posición. Al menos sé programar, eso también es parte de los estudios de astrobióloga, pero mis conocimientos de mecánica trans-luz no son lo bastante buenos como para calcular la posición correcta. Al final lo hago un poco a ojo: Puesto que sé el tiempo que íbamos a tardar en llegar a Thuis voy a salir de trans-luz en ese momento. No será muy preciso, pero creo que puedo acertar a menos de un año-luz. Quizás me lleve entonces hasta dos años llegar al planeta, pero al menos no estaré perdida. Volveré a ver a mamá.

No pienso en papá. Es demasiado doloroso. No quiero pensar, me entierro en mi trabajo. Pero a veces, mientras intento que el sueño me cierre los párpados, siento las lágrimas en mis ojos. Baguira viene entonces a echarse a mi lado, y a veces me coloca su pata encima del brazo, como si quisiera consolarme. Es una gata muy rara. Pero en esos momentos me volvería loca sin ella.

Queda menos de una semana para la salida del trans-luz cuando me doy cuenta de que el sistema secundario no tendrá energía suficiente para realizar esa función. Me pongo con la computadora, y para mi sorpresa ésta me informa de que sí disponemos de suficiente masa de reacción. Frunzo el ceño. Hemos perdido todos los depósitos de babor; es imposible que haya suficiente masa.

Es al investigar cuando veo el qué ha pasado. La computadora ha inyectado los cadáveres de los colonos en el convertidor orgánico y ha reciclado todo lo que ha podido. Es decir, que estoy ahora bebiendo agua extraída de cadáveres. Y las plantas del jardín hidropónico tienen también nutrientes de los colonos, por lo que supongo que también me los he estado comiendo. Hago una mueca de asco, pero me imagino que ya no tiene remedio. Todo lo que no se ha podido reciclar se ha enviado al convertidor de masas de reacción.

Con ayuda de la computadora echo unos cálculos, no sé suficiente de electricidad y electrónica como para hacerlo por mi cuenta. ¡Mierda! Voy a tener que sobrecargar los circuitos, la alimentación secundaria no está pensada para esas energías. Lo más probable es que volemos en pedazos, o simplemente nos desintegremos al salir del trans-luz. Pero no tengo muchas opciones. O me arriesgo o seguiré volando así por toda la eternidad.

Espero. La espera se me hace eterna. Cepillo a la gata hasta que ésta se harta, me bufa e intenta morderme. Me pongo unos juegos de ordenador pero me aburren. Intento leer, pero pronto me doy cuenta de que estoy leyendo la misma página una y otra vez. Entonces me echo a dormir, pero el sueño no llega.

Al cabo de cinco días estoy que me subo por las paredes. Hasta la gata se ha hartado de mí y se ha marchado a alguna otra parte de la nave; no la culpo. Pero de pronto sólo quedan horas para el momento esperado, y luego son sólo minutos.

Estoy con el dedo en el interruptor de salida del pliegue, mirando cómo van contando los segundos hasta el momento correcto. Debe haberse estropeado el ordenador porque no es normal que los segundos tarden tanto en pasar. Noto que estoy sudando. Dentro de menos de un minuto habré vuelto con mamá o me habré convertido en basura espacial. Si es lo último, espero que sea rápido. Siento un escalofrío cuando recuerdo los ojos reventados de Chispas debido al vacío. Pulso el botón.

La consola parece estallar; me veo proyectada hacia atrás, mientras chispas saltan por todas partes. Todas las luces parpadean, se oye un ruido como un gigantesco chirrido, siento como mis tripas se revuelven como si me hubiesen retorcido el estómago... y de pronto todo ha acabado. Las luces brillan con normalidad, y veo un montón de luces en paneles que pensaba que estaban averiados porque nunca habían mostrado nada. Me levanto con cuidado del suelo, masajeándome los miembros doloridos, y miro asombrada a la pantalla. Allí, para gran alegría mía, hay un sol. He salido de la trans-luz.

—¿Miau?

Baguira ha aparecido a mi lado. Parece molesta, pero yo la cojo en brazos y la beso, llenándome la boca de pelos. No me importa, estoy riendo y llorando a la vez de alivio. Pronto estaré con mamá. Bueno, quizás me lleve algunas semanas o meses de travesía por el espacio normal, pero he vuelto.

—¡Miau!

Baguira me muerde la mano. Debe estar muy cabreada. Pero ni siquiera eso puede estropear mi euforia.

—¡Tonta! ¡Que hemos llegado!

Es obvio que le importa un pepino, porque se revuelve en mis brazos, y me veo obligada a soltarla. Bueno, después de todo es un animal y no sabe que estamos salvadas.

Me siento en la consola de comunicaciones. Thuis debe tener una emisora, ¿no? Lo malo es que no conozco ni su frecuencia ni el protocolo. Bueno, dejaré que la computadora la busque.

Tarda casi tres horas en encontrar algo. ¡Tres horas! Deben utilizar una frecuencia rarísima. Entonces me fijo en la señal recibida. ¿Qué narices es esto? ¿Una señal de vídeo holográfico? Sí, pero muy extraña. No utiliza las dimensiones estándar. Ni parece digital. Además es doble, en dos frecuencias paralelas.

Las dimensiones resultan ser mucho más fáciles de identificar de lo que pensaba —utilizan números primos, por lo que factorizar las señales es trivial. La codificación está en hexadecimal, pero es algo que no he visto nunca. Tengo que preparar un programa de ordenador para descodificar la imagen. O las imágenes, porque resulta que son dos. Pero al final ya está, y proyecto el resultado en la pantalla principal. Y me caigo literalmente de culo. No es que las imágenes estén de lado, por lo visto he colocado las dimensiones en el orden incorrecto. No, no es eso. Yo pensaba que estaba pillando un programa televisivo. Pero parece ser que lo que he hecho es interceptar una comunicación entre dos naves espaciales. Una está pilotada por algo que parece un pulpo, y la otra es una especie de insecto. Hay más al fondo.

Me levanto corriendo y corto la comunicación, alelada. ¿Extra-terrestres? No hay extraterrestres. Nunca nos hemos encontrado extraterrestres, y hemos explorado en un radio de casi sesenta años luz alrededor de la Tierra. Es imposible que sean extraterrestres. Pero si usan naves espaciales, entonces es obvio que esos bichos son inteligentes. Noto que tengo la garganta seca de una súbita aprensión. ¿Dónde se supone que estoy?

Entonces recuerdo que volvemos a estar en el espacio normal. Aunque yo no sepa dónde estamos, la computadora de la nave sí puede calcularlo, triangulando nuestra posición en base a los quásares conocidos.

—Ordenador, identifique nuestra posición en el sistema actual.

Tarda un buen rato mientras yo estoy recomiéndome; ha tenido que explorar todo el firmamento para identificar los quásares y fijar nuestra posición estelar usándolos como referencia. Luego ha inspeccionado el sistema, detectando y analizando los pozos de gravedad. Pero al cabo de mucho tiempo tintinea alegremente, informándome que ya sabe dónde estamos.

Aparece el esquema del sistema solar delante de mí. Ocho planetas. El de Thuis tiene sólo seis. Siento cómo tengo un nudo en la garganta. Me parece que no estoy en el sistema estelar correcto.

—Alejar vista. Mostrar en contexto de sistemas próximos.

El ordenador muestra el mapa estelar, y marca nuestra posición con un punto amarillo que parpadea cada pocos segundos. Miro con atención. No reconozco ni una sola de las estrellas que muestra. Esto desde luego que no se parece a la constelación Dorada, que me conozco de memoria. Entonces alejo el mapa, para ampliar mi campo visual. Nada. Frunzo el ceño, y sigo alejando el mapa, ampliando la escala, hasta que la Vía Láctea entera llena la imagen. Me quedo mirando el punto amarillo, súbitamente consciente de dónde estoy. Busco la concentración de gas y polvo que nosotros llamamos el brazo Orión, dentro del brazo espiral de Sagitario, a medio camino entre el borde y el centro de la Vía Láctea. Sé que el sol está allí, a casi veintiocho mil años luz del centro de la galaxia. Comparo la distancia, usando los dedos. Luego me quedo mirando el mapa, espantada. Algo ha ido horriblemente mal. Me he desviado mucho de donde se supone que debía estar. Una órbita más extraña de la que papá nunca pudo imaginar.

Estoy a quince mil años luz de mi hogar.

Primer contacto

Estoy mirando el mapa galáctico, aún alelada ante lo que he descubierto. No es posible. No, tiene que haber un error. Esta nave no tiene capacidad para viajar tan lejos, ni tan rápido, ni puede haber cambiado de rumbo en trans-luz. Nuestro viaje iba a durar seis meses y llegaríamos a Thuis, a cuarenta y nueve años luz de la Tierra. Es imposible que al cabo de ese tiempo esté a quince mil años luz de mi hogar, en una dirección totalmente diferente.

—Computadora... —Mi garganta está seca, y tengo que tragar antes de poder seguir hablando—. Computadora. Verifique la posición actual. Es imposible que estemos en la posición que indica.

—La posición es correcta, capitana.

—¡Verifícala! —chillo, perdiendo finalmente los nervios—. ¡Dos veces!

Intento calmarme mientras vuelve a hacer un barrido del cielo, detectando los quásares que nos permitirán triangular nuestra posición dentro de la Vía Láctea. Miro mis manos: Están temblando. No puede ser. He perdido a mi padre, he perdido a toda la tripulación cuando la nave chocó contra algo en modo trans-luz, cuando se supone que en ese estado es imposible chocar contra nada. He interceptado una emisión alienígena, cuando jamás hemos encontrado extraterrestres en el espacio conocido desde que el hombre salió de la Tierra. No puede ser que también me haya desviado de mi curso, que no pueda volver a ver a mamá. Y no la volveré a ver si estoy a quince mil años luz de mi casa.

—Posición confirmada, capitana.

Miro el holograma. El punto intermitente no se ha movido. He dejado muy atrás el brazo de Orión, donde está el sistema solar. Estoy casi en el comienzo del brazo Escudo-Centauro, muy cerca del centro galáctico.

—Es imposible... —gimoteo—. Imposible.

¡No es justo! Estoy sola, más sola de lo que haya estado nunca un ser humano. En una nave averiada. Con once años. Dicen que soy un genio, pero en estos momentos sólo soy una chiquilla asustada. Mi padre ha muerto y no volveré a ver nunca más a mi madre.

—¿Miau?

Es la gata de Massimo, Baguira, que me está mirando con la cabeza ladeada. El único otro ser vivo que hay en esta nave aparte de mí. Por lo visto se le ha pasado el enfado conmigo. La cojo en brazos y la abrazo, mientras sollozo. Es lo único que me queda de mi hogar.

Baguira es una gata con mucho genio. Normalmente no consiente que la sujete. Pero esta vez se queda quieta, como si entendiese que la necesito, que tengo que abrazarla porque ya no me queda nada.

—¡Miau! —maúlla cuando mis sollozos se comienzan a apagar.

—Sí, Baguira —contesto, soltándola y enjugándome las lágrimas—. Miau. Estamos solas, ¿sabes? No vamos a poder volver. No a menos que averigüemos cómo hemos podido llegar aquí.

Bosteza, y se pone a lamerse una pata. No parece que le preocupe mucho.

—Computadora —pregunto, limpiándome los mocos con la manga porque no tengo pañuelo—. ¿Cómo hemos llegado aquí?

Tarda por lo menos tres segundos en responder.

—No hay datos, capitana —me informa—. En base al tiempo transcurrido debiéramos haber salido del modo trans-luz en Gliese 163. No existe explicación lógica para nuestra posición actual.

Bufo. Para eso no necesito una computadora. ¡Eso ya lo sé yo! Hice los cálculos para salir del modo trans-luz cerca de Thuis en base a nuestra velocidad estimada. No tiene sentido que esté trescientas veces más lejos de lo que se supone que debía estar. Echo un breve cálculo. Suponiendo que la nave funcione, y que vaya a su velocidad normal, tardaré unos ciento cincuenta años en volver al sistema solar. No voy a vivir tanto. Pero algo ha hecho que saltase hasta aquí en menos de seis meses. Unas semanas, si fue cuando ocurrió el accidente. ¿Contra qué chocamos en modo trans-luz? ¿Qué es lo que ocurrió? Si lo logro averiguar, entonces podré volver.

—Informe de daños.

Se enciende la pantalla principal, y veo los daños de la nave. Algunos ya los conocía, como que durante el misterioso choque hemos perdido todo el lado de babor, a lo largo de veinte cubiertas, además del sistema de energía primario. Pero al salir del modo trans-luz he quemado también la mitad del circuito secundario de energía, así como los motores de plegado del espacio. No hay manera de que salte a trans-luz. Ya no son ciento cincuenta años para el regreso. Estamos hablando de regresar por el espacio normal. Como veinticinco mil años de viaje, si hay suerte. Porque ni en broma voy a poder yo reparar la nave. No pude hacerlo después del accidente. Y los nuevos daños son aún más graves. Siento cómo la desesperación está empezando a dominarme de nuevo.

Entonces me enderezo en mi asiento. ¡Un momento! Yo no puedo arreglar la nave. Pero quizás sí haya alguien que lo pueda hacer por mí. Que a lo mejor sepa mejorar la nave lo suficiente como para que pueda regresar.

Con una súbita esperanza enciendo de nuevo el sistema de comunicaciones. Intercepté un intercambio entre dos naves estelares. Bueno, supongo que eran naves estelares y no simplemente naves espaciales. Pero uno de los pilotos era una especie de pulpo y el otro un insecto. Me imagino que vendrán de mundos diferentes. Y si se hablaban entre las dos especies, entonces puedo suponer que no son hostiles. Bueno, al menos son lo suficientemente civilizados como para no matarse. Quizás ellos me puedan ayudar a volver a casa.

Ordeno al ordenador que busque de nuevo la emisión holográfica que he captado. Pero la transmisión ha desaparecido, el ordenador no logra captar nada. Entonces le ordeno que haga una búsqueda por todas las frecuencias y mientras tanto le hago reproducir la grabación de la emisión que intercepté. Por suerte todas las comunicaciones se graban automáticamente en el registro de abordo, no se me ocurrió ordenar que la registrase en su memoria.

Vuelven a aparecer las imágenes, y tengo que ordenar que gire la imagen holográfica en dos ejes. Cuando identifiqué las dimensiones por lo visto las especifiqué en el orden equivocado, y la imagen está de lado. Después de un breve cálculo al fin puedo ver el holograma inicial y detengo el movimiento, a fin de contemplar detenidamente a los dos seres que aparecen en la proyección tridimensional.

La humanidad salió al espacio hace poco más de doscientos años. Tardamos más de un siglo en desarrollar el viaje estelar después de que nos extendiésemos por el sistema solar. Sólo hemos colonizado dos planetas extrasolares. Pero hemos explorado el espacio a nuestro alrededor en casi sesenta años-luz. Y jamás hemos detectado alienígenas. Soy el primer ser humano que está viendo de verdad unos extraterrestres, por mucho que haya iluminados en la Tierra que piensen que nos llevan visitando desde hace milenios. Nosotros en

Marte no estamos tan chiflados. De hecho, la mayor parte de la gente en Marte sostiene que los alienígenas no existen. Hago una mueca. Bueno, está visto que están equivocados. Existen. Claro que me los he encontrado a quince mil años-luz de mi hogar.

Inspecciono primero al de la derecha. Es una especie de pulpo, diría yo. Un cuerpo rechoncho, con tres ojos y una especie de pico parecido al de los pulpos terrestres. Tentáculos con ventosas. No estoy muy segura de cuántos son, pero diría que son seis. Si el color es fidedigno —lo cual no me atrevería a jurar, puesto que hice algunas suposiciones de cómo era la codificación de la escala de colores de la transmisión— debe ser de un azul celeste. A mí me parece un invertebrado y además marino, pero no parece estar en un medio líquido. No puedo calcular su tamaño, puesto que me faltan referencias fiables. La maquinaria que le rodea podría tener desde un metro hasta cinco metros de altura, no sabría decirlo. El extraterrestre por lo tanto puede ser desde algo más pequeño que mi metro y medio hasta algo que me podría comer de un bocado y pedir más. Siento un escalofrío ante el pensamiento.

El otro alienígena es una especie de insecto. Al menos exhibe la mayor parte de las características de los insectos. Cabeza, tórax y abdomen. Tiene un obvio exoesqueleto, patas muy finas, ojos compuestos desproporcionadamente grandes y antenas. Es de un color verdoso. Detrás de él hay otros, y percibo que tienen ocho patas, con una especie de tenacillas dobles en vez de manos en las patas delanteras. De nuevo me fallan las referencias para estimar sus dimensiones, pero es evidente que debe ser mucho más grande que los insectos de nuestros mundos. El insecto más grande que conocemos, en la colonia Zeta, tiene cuarenta centímetros, pero eso es demasiado poco como para poder tener un cerebro capaz de pensar inteligentemente. Miro las patas, intentando estimar el peso que podrían soportar. No parece que pueda ser mucho. Suponiendo que venga de un planeta de muy baja gravedad —como Marte, e incluso menos— no puede pesar demasiado. Estimo que debe tener entre uno y dos metros.

Me siento de pronto muy satisfecha de mí misma. Estoy pensando de nuevo como una profesional. Como la astrobióloga que soy, la más joven de la historia. Mis profesores en la universidad habrían estado orgullosos de mí. Creo que mamá, siendo la mayor experta en vida extraterrestre del sistema solar, también habría estado orgullosa.

Tuerzo el gesto. Mamá. Había intentado no pensar en ella. Probablemente esté empezando a inquietarse, puesto que nuestra nave debería haber llegado ya a Thuis, donde nos estaba esperando a papá y a mí. Aun no estará verdaderamente preocupada; después de todo, la nave puede haber tenido algún retraso de días o incluso semanas. Pero pronto se estará preguntando el qué pasa. Sin sospechar que papá ha muerto y yo estoy más lejos de lo que haya llegado nunca un ser humano.

Miro de nuevo al pulpo y al insecto. Espero que ellos me ayuden a reparar esta nave. Que le añadan un propulsor que pueda hacer el salto de miles de años luz que me separan de mi madre, puesto que no tengo ni idea de cómo llegue aquí. Que me ayuden a volver a casa.

Hago que se reproduzca la grabación. Es breve, apenas dura dos minutos. Vuelvo a reproducirla. Entonces me doy cuenta de que voy a tener un problema tremendo. Están intercambiando sonidos, pero para mí no tienen ningún sentido. No hablo su idioma.

—¿Miau?

Miro a mi lado. Baguira se ha sentado cerca de mí y me está mirando como si esperase algo. Se relame, y entonces comprendo que lo que tiene es hambre. A decir verdad, yo también la tengo.

—Miau —la respondo—. Ojalá sea tan fácil entender a los ET, Baguira.

Vuelve a relamerse, y voy a la cocina, a coger su comida y algo de comer para mí. Esto de contactar con los alienígenas va a ir para largo...

O quizás no. Apenas he empezado a comer cuando la computadora señala que hay un objeto en tránsito en el sistema solar. Por su señal térmica no es un meteorito. Además, está acelerando. Se me cae el plato, pero me importa un comino.

—Establecer comunicación —le ordeno a la computadora.

Estoy recomiéndome durante largos minutos mientras el ordenador intenta establecer contacto con la lejana nave. No hay manera, no contesta. Entonces me corroe una terrible sospecha, y corro a la consola de comunicaciones. Un vistazo a los parámetros de nuestra llamada me confirma mi temor: Estamos utilizando el protocolo de llamadas y las frecuencias que utilizamos en el espacio humano. Vamos, que aquí es como si no existiésemos. Establezco febrilmente un nuevo protocolo de comunicación, utilizando los parámetros de la comunicación que interceptamos. Lo llamo "protocolo ET".

—Establecer comunicación con protocolo ET—ordeno, y al cabo de aproximadamente un minuto se ilumina el holograma de la conexión. Es de nuevo el pulpo que ya conocía. Parece estar mirándome directamente a la cara.

Durante unos segundos, nos quedamos mirándonos uno al otro. Luego el ET habla:

—¿Es hanua to yeenk se vuit?

No sé si me está saludando o está mentando a mis ancestros, o las dos cosas a la vez. Durante el entrenamiento de colonos que realicé en Marte nos dieron un breve cursillo de cómo tratar con alienígenas, en el improbable caso de encontrarnos con uno algún día. Básicamente el curso consistía en no hacer ningún gesto hostil, intentar intercambiar regalos —ya me gustaría hacerlo por radio— y llamar a alguien más capacitado para las negociaciones. Lástima que cualquiera que esté más capacitado que yo —aparte de Baguira— esté a quince mil años luz de distancia.

¿Qué coño le contesto yo? De pronto me doy cuenta de que no tengo ni la más remota idea de qué hacer. Me imagino que primero tendremos que aprender primero el idioma del otro.

—Hola —intento sonreír—. Soy Tanit. Es un placer conoceros. ¿Qué tal estáis?

Nada más decirlo me doy cuenta de lo estúpido que es lo que he dicho. ¿No se supone que tengo el coeficiente intelectual de un genio? Pues estoy hablando como si fuese una niña pequeña. ¿Pero qué se puede decir en un primer contacto con una raza extraterrestre, especialmente cuando no tienes ni idea de qué te están diciendo?

Ha pasado como un minuto, y el alienígena no ha dicho nada. Se ha girado, como si estuviese haciendo algo. ¿Me estará ignorando? Entonces oigo mi propia voz, como un lejano eco. El pulpo se vuelve, mirándome de nuevo.

—¿*Herrit na sev yuu werahs?*

Parpadeo, perpleja. No he entendido nada. Pero ahora sé que hay un retraso en la transmisión de al menos treinta segundos en cada dirección. Miro el sensor que me indica la posición de la nave extraterrestre. Vale, unos diez millones de kilómetros de distancia. Eso significa que debido a la velocidad de la luz cualquier cosa que diga tardará medio minuto en llegar a su nave. Un minuto en obtener una respuesta. A ver si me da tiempo de pensar en algo coherente para cuando me conteste.

—Lo siento, no te entiendo. —Pienso furiosamente. ¿Cómo establecer una comunicación? ¿Las matemáticas, quizás? Siempre han dicho que las matemáticas son la base de todo. Coloco mis manos sobre el panel lumínico de la terminal, y empiezo a crear con mis manos un programa simbólico. Empezaré con el uno—. Uno. —Lanzo el programa y empiezan a aparecer puntos a la vez que hablo—. Dos, tres, cuatro...

Durante un minuto no pasa nada, y el pulpo parece que está haciendo algo en su consola. Oigo el eco de mi voz en su nave, y de pronto la imagen desaparece.

—¿Qué ha ocurrido? —pregunto, alarmada—. Computadora, ¿por qué se ha interrumpido la comunicación?

—Comunicación cancelada por la terminal externa —me informa con frialdad el ordenador—. Recibiendo entrada de datos.

Tardo un momento en asimilarlo. El pulpo ha interrumpido nuestra comunicación. Pero está enviando datos. Miro la terminal de comunicación: Está entrando algo, inicialmente muy lento, luego cada vez más rápido. ¿Qué narices me está enviando ese ser?

La transmisión se hace eterna, tarda más de dos horas en completarse. Pero cuando termina hemos recibido varios terabytes de datos. No tengo ni idea de qué es, pero parece ser importante. Intento comunicarme de nuevo con la nave extraterrestre, mas no responde. Sea lo que sea que quiera decirme, está almacenado en el mensaje que me ha enviado.

No es binario, salta a la vista. Pero tampoco es tan complicado, en apenas unos minutos descifro que es hexadecimal. No tardo en averiguar que lo primero es un cero, luego un uno, otro uno, luego un dos, tres, cinco, ocho...

¡Una serie de Fibonacci! Ya lo decía yo, las matemáticas son la base de todo. Me pongo a mirar el código, pero luego me doy cuenta de que estoy haciendo el tonto. Hay muchísima información aquí. Me llevaría años analizarlo. Pero la computadora de abordo no tiene mis limitaciones, y puede digerir todo esto en unas pocas horas. Me afano con la terminal lumínica. Por suerte la carrera de astrobióloga incluía una fuerte carga lectiva de programación. Y como quería reunirme con mamá, esa es precisamente la carrera que estudié. Seré la astrobióloga más joven de la historia, aunque seguramente no la programadora más joven. Pero mis conocimientos de programación son muy buenos, podría programar que la nave le diese la patita al pulpo ése si quisiera.

Tardo cuatro horas en preparar el programa. Un poquito de minería de datos, algo de inteligencia artificial, algún algoritmo genético... por suerte la nave tiene librerías informáticas para casi cualquier cosa. Finalmente lanzo el proceso y respiro profundamente.

—A ver cuánto tardas, monada —le digo a la computadora.

—No computable —me responde la muy imbécil. Es un incordio que no se admita inteligencia artificial de verdad en sistemas críticos, como una nave estelar. Pero dicen que es por seguridad. El problema HAL[1], lo llaman. Nunca he entendido qué quieren decir con eso. Porque un ordenador inteligente me vendría muy bien ahora.

Recojo el plato que he tirado del suelo. La asquerosa de Baguira ha aprovechado para comerse mi comida, pero de todas formas no me la iba a comer después de desparramarse por el suelo, por lo que me imagino que no es tan importante. La gata se está relamiendo y ronroneando, o sea que debía estar bueno.

Vuelvo a la cocina a por más. Baguira me mira expectante, pero ya ha comido demasiado y además tengo hambre. Cuando termino, la computadora por lo visto no va aún siquiera ni por el uno por cien del trabajo, así que decido irme a la cama. Cepillo a Baguira, y luego me acuesto. La gata se acuesta a mis pies. Debería echarla, pero es el único ser vivo que hay en esta nave, y necesito algo de compañía. Pronto caigo en un intranquilo sueño, donde las pesadillas del terrible accidente hacen que me agite gritando de miedo. Han pasado no sé cuantas semanas desde aquello, pero sigo viendo los ojos reventados de Chispas mientras era arrastrado al espacio. Al menos no vi cómo moría mi padre.

Despierto bañada en sudor. La gata está durmiendo plácidamente a mis pies y aprovecho para ir a ducharme. Cuando vuelvo exige que la cepille con un maullido característico que ya empiezo a conocer. Es más fácil entender a un minino que a un extraterrestre, y eso que nunca he tenido animales.

Después de vestirme y desayunar vuelvo al puente, pero la computadora no ha terminado aún. No obstante, le echo un vistazo a lo que ha descifrado hasta el momento. Es lo que cabía esperar. Fórmulas matemáticas de complejidad creciente. Llega un momento

---

[1] N. del A.: Véase *2001, una odisea del espacio* de Arthur C. Clarke.

donde incluso yo, que se supone que soy una de las mentes más brillantes de Marte, me pierdo. Esas matemáticas me superan, no creo que el ser humano haya llegado aún a ese nivel.

Pero a partir de cierto momento, el esquema cambia. Ya no son matemáticas. Frunzo el ceño, intentando captar el extraño esbozo que está representando. Tardo un buen rato en pillarlo. Es... me levanto de un salto cuando me doy cuenta de que lo que estoy viendo es un curso de idiomas. No las chorradas que tenemos en nuestro sistema solar. No, es algo muchísimo más sofisticado. Basado en las matemáticas, asocia sonidos a conceptos, conceptos a palabras, palabras a una gramática elegantemente sencilla.

Inmediatamente me dio cuenta de que esto no pudo prepararlo el pulpo en los breves minutos que hablamos. Es... brillante. El bicho ese se dio cuenta de que no podía entenderle, y me envió la fórmula para poder hacerlo. Una especie de idioma universal que permite que diferentes razas puedan entenderse entre ellas. Todas las naves estelares deben tener este curso preparado por si se encuentran con una nueva raza. Simplemente lo envían y el nuevo —suponiendo que sea capaz de comprender de qué se trata— aprenderá a hablar con ellos. Y si no lo entiende es que por lo visto no debe estar lo suficientemente avanzado y no merece la pena comunicarse con él.

Es entonces que caigo en la cuenta de que yo voy también a tener problemas para poder hablarlo. Esto no es algo que se pueda aprender repitiéndolo como si de un idioma normal se tratase, como solemos hacer el Sistema Solar. La gramática parece muy sencilla, pero el idioma en sí es altamente complejo, de la misma manera que con matemáticas básicas se pueden definir problemas complejísimos.

Tardo dos días en pensar en una solución. La computadora ha terminado de generar el curso, y para entonces yo ya estoy trabajando furiosamente en el problema, adaptando el lector hipnótico de la biblioteca para este trabajo. El lector se supone que tiene que ayudarte a recordar lo que estás estudiando, pero para ello necesita un estímulo visual. Normalmente es un texto, pero en este caso no se trata de un texto. Finalmente logro convertir el curso extraterrestre en una mezcla de sonidos e imágenes. La mayor parte de las imágenes en realidad no tienen ningún sentido, son simplemente un estímulo visual para que fije los conceptos con la hipnosis. Para estar segura, también convierto las palabras en su representación fonética y las superpongo a las imágenes. Es complicado, porque el curso no utiliza un alfabeto propiamente dicho, pero al final lo logro. Bajo la mirada desaprobadora de Baguira me pongo el casco hipnótico y empiezo a estudiar.

Lo llaman Común. Una especie de idioma universal que es a la vez extremadamente sencillo e increíblemente complejo. Algo que prácticamente cualquier ser vivo podría pronunciar, aunque los tonos pueden variar significativamente de una raza a otra. Tan poético como la basura espacial que rodea la Tierra. Más técnico que el manual de un inyector de flujo. Y sin embargo tan sencillo que hasta yo puedo entenderlo. Un idioma tan práctico que si quieres indicar una emoción tienes que decirlo explícitamente, puesto que la entonación no significa nada.

—Enfado —le dijo finalmente a Baguira en Común—. Este idioma es un desecho biológico.

La gata ladea la cabeza y me mira desconcertada ante los extraños sonidos.

—¿Miau? —pregunta.

—Vamos, que es una caca —respondo, quitándome el casco para hacer una pausa—. Creo que sería más fácil hablar contigo que con los ET.

Vamos a comer, y vuelvo a mi estudio. Tardo una semana entera en hacer el curso completo, pero gracias al lector hipnótico todo el curso se ha grabado a nivel inconsciente en mi cerebro. Sé que no lo voy a olvidar. Aparte de la hipnosis, el idioma es tan lógico y estructurado que una vez que has entendido las matemáticas subyacentes es casi imposible no saber hablarlo. Aunque algunos de los conceptos más avanzados no llego a pillarlos. Se conoce que debe haber varios niveles de civilización por aquí, y los terrestres no tenemos suficiente nivel como para comprender determinadas cosas. Eso sí, sé decir perfectamente lo que voy a necesitar que hagan con mi nave.

Compruebo mis nuevos conocimientos con la grabación de la primera conversación que intercepté. Se trata de algo trivial, están negociando el intercambio de unas mercancías para cuando lleguen a un lugar llamado *Punto de Encuentro*. Bueno, supongo que es un lugar, porque el insecto utiliza una estructura gramatical que implica que *Punto de Encuentro* es un nombre. El modo de pago son cristales de Erneigg (o algo que suena similar) a cambio de estrellas de Rool, usando una tasa de cambio de cuatrocientas setenta y dos milésimas a uno. Lo que francamente no me dice nada.

Miro el registro de mi conversación con el pulpo. El ET me pide que me identifique y que declare mis intenciones. Y yo le contesto con una estupidez. Entonces pregunta si es que no hablo Común. Cuando vuelvo a hablarle en mi idioma decide que es obvio que no, y corta la comunicación. Eso sí, al menos ha tenido el detalle de enviarme el diccionario. Para un primer contacto con una raza alienígena, esto ha sido todo menos glorioso. Creo que en casa reconsiderarían eso de que soy un genio, y me enviarían a una clase de párvulos.

Me reclino en el asiento, y me pongo a reflexionar. Bueno, el siguiente paso es lógico, ¿no? Ya sé hablar con ellos. Ahora tengo que establecer un contacto. Le ordeno a la computadora que busque naves en el sistema solar, pero en estos momentos no debe haber mucho tránsito, porque no detecta ningún movimiento. Le ordeno que haga una búsqueda permanente, y me pongo a mirar los registros de las tres naves que he detectado hasta la fecha, consultando sus trayectorias.

Durante un instante me quedo mirando los vectores. No parecen dirigirse a ningún lugar en particular. Entonces me doy cuenta de que siguen trayectorias elípticas, lo cual es lógico si aprovechan las gravedades del sol y planetas locales para ahorrar combustible.

Mis estudios de astrobióloga obviamente cubrían lo básico de astronavegación, pero además seguí un curso acelerado cuando embarqué en la nave y me aceptaron como tripulante auxiliar. Son las reglas, cualquier tripulante debe saber de todo, a fin de poder sustituir a otro tripulante si ocurriese algún percance. Claro que nunca pensaron que yo podría ser la única superviviente de toda la tripulación de quince. En cualquier caso, sé lo suficiente como para poder calcular una órbita, y además el trabajo difícil me lo hace la computadora. Resulta insultantemente sencillo extrapolar las trayectorias de origen y de destino de las tres naves.

Bueno, en realidad resulta que son sólo dos. La nave del pulpo con la que había conectado es la misma que la del pulpo de la conversación que había interceptado con anterioridad. Simplemente estaba en otra posición orbital, pero las trayectorias se superponen. Por cierto, ello me permite calcular su velocidad. Un poco más de la mitad de la velocidad de la luz.

Suponiendo que los dos fueran a encontrarse, dado que estaban hablando de reunirse, el punto de encuentro estaría... Frunzo el ceño.

No hay nada en ese lugar. Absolutamente nada. Uso el ordenador de la nave para confirmarlo. Nada en absoluto. ¿Van a encontrarse en mitad del espacio? ¿Y dónde está la nave del insecto?

Miro las trayectorias. Vale, la nave del insecto ahora debe encontrarse detrás del sol. Entonces caigo en algo: Quizás vayan a encontrarse en algún lugar que esté orbitando alrededor del sol.

Esto es sólo un pelín más complicado de calcular, pero sé la posición y la hora aproximada del encuentro, suponiendo una deceleración constante. Me basta con buscar algo en esa órbita que pueda estar cerca de esa posición en el momento del encuentro. Teniendo en cuenta las leyes de mecánica celeste, el ejercicio resulta bastante menos complejo de lo que pudiera parecer. Y en cuanto le digo a la computadora dónde debe mirar, me confirma que hay un pequeño pozo de gravedad en esa órbita. Algo muy pequeño, tan pequeño que el ordenador no puede darme la masa, sólo puede detectar la perturbación gravitatoria y un puntito de sombra sobre el sol. Debe ser lo que los dos alienígenas llamaban *Punto de Encuentro*.

Siento una súbita excitación ante este pequeño triunfo. Bien, ya sé a dónde van. Ahora tengo yo que ir allí.

Resulta algo más difícil de lo que tenía pensado. Tengo que restituir el limitador de velocidad que había utilizado como repuesto para los motores trans-luz a su sitio original; los motores normales no funcionan sin él. También tengo que arreglar al menos parte del circuito de energía secundario o no tendré suficiente potencia. Por suerte todos los manuales están en la biblioteca, tengo (casi) todos los repuestos necesarios y dispongo de mucho tiempo. Después de ocho días de trabajo vuelvo al puente, y cruzo los dedos cuando le digo a la computadora que encienda los motores.

¡Bien! La cosa funciona. Lo malo es que inmediatamente comprendo que estamos empezando a acelerar en la dirección equivocada. Me rompo una uña introduciendo apresuradamente las coordenadas del encuentro.

Mientras la nave comienza a girar me doy cuenta de que la he vuelto a cagar. No me sirve de nada llegar a ese lugar si *Punto de Encuentro* ha cambiado de sitio cuando yo llegue allí. Y habrá cambiado debido a que está orbitando alrededor del sol y yo llegaré allí mucho más tarde que los dos alienígenas. Esto de la astronavegación es algo más complicado de lo que parece. Me lleva media hora ajustar el rumbo.

Después me aburro soberanamente durante dos semanas, mientras mi órbita converge lentamente con lo que sea ese *Punto de Encuentro*. No estoy precisamente en la mejor posición para igualar las órbitas, y tampoco quiero forzar los motores, que ya de por sí no están en muy buenas condiciones. Aprovecho para terminar de arreglar el sistema de energía secundario, y desmonto los equipos periféricos del motor trans-luz dado que no me atrevo a meterme en la cámara sin un traje de radiación. Y no hay ninguno de mi talla. Arreglo lo que puedo, pero es obvio que se trata más de pasar el tiempo que en arreglar el sistema de verdad. Esta reparación me sobrepasa.

Me sobresalta la alarma desde el puente cuando estoy durmiendo. ¿Qué coño está pasando?

Llego al puente en pijama, aun jadeando por la carrera. ¡Objeto en tránsito! Y su órbita está convergiendo con la mía. ¿Cómo es que no lo había visto hasta ahora?

Un vistazo a la pantalla holográfica me da la explicación: Sólo estaba buscando objetos en la elíptica del sistema, y esta nave estaba por encima de la elíptica. Pero al acercarse tanto la computadora ha decidido que ya era hora de alertarme. Está ya muy cerca, a unos dos millones de kilómetros de distancia. Siete segundos-luz. Y se sigue acercando.

—Computadora —ordeno—. Establezca comunicación con protocolo ET.

Me mordisqueo las uñas mientras espero. Mamá siempre me regañaba cuando lo hacía, pero no lo puedo remediar. No todos los días se contacta con unos extraterrestres.

Se enciende la señal de comunicación. Pero no hay imagen.

—¿Hay alguien ahí? —pregunto en Común—. No recibo señal visual.

—Pesar —suena al cabo de quince segundos por los altavoces—. Nuestro sistema de comunicaciones está averiado. Se requiere identificación.

Bueno, al menos nos entendemos. Parece que mis esfuerzos han dado sus frutos. Inspiro fuertemente. El primer contacto con extraterrestres. Bueno, en realidad el segundo, pero por el primero mejor pasamos un tupido velo. O un estúpido velo, como decía Massimo. Pienso en buscar alguna frase grandiosa que quede para la historia, pero el Común no sirve para las frases grandiosas. Además, no se me ocurre ninguna.

—Soy Tanit, de la raza humana. ¿Quiénes sois vosotros?

Vaya. Eso no ha sido precisamente grandioso. Ni siquiera pasable. Probablemente sea incluso bastante idiota. En fin, qué le vamos a hacer. Espero impacientemente los quince segundos que tardan en contestar.

—Soy Yyve, de los Rokuz. Declara tus intenciones.

Me paso la lengua por los labios resecos. Espero que me puedan ayudar.

—Mi nave está dañada. Necesitaría que alguien me ayude a repararla.

Esta vez tardan bastante más de quince segundos en contestar. Finalmente cruje de nuevo el altavoz.

—Observamos importantes hendiduras en el casco a lo largo de toda la nave. No es posible reparar el casco salvo en un astillero. Identifique daños internos.

—Sistema primero de energía no operativo. Sistema secundario y motores de maniobra dañados pero operativos. Sistema de vida intacto. Sistema de salto estelar irreparable por mí.

Vuelven a tardar bastante en responder. Como treinta segundos.

—Identifique número de tripulantes.

—Uno.

Esta vez el silencio dura más de un minuto.

—Confirme que ha dicho uno.

—Confirmado. Uno.

Deben estar pensándoselo, porque de nuevo tardan un buen rato en contestar.

—¿Un solo tripulante puede manejar una nave de ese tamaño?

Hago una mueca.

—Tuvimos un accidente en trans-luz. Toda la tripulación fue succionada al espacio. Sólo yo he sobrevivido. Y soy sólo una chica.

—¿Ch'ka?

Me doy cuenta de que he dicho una palabra humana. A ver cómo lo explico yo en Común.

—Hembra no madura. Necesito ayuda para reparar mi nave. Estoy a quince mil años-luz de mi mundo y quiero volver.

El silencio dura esta vez tanto tiempo que por un instante pienso que han cortado la comunicación, a pesar de que el panel sigue mostrando que hay portadora. Entonces suena de nuevo la radio.

—Nos acoplaremos a su nave. Abra y señalice una esclusa. Identifique el tipo de atmósfera y gravedad de la nave.

Vale. Ha habido suerte, me van a ayudar. Abro la puerta exterior de la esclusa delantera de personal en el lado de estribor, y hago que parpadeen las luces de señalización mientras les indico la composición de mi atmósfera.

—Composición por volumen de la atmósfera: 78% de nitrógeno, 21% de oxígeno, 1% de argón, restos de otros gases en cantidades muy pequeñas. Presión de la atmósfera es el 96% de la presión normalizada universal. Gravedad… —Dudo un momento, haciendo la conversión a las unidades usadas en Común en mi cabeza—. 0,92 gravedades estándar.

Esta vez responden inmediatamente, al cabo de quince segundos.

—Atmósfera y gravedad aceptables, no requieren protección por nuestra parte. Mantenga el rumbo mientras nos acoplamos. No haga maniobras.

Activo las cámaras a lo largo del casco, pero aún no se ve nada; tarda casi media hora en aparecer un puntito en una de las cámaras, y sólo lo detecto porque salta la alarma de colisión. Tengo que apagarla, y decirle al ordenador que ignore el objeto que se acerca hacia nosotros. No suele ser nada normal que se acoplen dos naves en movimiento, al menos en el espacio humano. Eso sí, me aseguro de que las cámaras lo graben todo. Después de todo, es el primer contacto oficial con una raza extraterrestre. Hay que registrarlo para la posterioridad. Si logro volver será el evento más famoso en la historia de la humanidad.

Los ET deben tener mucha práctica en este tipo de maniobra, porque igualan el rumbo y la velocidad tan elegantemente que casi parece que están jugando. Su nave es desde luego mucho más maniobrable que el *Sombra Lunar*. Luego empiezan a acercarse hasta que nuestras naves casi se tocan.

Yo contemplo el espectáculo, asombrada. La nave alienígena es mucho más pequeña que la mía, como unos ochenta metros de largo por unos treinta y cinco de ancho. Es rechoncha, asimétrica, con múltiples estructuras a su alrededor que no puedo identificar excepto una serie de dispositivos que parecen ser antenas. Parece que tiene motores impulsores a reacción, pero tanto por la forma como por cómo se iluminan las toberas me parece que no son del mismo tipo que los de mi nave.

La nave de los extraterrestres se detiene al fin a la altura de mi esclusa. Bueno, lo de detenerse es un decir, puesto que voy a tres centésimas de la velocidad de la luz, como ciento sesenta mil kilómetros por hora. Igualan las velocidades, con lo que parece que se paran a mi lado. Entonces se despliega una especie de pasillo desde su nave, que comienza a acercarse a mi esclusa.

Resoplo y me levanto. Bueno, llegó el momento. Estoy acongojada, pero no tengo muchas opciones. No si quiero volver a casa. Tengo que encontrarme con estos extraterrestres y esperar lo mejor. Espero que no sean hostiles, porque es obvio que si lo son no voy a sobrevivir. No tengo armas de ningún tipo, y aunque las tuviese no sabría utilizarlas.

Aunque… me vuelvo antes del salir del puente, y le ordeno a la computadora que si no doy contraorden, dentro de veinticuatro horas debe bloquear todas las terminales y todas las puertas. Luego deberá cambiar el rumbo, lanzándose contra el sol. Si al final resulta que sí son hostiles al menos no se quedarán con mi nave, y si me matan con suerte me llevaré a algunos de mis asesinos conmigo. Confío en que no lleguemos a eso.

Corro por los pasillos hacia la esclusa que he abierto y espero. La espera se hace interminable mientras contemplo la luz roja encima de la puerta de la esclusa. No sé qué le pasa a mis piernas, de pronto parece que son de gelatina; me tengo que apoyar en la pared. Pego un respingo cuando la luz de la esclusa se pone verde: Hay presión al otro lado de la puerta.

Ordeno a la computadora que comience a grabar en vídeo todo lo que pase a mi alrededor y luego abra la puerta de la esclusa. Hay un pasillo largo, semitransparente, que se extiende hasta la otra nave. Dos figuras están avanzando lentamente por él en dirección mía.

Trago fuerte al verlos. Son… feos. Rematadamente feos. Incluso desagradables. Una extraña mezcla de pingüino y murciélago. Unos pies extremadamente largos, con largas pezuñas de color amarillo. Patas cortas, apenas el doble de largo de los pies. Un cuerpo acartonado de un marrón bastante asqueroso, con unos vestigios de alas que indican que en tiempos su especie podía volar, pero que hoy día ya no deben poder sostenerles. Unos rostros con dos ojos muy cerca de un pico arrugado que parece indicar que debieron evolucionar de una especie carroñera. Y huelen. Un olor pestilente que llena todo el pasillo. Llevan una especie de uniforme sin mangas de color gris oscuro.

Tengo que apelar a mis estudios como astrobióloga para tranquilizarme e intentar contemplarles con un ojo clínico mientras se acercan. Obviamente no puedo juzgarlos por la estética humana. Pero también tengo que reconocer que no me gustan un pimiento. Mi primer contacto podría haber sido con una raza que pudiera haber sido hermosa para las normas humanas. En cambio me encuentro con... eso.

Inspiro, intentando serenarme. Craso error. Enseguida me pongo a toser. Sea lo que sea esta raza, deben segregar algún tipo de agente químico repelente. Probablemente algún tipo de defensa evolutivo. Aunque no me puedo imaginar en qué clase de entorno han evolucionado estos bichos. Ni siquiera puedo clasificar el género al que pertenecen, aunque estoy dudando entre mamíferos y pájaros.

—Recomendamos no acercarse mucho —dice uno en Común, con una voz chirriante—. Algunas especies experimentan trastornos físicos en nuestra cercanía.

¿Trastornos? Tengo ganas de vomitar a costa de estos bichos. Vale, no son bichos. Son seres inteligentes. Pero me cuesta verlos como tales. Trago saliva. Me tendré que aguantar. Son mi única esperanza de volver con mi madre.

—Os veo. —El Común no tiene casi ninguna frase de cortesía, por no decir ninguna, pero la palabra utilizada para "os veo" es lo más cercano a "bienvenidos" que hay. —Siento placer por teneros en mi nave.

Se me quedan mirando. Supongo que he dicho algo raro, igual estos alienígenas no saben el qué es educación. Finalmente el de la derecha habla de nuevo. El chirrido de su voz me ataca los nervios, pero me imagino que no tendré más remedio que aguantarme.

—Nosotros somos Rokuz. Yo soy Yyve y él es Proet.

Está visto que estos tipos no saben nada de cortesía. Bueno, donde fueres haz lo que vieres, ¿no? Por lo menos eso dicen al otro lado de la galaxia.

—Yo soy humana. Soy Tanit.

Me siguen mirando. Estoy empezando a ponerme nerviosa.

—¿No eras Ch'ka?

Joder. A ver cómo explico yo eso. Mejor paso.

—Sí. ¿Me podéis ayudar a reparar mi nave?

Parlotean entre ellos unos instantes en su propio idioma. Por lo agudos que son algunos tonos, sospecho que parte de su conversación es en ultrasonidos. No es que importe, soy incapaz de entender de qué están hablando. Entonces me vuelven a mirar.

—Veamos los motores.

Les llevo al carrito de transporte, para ir a la sala de máquinas. Aprovecho para coger una mascarilla de oxígeno de la pared, a fin de no respirar los efluvios tóxicos que emanan. No se lo explico, pero no hacen ningún comentario; supongo que ya deben estar acostumbrados a que las demás razas tengan problemas cerca de ellos. Los ansiolíticos mezclados con el oxígeno de emergencias hacen que se me pase el canguelo que tengo ante los dos seres de pesadilla que me acompañan.

Obviamente no se pueden sentar en el carrito puesto que no tienen rodillas; terminan de pie en los asientos. Por suerte el carrito no tiene techo. Aun así, me alegro cuando llegamos a la sala de máquinas y podemos bajarnos; soy demasiado consciente de los dos que viajan detrás de mí.

Primero les enseño la propulsión espacial convencional; no parece interesarles mucho. Pero cuando les llevo a la zona de los motores trans-luz hasta yo puedo percibir su interés, por muy alienígenas que sean.

—Parece un diseño algo burdo —me comentan—. ¿Dices que provienes de una distancia de quince mil años luz? No parece que este diseño sea capaz de poder viajar esas distancias.

Me encojo de hombros. Eso no es ninguna novedad.

—No fue diseñado para esas distancias. Pero algo ocurrió mientras estábamos en trans-luz. Chocamos contra algo. Perdí a la tripulación. Cuando logré salir de trans-luz, estaba aquí.

Parlotean de nuevo entre ellos.

—Es imposible chocar contra algo en trans-luz.

Bufo, aunque supongo que no tienen ni idea de qué es eso de bufar.

—Eso pensábamos nosotros también. Pero ya habéis visto el casco de mi nave. Algo la rasgó a lo largo de veinte cubiertas. Y terminé aquí. No sé lo que pasó. ¿Podéis modificar mi motor para que pueda volver?

Se quedan mirándome durante al menos un minuto antes de contestar.

—No existe motor que pueda recorrer quince mil años-luz. Jamás ha existido. Es imposible viajar esa distancia.

Siento que se me cae el mundo encima. Eso era mi única esperanza de volver.

—Pero yo lo he hecho —balbuceo, al borde de las lágrimas—. ¡Es posible! ¡Yo lo hice! No sé cómo, pero lo hice.

Chiripean entre ellos; es un sonido muy desagradable.

—Podemos investigar lo que ocurrió e intentar reproducirlo —me espetan al fin—. Pero necesitamos instrumentación. Proponemos ir a *Punto de Encuentro* e investigar allí.

Asiento, intentando recomponerme. De todas formas iba a ir allí. Y quizás mis nuevos amigos me puedan ayudar a saber cómo puede recorrer media galaxia en cuestión de semanas.

—De acuerdo. ¿Me podéis decir qué es *Punto de Encuentro*?

Me lo explican mientras volvemos. Estamos en una zona muy habitada de la galaxia; debe haber casi cien razas en un radio de sesenta años-luz. Y este sistema solar está en mitad de las principales rutas comerciales. No tiene ningún planeta habitable, pero alguien construyó hace algunos milenios una estación espacial para facilitar el comercio. No están muy seguros de quién fue; ese detalle se ha perdido en las nieblas de la historia. El caso es que desde hace muchos siglos *Punto de Encuentro* es un importantísimo centro comercial.

También parece que es un sitio peligroso. En este sistema solar no hay piratería puesto que cualquier nave pirata sería inmediatamente destruida por los sistemas defensivos que hay desplegados por todo el sistema solar para proteger el comercio. Pero en la estación sólo rige la Ley de Comercio, que es el único acuerdo al que han llegado todas las razas. Cualquier cosa que no cubra la Ley de Comercio —que no parece cubrir mucho— es posible. Lo que algunas razas llaman contrabando para otras razas es libre comercio. Lo que algunos llaman robo no tiene sentido para razas que no conocen el sentido de la propiedad. El asesinato para algunas razas es simplemente un duelo cuando no un mérito. Lo que para algunos es ilegal para otros es una virtud. De pronto me pregunto si es buena idea ir allí. Pero mis nuevos amigos me explican que es imposible intentar averiguar el qué le ha pasado a mi nave sin los recursos de la estación.

Les enseño brevemente mi nave y terminamos en el puente, donde les enseño la posición de la Tierra en el mapa galáctico. Por cómo chiripean entre ellos sé que están excitados. ¡No es de extrañar, si ellos tampoco saben viajar a la velocidad que viajé yo! Ello me tranquiliza un poco. Estos Rokuz están tan interesados como yo en resolver el misterio de cómo he llegado aquí. A mí me permitirá volver, pero ellos conseguirán también saber cómo viajar por toda la galaxia. Todos ganamos.

Apago el holograma y me doy cuenta de que están prestando atención a cómo le doy órdenes a la computadora. Hacen algunas preguntas sobre cómo pueden ayudarme a controlar la nave, pero les explico que la computadora hace el trabajo importante, y a menos que hablen mi idioma no podrían controlar nada. Chiripean un poco entre ellos en su idioma, y luego me dicen que van a volver a su nave, pero que me darán por radio las instrucciones de cómo llegar y atracar en *Punto de Encuentro*. Nos veremos allí para investigar cómo puedo volver.

Media hora más tarde estoy de nuevo sola, pero mucho más animada. En primer lugar, ya no tengo que aguantar su olor irritante. Serán muy majos, pero apestan. En segundo lugar, al fin tengo algo de esperanza. No es que sea una esperanza muy grande, pero al menos existe.

Tardo otras dos semanas en llegar a *Punto de Encuentro*, y para entonces ya he detectado otras ocho naves en tránsito. Los Rokuz me han estado dando instrucciones detalladas de cómo me debo acercar, cómo debo conectar con la estación y cuál es el protocolo correcto de atraque. Me aseguro de que la computadora lo ha comprendido bien. Por lo visto aquí no se andan con chiquitas; si la maniobra no es correcta y te consideran un peligro para la estación, te disparan sin previo aviso.

Afortunadamente, disponen de un sistema tractor para la nave durante los últimos kilómetros. En cuando recibo el mensaje de la estación apago los motores, y dejo que remolquen al *Sombra Lunar* al lugar de atraque designado. La estación es inmensa; a pesar de sus seiscientos metros de eslora, mi nave parece minúscula al lado de este monstruo. Es tan grande que hasta tiene un campo gravitatorio propio. Debe medir como ocho o nueve kilómetros de diámetro, no puedo ni imaginarme cómo la pudieron construir.

—Nos encontraremos a la salida de tu esclusa.

Los Rokuz han estado atracando en paralelo. Dado que su nave es más pequeña, la maniobra de atraque ha sido más rápida. Me alegro de tener a unos amigos aquí. Serán feos de narices y además apestan, pero al menos están intentando ayudarme. No sé si los demás ET que puedo encontrarme serán tan amables conmigo.

Verifico por las cámaras exteriores que la nave está atracada. Sí, hay una especie de abrazaderas que están colocadas alrededor del casco y la mantienen en posición. Por su tamaño tengo la impresión de que están pensadas para acoger naves incluso mucho mayores que la mía. También hay una especie de túnel que se ha desplegado hasta la esclusa delantera, sujetándose al casco.

Pongo los sistemas en modo orbital y bloqueo el acceso a las terminales después de ordenarle al ordenador que abra la puerta exterior de la esclusa de aire. Después voy andando hasta la esclusa. A decir verdad, esta vez no corro. Tengo algo de aprensión. Los Rokuz ya eran bastante raros. Pero aquí me voy a encontrar con otras razas, quizás aún más extrañas. ¿Qué es lo que voy a ver?

Llego a la esclusa y verifico si hay una atmósfera al otro lado. Sí, la hay. Una presión algo más alta que la mía, me van a doler los oídos. En cambio hay también más oxígeno, un 23% en volumen. Los demás parámetros no difieren mucho de los de mi propia atmósfera, salvo por el hecho que hay algo menos de nitrógeno y el porcentaje de argón es el doble de lo que los humanos entendemos como normal. Bueno, puedo respirarlo, que es lo importante.

Abro la esclusa, y siento la caricia de una ráfaga de aire, al comenzar a igualarse las presiones. Entro rápido en la esclusa, y cierro la puerta detrás de mí. De hecho no debería haber tenido las dos puertas abiertas al mismo tiempo, pero no tenía alternativa: Tenía que tener la puerta exterior abierta para verificar que había presión en la esclusa y poder comprobar el tipo de atmósfera. No puedo medir eso en el exterior de la nave: Se supone que una nave estelar no entra jamás en la atmósfera y por lo tanto no necesita ese tipo de sensores.

Al final del pasillo me está esperando otro alienígena. Muy raro. Es cuadrúpedo, con un torso central, una cabeza con dos ojos enormes y dos brazos anormalmente largos que terminan en unas manos de cuatro dedos. Parece que tiene una piel sedosa, de un color grisáceo un tanto extraño. Debe tener como dos metros de altura y no lleva nada de ropa, salvo una especie de bolsa que tiene colgando de un lateral. Un bolsillo, supongo. Si tiene órganos sexuales, no están a la vista.

—Te veo —me saluda—. Coloca tu extremidad en el sensor para confirmar la responsabilidad de la nave.

Me quedo mirándole, sin saber qué pretende exactamente. Entonces hace un gesto como si colocase la mano en un panel negro que hay al lado de la puerta, más o menos a la altura de mi cabeza. Coloco la mano encima del panel, y siento una especie de cosquilleo interno. Algo muy raro. Entonces, para mi gran sorpresa, oigo una voz en español:

—Atraque confirmado. Puede acceder a la estación.

¿Cómo es que saben aquí español? Me vuelvo hacia el alienígena, pero para asombro mío se está filtrando por la pared. No, no ha sido él el que me ha hablado. Esto parece cosa de magia.

> *Cualquier tecnología lo suficientemente avanzada es indistinguible de la magia.*

Recuerdo de pronto aquella cita de un escritor clásico de cuyo nombre no me acuerdo[1], y me siento mucho mejor. No es magia; es tecnología avanzada que yo no puedo comprender aún. Probablemente hayan inducido ese mensaje directamente en mi cerebro. Y en cuanto al filtrarse por la pared…

Avanzo, e intento tocar la pared. Pero mi mano se filtra a través de ella, como si no existiese. O es una ilusión o se trata de un material que se puede hacer sólido o permeable según se quiera. En un impulso avanzo, y tras sentir un ligero obstáculo —casi como chocar con una especie de aire denso— estoy de pronto en la estación.

Bueno, estoy en una sala. Las paredes tienen un brillo extraño; no sabría decir de qué material están hechas. La luz es algo amarillenta, pero no podría decir de dónde viene. Juraría que es el techo en su totalidad el que nos ilumina, porque parece ligeramente más luminoso que el resto de las paredes. Hay huecos en la sala que parecen las entradas a varios pasillos. En un lateral hay un holograma de unos dos metros de altura. Está mostrando una escena que parece ser una ciudad. Varios extraterrestres de diversas formas están mirando.

No tengo tiempo de ver más, porque inmediatamente se me acercan los Rokuz. Ahora son seis, pero soy incapaz de distinguir cuáles son los dos que estuvieron en mi nave.

—Queremos hacerte una propuesta —chirría uno de ellos—. Queremos comprar tu nave.

[1] N. Del A.: Arthur C. Clarke.

Me quedo con la boca abierta. ¿Venderles mi nave? ¿Pero cómo voy a hacer eso? ¡Es mi única esperanza de volver a casa!

—¿Cómo? —balbuceo—. ¿Comprar mi nave?

Extiende la mano con algo. Yo instintivamente lo cojo y lo miro. Son unos cristales, de un color verdoso, muy brillantes.

—Trato cerrado.

Levanto la cabeza, sorprendida.

—¿Qué? ¡No! ¡No hay trato!

No contestan. Simplemente pasan a mi lado y se introducen por la pared por donde he entrado. Pero cuando intento seguirles choco con la pared; la puerta se ha vuelto de pronto sólida. La golpeo con los puños, súbitamente aterrada.

—¡Abrid! ¡No hay trato! ¡No quiero vender la nave!

Miro a mi alrededor. Los alienígenas que estaban mirando el holograma se han vuelto y me están mirando. Me fijo en que uno es el cuadrúpedo que me hizo poner la mano en un panel. Corro hacia ellos, desesperada. ¡No pueden hacerme esto! ¡Me tienen que ayudar!

Pero no están por la labor. Escuchan mis explicaciones, mis súplicas, pero al final simplemente señalan los cristales que aún sigo sujetando en mi mano.

—Aceptaste el pago. La ley de Comercio dice que si aceptas el pago el trato es válido.

Miro los cristales en mi mano. No sé cuánto valen, pero aunque fuese diez veces más que el precio de mi nave seguirían sin venderla. Es lo único que tengo, mi única esperanza de poder volver con mamá.

—¡Pero yo no quería vender mi nave!

Empiezan a irse. El cuadrúpedo me mira una última vez antes de contestar e irse.

—Aceptaste el pago, aunque sea mucho menor que el valor de tu nave. Haber negociado mejor.

Se van todos, salvo uno que se queda a cierta distancia, dejándome alelada. ¿Qué he hecho? ¡Me han engañado! Yo pensaba que los Rokuz querían ayudarme, y simplemente lo que querían era robarme mi nave. Pero como no podían pilotarla esperaron hasta que llegase aquí, para luego quitármela con una triquiñuela legal. Siento que las lágrimas están corriendo por mis mejillas. ¿Qué voy a hacer ahora?

Entonces una garra se cierra con fuerza alrededor de mi muñeca, obligándome a que abra el puño que sujeta los cristales. Un instante más tarde me los ha quitado. Para cuando me vuelvo sólo veo la espalda de una especie de reptil que corre hacia un hueco en la pared.

—¡Ladrón! —chillo—. ¡Devuélveme eso!

Corro detrás del bicho que me ha robado. Debo recuperar esos cristales; quizás aún pueda conseguir deshacer el trato, pero sin los cristales será imposible. Tengo que limpiarme los ojos, los tengo nublados de lágrimas de furia y desesperación.

El ET entra en un hueco en la pared. Para mi sorpresa, empieza a subir hasta desaparecer de la vista. Cuando llego veo que se trata de una especie de tubo, como el hueco del ascensor. Me asomo. El alienígena ya está unos ocho metros por encima de mí. Sí, esto es un ascensor, aunque no del tipo que yo conozco.

Dudo un momento. Este tubo es muy profundo, y no parece haber ningún mecanismo sustentador. Pero estoy tan desesperada que no me queda más remedio que arriesgarme a usarlo. Bueno, el ladrón está subiendo, ¿no es así? Yo también debiera subir. Inspiro hondo y salto al interior.

Un instante más tarde chillo de terror mientras me precipito al vacío. ¡Estoy cayendo! ¡Me voy a matar! ¡Y yo lo que quería era subir!

Nada más pensarlo se reduce la velocidad de mi caída poco a poco, hasta que casi me detengo. Luego empiezo a subir lentamente. Es casi como si el ascensor me hubiese leído la mente.

Debe ser eso, porque no hay ningún tipo de controles. Miro hacia arriba, buscando desesperadamente al ladrón que me ha quitado los cristales. Pero ya no hay nadie en el tubo. Se ha escapado.

No sé cómo salgo del ascensor. Supongo que he andado hasta el exterior cuando pasé por el hueco de una planta. Pero de pronto estoy en un pasillo, sentada en el suelo, apoyada contra la pared, mirando fijamente al vacío mientras intento pensar. ¿Qué voy a hacer ahora? ¿Cómo voy a volver? Siento que me embarga la desesperación, subo las rodillas, apoyo la cabeza en mis brazos, y sollozo desconsoladamente. ¿Qué voy a hacer yo ahora? ¿Qué es lo que puedo hacer?

No sé cuánto tiempo he estado así, pero deben haber sido horas por cómo me ruge el estómago. Además, tengo mucha sed. Me limpio las lágrimas y me levanto. Algo tendré que hacer o me moriré de hambre y de sed.

El pasillo desemboca en otro al aire libre. Bueno, parece al aire libre porque es una sala enorme, de al menos cien metros de alto, otro tanto de ancho y al menos un kilómetro de largo. En la parte de abajo hay estructuras extrañas, un pequeño lago, y jardines. ¡Un lago! Al menos allí podré beber.

Hay rampas para bajar, lo que es un acierto porque en estos momentos no me veo con fuerzas para volver a usar el ascensor. Pero es un trayecto muy largo dado que tengo que bajar al menos quince pisos.

Empiezo a ver alienígenas por todas partes. Altos, bajos, anchos, delgados… hay insectos, mamíferos, reptiles… y algunos que sería incapaz de clasificar con las definiciones humanas. Centenares de ellos, de decenas de razas. Algunos andan o se arrastran, otros parecen estar hablando entre ellos. Uno salta al vacío desde una de las terrazas, despliega unas alas y planea hasta el extremo opuesto de la sala. Me detengo un momento en la barandilla y contemplo el espectáculo. Estoy viendo algo que no ha visto nunca un ser humano. Algo increíble. Algo por lo cual pagarían lo que sea muchísimos científicos de mi mundo. Y yo en cambio daría cualquier cosa por estar de vuelta con mi madre.

Procuro mantenerme lo más alejada que puedo de los alienígenas mientras bajo por las rampas, pero al final no me queda más remedio que mezclarme entre ellos; hay demasiados como para mantenerme distante. Es muy extraño, y estoy mirando con bastante canguelo a mi alrededor, ante tantas formas raras que me rodean. Pero los ET me ignoran olímpicamente; para ellos soy simplemente de otra raza más, y además mucho más pequeña que la mayoría de ellos. Deben pensar que soy inofensiva, lo cual es obviamente cierto.

Lo peor son los olores. Hay algunos alienígenas que huelen bien, pero aquí también hay de todo, y los olores más fuertes suelen ser los más desagradables. Mi nariz apenas puede procesar la extraña mezcolanza de olores que me rodea, desde sutiles olores parecidos a rosa con canela hasta fuertes olores de evidente contenido en amoníaco. Unos olores como no he experimentado nunca. Bueno, como no ha experimentado ningún ser humano.

Pero cuando llego al lago resulta evidente que no voy a poder calmar mi sed. El agua está turbia. Hay plantas —parecen algas— en el agua, y por cómo se mueve el líquido supongo que también debe haber peces, o algo similar. No me atrevo a beberla, seguramente será bastante peligroso.

Reflexiono un instante. Creo que lo mejor será ir a las autoridades. Después de todo, aún soy una niña. Supongo que es mejor ser tutelada por un extraterrestre que morirme de hambre y de sed.

Dudo un instante, mirando el incesante flujo de extraterrestres. Después de mi experiencia con los Rokuz no me fío de ninguno de ellos. Finalmente me decido, y paro suavemente a un pequeño ser vagamente humanoide que es como una cabeza más pequeño que yo. No me atrevo a hablarle a los que son más grandes.

—Te veo. Pesar por detenerte.

Me contempla con los tres ojos con unos párpados laterales. Unos ojos muy extraños.

—Alarma. No te identifico.

Le retengo suavemente cuando intenta marcharse. O sea que le he asustado. Trago para deshacer el nudo en mi garganta. Más asustada estoy yo.

—No es necesaria alarma. No voy a herirte. Sólo necesito información.

Supongo que eso le tranquiliza, porque parpadea dos veces con sus tres ojos, pero ya no hace intención de irse.

—Compartiré información disponible.

Me cuesta un poco explicarle lo que quiero, pero cuando al final se va me deja bastante más confusa y acongojada de lo que ya estaba. No hay autoridades como tal. Bueno, existe una autoridad que gestiona la estación, se ocupa de su equipamiento y mantenimiento y cobra los servicios que presta, pero en realidad es como una empresa. Y no existe lo que los humanos llamamos servicios sociales. Si alguien se pone enfermo, o bien los miembros de su raza se ocupan de él, paga por una sesión en un autodoctor o se muere y le echan al convertidor de masas para proporcionar energía a la estación. Los pocos niños que hay se supone que los cuidan sus padres o al menos sus respectivas razas. Si no es así, se tienen que buscar la vida. O mueren. A nadie le importa.

Inspiro profundamente. Está visto, voy a tener que cuidar de mí misma porque nadie más lo va a hacer. O me espabilo yo, o voy a morir ante la indiferencia general.

Curiosamente, ese pensamiento me tranquiliza. Muy bien. Les enseñaré a esos monstruos de ojos saltones de qué es capaz una niña humana. Voy a sobrevivir. Recuperaré mi nave y me reiré de esos cabrones de los Rokuz en sus apestosas caras. He llegado hasta aquí contra todas las probabilidades, ¿no es así? Pues bien, se van a enterar estos bichos insensibles. Después de todo, soy un genio. Algo se me ocurrirá.

Lo primero es lo primero. Agua y comida. Miro a mi alrededor. Si estoy verdaderamente desesperada puedo intentar beber en el lago. Quizás incluso intentar pescar uno de los peces —o lo que sea— que vive en él. Pero será mi último recurso. Hay bastantes probabilidades de que ello me envenene. Mejor busquemos otras opciones.

Intento parar a alguno de los ET que pasan a mi lado, pero todos los que son más grandes que yo simplemente me ignoran, así que al final paro a uno que sólo me llega al pecho por el sencillo método de plantarme delante de él —o de ella, a saber— y no dejarle pasar.

—Te veo —le saludo en Común—. No soy hostil. Pero necesito que me des información.

Mira nerviosamente a su alrededor. Parece una especie de ardilla, y quizás por ello me parezca nervioso. O a lo mejor, sabiendo cómo funcionan las cosas aquí, no se cree que no le vaya a hacer daño.

—Precisa la información que solicitas —dice finalmente con voz chillona.

Me acerco un poco más. La ardilla se encoge, me imagino que de miedo. Huele bien, mucho mejor que la mayor parte de los alienígenas que he estado viendo pasar desde que he llegado. De hecho, me gusta su olor además de su aspecto. A diferencia de los Rokuz, parece una raza amable.

—¿Dónde puedo conseguir comida y bebida?

Se da la vuelta, y señala un pasillo lateral. Me explica que a mitad del pasillo hay una cocina automática que preparará lo que quiera. Le achucho un poco, y me describe cómo es la cocina, una especie de máquina cuadrada azul con el símbolo de la estación. Luego señala a un lado para indicarme cuál es el símbolo de la estación. Miro, pero para cuando me doy la vuelta la ardilla ha desaparecido. Se conoce que debía de tenerme tanto canguelo como el que tengo yo respecto a todos los alienígenas que me rodean.

Sigo andando por el pasillo, esquivando una verdadera manada de una especie de avestruces con brazos que vienen en mi dirección. Luego pasan cuatro ET rechonchos en lo que parecen ser trajes espaciales; se conoce que no todo el mundo en esta estación es capaz de respirar esta atmósfera. Dentro de lo que cabe tengo suerte: Si esta atmósfera no fuese respirable probablemente ya estaría muerta, puesto que ya se habría acabado el aire de mi traje espacial.

Llego a la cocina. Resulta fácil identificarla, porque unos extraterrestres están sacando un recipiente con algo humeante de un hueco en la máquina. Presto atención a cómo se opera: Uno de los alienígenas coloca una mano sobre un panel negro como el que había en el muelle de atraque, y la comida o bebida sale por el hueco. Parece bastante fácil.

Pero no lo es. Cuando los alienígenas se van, coloco mi mano sobre el panel. Y no ocurre absolutamente nada. Frunzo el ceño. Había esperado que apareciesen controles para hacer la selección, pero no parece haberlos. ¿Cómo puedo pedirle algo de comida o algo de beber?

Entonces la máquina me sorprende, diciéndome en español que no estoy clasificada. Parpadeo, perpleja, y vuelvo a intentarlo. Nada. Pienso en la sed que tengo, y la maquinita me repite lo mismo. Debe estar induciendo este mensaje directamente en mi cerebro. Recuerdo lo que pasó en el ascensor. Aquí las máquinas pueden por lo visto leerte la mente.

Llego a la conclusión de que no voy a conseguir nada, así que me toca preguntar de nuevo. Esta vez detengo a un extraterrestre que es como veinte centímetros más alto que yo. Parece una mezcla de gato y pájaro, pero a estas alturas ya casi no me fijo en esas cosas.

—Sorpresa —indica en Común, con un timbre de voz sorprendentemente bajo—. No te identifico. No tenemos gestiones compartidas.

Este idioma es a veces muy imbécil, dado que se tiene que adaptar a muchísimas civilizaciones, pero al menos es entendible. Está sorprendido que un ser extraño intente contactar con él. O con ella, no tengo ni idea de su sexo, suponiendo que lo tenga. Pienso furiosamente en qué contestar. Una frase como "Disculpa" no existe en Común, el idioma es demasiado directo y no se detiene en frases de cortesía. Además, lo más probable es que la mayor parte de las razas ni entiendan el qué es ser educado. A los otros ET los he avasallado con mi estatura, pero este ser es más alto que yo, y debe pesar al menos el doble. Habrá que procurar no cabrearle.

—Pesar por ocupar tu tiempo —digo, intentando ser educada en un idioma que no está pensado para decir esa clase de cosas—. Pero no puedo identificar a nadie en esta estación, por lo que tengo que solicitar información a seres no identificados.

Me mira con una expresión que no soy capaz de interpretar.

—Dar información supone establecer un compromiso de correspondencia de intercambios.

Supongo que está diciendo que si le doy información tendré que darle información a él, porque si quiere que le pague por ayudarme lo voy a tener muy crudo.

—Si dispongo de información que te interese, por supuesto que te la daré.

Sigue contemplándome. Luego hace un extraño giro con la cabeza.

—Compromiso aceptado. ¿Qué información necesitas?

Señalo la máquina de comida.

—¿Me puedes decir por qué la máquina me dice que no estoy clasificada?

Tengo que repetir el numerito con la máquina antes de que lo comprenda.

—Tienes que ir al banco de la estación, a fin de que registren tu patrón cerebral para los pagos —explica—. Puedes cambiar medios de pago o solicitar un crédito inicial que deberás devolver antes de poder abandonar la estación. Hay un banco en aquella dirección.

Señala uno de los corredores, y me inclino en señal de respeto.

—Eeeh... —¡Mierda! No sé cómo se dice "Gracias" en Común. Si es que se puede decir—. En deuda contigo —afirmo finalmente.

—La deuda puede corresponderse con otra información —me aclara—. Necesito saber el paradero de otro miembro de mi especie con identificador Neger.

Parpadeo. No he visto nunca otro ser igual que él.

—Pesar. No he visto ningún otro miembro de tu especie. Pero si lo veo te informaré inmediatamente.

Vuelve a hacer un giro con la cabeza. Debe ser una especie de asentimiento.

—Estaré en esta cubierta. Pregunta por Ramher.

Sigue su camino, y yo me quedo mirándolo mientras se va. La cabeza de pájaro sobre un cuerpo cuadrúpedo y con piel es algo muy pero que muy raro. En fin, si veo al tal Neger me imagino que no supondrá ningún problema venir a contárselo. Después de todo, me ha ayudado.

Voy por el corredor que me ha señalado, y termino en una especie de plaza donde hay unas salas llenas de objetos que me imagino que son tiendas. Pero no soy capaz de identificar el qué es el banco. Finalmente me acerco a una de las tiendas, intentando averiguar qué es lo que venden. Delante de mis ojos aparece entonces un cartel ¡en español! contándome las bondades de las armas que ofrecen, capaces de despanzurrar a un Gregg —sea lo que sea— con un solo disparo.

Parpadeo, perpleja, y el cartel desaparece. Debe ser algo inducido en mi mente, no creo que aquí hablen español. Eso sí, como publicidad tengo que reconocer que es efectivo.

Me coloco delante de la segunda tienda, y me veo a mí misma, sangrando profusamente. Tengo toda la pinta de estar herida de gravedad. Mi imagen coge un pequeño aparato y se lo pasa por el cuerpo. Al cabo de un instante deja de sangrar y me está sonriendo. Entonces me habla, también en español:

—¡Nada como un autodoctor portátil para curar las heridas de batalla!

¡Joder! Los publicistas en Marte son unos aficionados al lado de estos ET. Claro que en Marte aún no sabemos proyectar imágenes en el cerebro, y mucho menos imágenes adaptadas a una mente extraterrestre. Me acerco a la tercera tienda.

Es en la cuarta cuando comprendo que se trata del banco, porque me asalta la imagen de un banco de Marte, aunque con un empleado que tiene tres patas y tres brazos. Parece un taburete de un metro ochenta de alto. Tiene un único ojo mirándome, pero por un reflejo en la pared me doy cuenta de que probablemente tenga otros dos ojos por el otro lado del cuerpo.

Entro en el banco. Es circunstancias normales habría supuesto que se trataba de otra tienda, puesto que tiene unos cofres en el suelo, llenos de... cosas. Debe ser algo valioso, porque encima de cada cofre hay una especie de pequeño cañón que me está apuntando cuidadosamente y que sigue todos mis movimientos. Miro uno de los cofres. Es una especie de mineral brillante. Diría que se trata de diamantes, salvo por el hecho de que cambian continuamente de color.

—Te veo —me dice el taburete en Común—. ¿Quieres hacer negocios con nosotros? —Extiende un brazo hacia el cofre que estoy mirando—. Como puedes ver, el Krill es de primera calidad. También tenemos Enen y Yestal.

Miro el mineral. No tengo ni la más remota idea de qué es eso, ni de si se come, se usa como adorno o si es para uso industrial. Y no sabría distinguir la calidad del dichoso Krill ni teniendo una tonelada de él. En cuanto al Enen y Yestal, no puedo ni adivinar de qué se trata. Puede ser desde materiales preciosos hasta guano extraterrestre.

—Vengo a solicitar que registren mi patrón cerebral —le explico—. Para poder comprar cosas.

—Por supuesto —me responde—. ¿Eres nuevo en *Punto de Encuentro*?

No me molesto en aclararle que soy una chica. Probablemente le importe un pepino. Y ni en broma le voy a decir mi edad. Porque como se dé cuenta de que soy menor de edad igual me echa a patadas.

—He llegado hace unos microciclos.

Me señala una esquina, y me coloco en un círculo azul en el suelo, mientras él se afana haciendo gestos en el aire. Seguramente está manejando un ordenador, pero yo no puedo ver el interfaz, debe ser sólo visible para él. Mientras tanto, no deja de hablar.

—Si eres nuevo, tengo que crear una cuenta de crédito. Puedes ingresar cualquier medio de pago que quieras, aceptamos los de todas las razas.

¡Mierda! No tengo dinero. Bueno, tengo unas monedas sueltas en el bolsillo, pero sé perfectamente que no voy a convencerle con eso. Creo que las monedas aquí deben ser como las conchas que usaban algunos aborígenes en la antigua Tierra. Igual de exóticas e igual de inútiles.

—Me han dicho que puedo solicitar un crédito inicial.

—Es correcto. Sin garantías puedes recibir un importe igual al precio de tu masa corporal a precio de mercado.

Parpadeo, perpleja.

—¿Me puedes explicar qué significa eso?

Siento que se me pone la piel de gallina cuando me lo aclara. Significa que si intento salir de la estación sin haber devuelto el préstamo simplemente me matarán y venderán mi cuerpo en el mercado para los carnívoros que viven en la estación. Aunque las máquinas cocineras pueden preparar comida casi indistinguible de la de verdad, a algunas razas les gusta la carne sangrienta original. Y están dispuestas a pagar por ella. No les importa que se trate de otro ser inteligente. De hecho ni siquiera les importa que aún esté vivo cuando empiecen a comérselo.

—Obviamente nuestra empresa no permite esas cosas —me aclara—. Suministramos la carne aún caliente, pero el deudor estará muerto cuando lo vendamos. Además verificamos que no es tóxico para el comprador. Tenemos una reputación que mantener.

—Muy loable —musito, acongojada.

—Correcto. Por supuesto, no tienes nada que temer mientras devuelvas el crédito con un seis por cien de interés por ciclo estándar. ¿Quieres entonces el crédito inicial?

Pienso furiosamente. No sé cómo voy a devolver ese crédito, pero sin él no voy a durar ni dos días, sin agua ni comida. Estoy arriesgando mi vida, pero si no acepto el crédito tampoco voy a sobrevivir. Por suerte sólo tengo que devolver el crédito cuando me quiera ir de la estación. Hasta entonces estaré a salvo.

—Afirmativo.

—Coloca tu extremidad en el panel para confirmar la transacción.

Coloco la mano sobre el panel que me indica, y siento una especie de calambre. Un instante más tarde sé que mi cuenta se acaba de incrementar en unas seiscientas unidades de cuenta estándar, también denominadas créditos. No tengo ni idea de si es mucho o es poco, pero maldita la gracia que me hace que alguien pueda comerme por ese precio.

—Placentero hacer transacciones contigo.

—Igual de placentero —mascullo, saliendo del banco.

Inspiro fuerte una vez que he salido. Recuerdo que en casa, cuando se especulaba sobre la vida extraterrestre, se suponía que los alienígenas serían superiores, tanto tecnológicamente como intelectualmente. Que tendrían valores superiores a los nuestros. Bueno, en cuanto a tecnología estaban en lo cierto. En cuanto a lo otro... ¿comerse vivos a otros seres inteligentes sin que nadie se escandalice? ¡Menuda pandilla!

Entonces veo a otro pájaro-gato. Sé que no es el mismo, porque éste tiene una especie de mancha alrededor de uno de los ojos. En un impulso me acerco. Después de todo, el otro pájaro-gato me ha ayudado...

—¿Eres Neger?

Se vuelve hacia mí. Es algo más alto que el otro.

—Afirmativo. No te identifico. ¿Me traes un mensaje?

—Algo así. Tu amigo Ramher te está buscando. —Señalo—. Está por allí.

Para mi sorpresa, sale corriendo en la dirección que he señalado. Debe tener muchas ganas de verle. Le sigo más lentamente; al fin y al cabo, la máquina cocinera está por allí.

Casi he llegado al lugar donde me encontré con Ramher cuando me encuentro que el pasillo está bloqueado por una barrera de alienígenas que están mirando algo. Por suerte hay algunos que son muy altos, y agachándome puedo mirar entre sus piernas. Y me quedo alelada.

Los dos pájaros-gato han debido estar luchando, porque uno de ellos está tumbado en el suelo, ensangrentado, mientras el otro se está lamiendo las heridas con una larga lengua que sale de su pico. No parece que le importe mucho a nadie, la pared de mirones se está empezando a deshacer una vez que el espectáculo se ha acabado. Agarro a uno de los extraterrestres por el hombro a la que se está disponiendo a darse la vuelta para irse.

—¿No hay que avisar a...? —Pienso furiosamente. El Común no tiene la palabra "policía"—. ¿A los guardianes de las leyes?

Me quita la mano de su hombro con dos delicadas pezuñas, como si fuera algo sucio.

—La única ley de la estación es la Ley de Comercio —me explica—. Y ésta no dice nada de los duelos. Si quieren luchar, es problema de ellos.

Entonces me deja plantada. A decir verdad, todo el mundo comienza a irse, hasta que estoy sola con el muerto. Es el de la mancha en el ojo. Neger. Por lo visto los dos no eran precisamente amigos.

Aparece una máquina desde un lateral; con unas pinzas agarra el cadáver y lo arrastra hasta un lateral del pasillo. Un panel se abre, y el robot empuja el cadáver sin más ceremonias al interior. Después se afana sobre el lugar de la pelea, limpiando la sangre derramada. En apenas dos minutos ya no queda rastro del incidente y el aparato vuelve al interior de la pared del pasillo.

Siento que tengo el estómago revuelto. ¡Toma ya superioridad intelectual y ética alienígena! Me acerco a la máquina cocinera, pero ya no tengo ganas de comer. Coloco mi mano sobre la máquina; ahora me sale un mensaje en español diciendo el crédito que tengo y solicitando mi pedido. No tengo ni idea de cómo se hace, pero la máquina debe detectar mi sed, porque saca un recipiente de agua. Es una suerte; no sólo calma mi sed sino también asienta un poco las ganas que tengo de devolver.

Me siento en una esquina del pasillo a reflexionar, sujetando el recipiente aún medio lleno entre mis rodillas. ¿Qué voy a hacer ahora? No tengo ni idea de cómo recuperar mi nave, suponiendo que sea posible. Además, no puedo abandonar la estación, no si no quiero que me maten y sirva de manjar para un carnívoro extraterrestre.

Está bien. Lo primero es sobrevivir. Eso significa en primer lugar comida y bebida, o al menos dinero para poder pagarla. Tengo algo de dinero, pero viendo lo que me han cobrado por el agua —medio crédito— este dinero no va a durar mucho. O sea que voy a tener que buscar un trabajo, aquí está claro que no regalan nada y el hecho de que sea menor de edad a los ET les importa menos que una mierda.

¿Qué clase de trabajo? El problema es que, aunque yo sea un genio, el nivel tecnológico de la raza humana está bastante por debajo de lo que parece que es aquí la media. Yo puedo ser todo lo inteligente que quiera, pero soy como un salvaje al que plantan en mitad de una ciudad. Apenas sé moverme por la estación. Imposible trabajar en nada sofisticado. Podré aprender, pero inicialmente me tendré que conformar con trabajos no cualificados. Y que además no impliquen mucho esfuerzo físico, puesto que ni mi edad ni mi constitución física me lo permiten.

Me bebo el resto del agua, dejo el recipiente en el suelo y me levanto. Eso sí, de pronto tengo ganas de orinar. Muchas ganas. Pero no voy a hacerlo en mitad del pasillo. Me imagino que aquí tienen baños, lo que no sé es qué aspecto tienen ni cómo identificarlos.

Paro a otro extraterrestre. Este al menos es bípedo y más o menos de mi estatura. Me cuesta un poco explicarle el qué estoy buscando. Finalmente le digo que tengo que realizar desechos biológicos y sin más señala hacia un lado del pasillo.

—Próximo pasillo a la derecha.

Cuando entro en el pasillo veo que termina en una sala blanca totalmente vacía. Por un momento pienso que me he equivocado de destino, pero entonces veo una especie de gacela sin cuernos a cuatro patas, haciendo sus necesidades en un lado de la sala. Sigo dudando cuando entran varios ET de muy variadas formas, se acercan a los lados y también se ponen a hacer sus necesidades. Es curioso las diferentes formas que tienen de hacerlo, y cómo se abren sus ropas —aquellos que llevan ropas— para hacerlo. Uno, que lleva lo que parece ser un traje espacial, simplemente suelta una manguera de su traje y deja caer el contenido por el suelo. Deben ser todos los desechos que se han acumulado en el traje.

Supongo que debería escandalizarme por el espectáculo, pero es a decir verdad es tan escandaloso como si estuviera viendo a una manada de vacas soltar sus excrementos. Simplemente no puedo verlos como a seres humanos. Además, es obvio que las reglas de intimidad humana para este tipo de cosas no rigen aquí.

Entonces me fijo en que la sala está limpísima, a pesar de que hay decenas de extraterrestres que han hecho sus necesidades. Ni siquiera huele mal, al contrario, no huele nada en absoluto. Observo que los excrementos se hunden casi inmediatamente en el aparentemente sólido suelo. Otra tecnología que no entiendo. Rara de narices.

Bueno, es obvio que no voy a tener ninguna intimidad aquí, pero me imagino que para ellos también seré como una vaca más. Suspiro, y después de soltarme la ropa me pongo en cuclillas.

Pego un respingo cuando unas cosquillas electroestáticas me acarician el trasero. Estoy tentada de tocármelo, pero entonces me fijo en el ET que tengo delante: los restos de excrementos se están despegando de su ano y volando hacia el suelo. Aquí tienen una manera bastante sofisticada de limpiarte el culo. Mejor que el sistema que usamos en Marte, que es muy rudimentario comparado con esto.

Cuando salgo del servicio me doy cuenta de que tiene mucho sentido este tipo de sala —debe haber al menos un centenar de razas en la estación, cada una de una forma diferente, y es imposible tener un servicio diferente para cada una de ellas, de forma que tienen un sistema común. Ni siquiera lo tienen separado por sexos, pero me imagino que aquí sería muy difícil hacer esa separación. Y eso suponiendo que todas las razas tengan sólo dos sexos, algo que no lo tengo nada claro.

Una vez aliviada decido ir a las tiendas que estaban al lado del banco. Si tengo que buscar un trabajo, me imagino que el de dependiente de tienda no debe ser excesivamente complicado. Debe ser algo que pueda hacer. No requiere demasiados conocimientos tecnológicos ni tampoco mucha fuerza física. Claro que seguramente tampoco está muy bien pagado. Y a saber cuáles son las condiciones laborales por aquí. Aunque como no he trabajado en mi vida —salvo unos pocos meses en una nave estelar, como tripulante auxiliar— tampoco tengo mucha idea de las condiciones laborales en el espacio humano.

Pero no hay suerte. Ninguna de las tiendas necesita ayuda. Sin embargo, uno de los alienígenas me indica que dos plantas más abajo hay muchas tiendas. Así que con el alma en un puño me meto en un ascensor, pensando furiosamente que sólo quiero bajar dos plantas.

Funciona. No sólo bajo lentamente —en vez de caer, como la otra vez— sino que me paro al llegar dos plantas más abajo. Esto de que los aparatos reaccionen a lo que piensas es una pasada, una vez que te acostumbras a ello.

Debe haber como un kilómetro de tiendas en el amplio corredor al que he llegado. Seguro que en alguna necesitan ayuda. Lo malo es que al cabo de casi tres horas no he conseguido nada. Las tiendas está muy automatizadas, y por lo visto basta un solo dependiente. En algún caso incluso no tienen ni siquiera eso, es todo por ordenador y el dependiente es una entidad virtual tridimensional. Parece que mi idea no es por lo visto tan buena.

Entonces un grupo de extraterrestres me rodean. Son seis, parecidos a… sí, a los Bichoraro de la colonia Zeta. Rechonchos, pero con largas piernas, parecen unos corchos de champán sobre palillos. Tienen unos brazos muy delgados y unos ojos rojos bastante inquietantes.

—Te veo —saluda uno de ellos. Ve que miro a mi alrededor, evaluando cómo escapar, y añade apresuradamente: —No tenemos intenciones hostiles.

—En ese caso, no me rodéis —le espeto—. Estoy incómoda teniendo a alguien detrás de mí.

—Pesar. No pretendemos atemorizarte. —Chiripea algo, y los que están a mi espalda se unen a los que tengo delante, lo que me tranquiliza bastante—. Somos Ching. Mi nombre es…

Pronuncia un nombre que parece un escupitajo. Luego presenta a sus compañeros, con nombres no menos impronunciables.

—Soy humana —me presento entonces yo—. Me llamo Tanit.

—Hemos oído que buscas trabajo.

—Sí, yo… —Recapacito a tiempo, no quiero que sepan lo desesperada que estoy por conseguir algo de dinero—. Llegué hace poco a la estación. Quiero permanecer una temporada, pero mis fondos están limitados, por lo que tendré que acortar mi estancia a menos que encuentre trabajo.

—¿Te interesarían cien perlas de Erodón?

Le miro con cara de póker, aunque probablemente no sea capaz de leer mis expresiones.

—¿Cuánto es en créditos?

Parece dudar.

—Unos doscientos sesenta créditos.

Vaya. No está nada mal. Es casi la mitad de lo que valgo yo en el mercado al peso como carne. Entonces sigue hablando y me deja boquiabierta.

—Por perla.

Eso me deja un poco suspicaz. Lo que me está ofreciendo es muchísimo dinero. O sea que o es peligroso o es ilegal. No me corto un pelo, y se lo digo en la cara. Levanta las manos, como si estuviese horrorizado ante la idea.

—¡De ninguna manera!

Me lleva a un lado y me explica que son mercaderes. Tienen un almacén en una de las plantas superiores, pero se les ha estropeado la apertura de la puerta. Lo malo es que van a tardar el equivalente a tres días en reparar el acceso, y en el almacén tienen muchos productos perecederos. Para cuando abran la puerta las pérdidas serán de decenas de miles de perlas de Erodón. Podrían perforar la puerta, pero les va a salir también muchísimo más caro de lo que están dispuestos a pagarme, aparte del hecho que ya no podrían proteger el resto de la mercancía.

Le miro con el ceño fruncido. Vale, igual es verdad. Pero eso no explica por qué me necesitan, y por qué están dispuestos a pagar tanto. Suelta una especie de silbido cuando le pregunto.

—La puerta tiene una apertura de emergencia desde dentro. Por si alguien se quedase atrapado. Queremos que entres y nos abras.

—¿Por qué yo?

—Mira a tu alrededor. ¿Cuántos ves de tu tamaño?

Miro. A decir verdad, hay muy pocos seres que tengan mi altura. Y los pocos que hay suelen ser bastante más anchos que yo, que estoy muy delgada.

—Hay un conducto. Es muy estrecho. Podrías entrar por ahí. Si pagamos tanto es porque podrías quedarte atascado y entonces tendrías que esperar mucho tiempo hasta que pudiésemos rescatarte. Hay cierto riesgo, lo admito.

O sea que algo de peligro sí que hay. Eso explica el por qué estén dispuestos a pagar tanto. Inspiro profundamente. Con cien perlas podré devolver el préstamo que puede llevarme al plato de un extraterrestre carnívoro, si es que utilizan platos por aquí. Y me sobrará dinero para vivir algún tiempo, mientras busco trabajo. Tendré que arriesgarme.

—De acuerdo.

—Entonces vamos, cada nanociclo que pasa nos está costando dinero.

Me acompañan al ascensor, parloteando excitadamente entre ellos. Desde luego que debe preocuparles mucho el deterioro de su mercancía. Uno baja más rápido que nosotros y cuando llegamos abajo nos está esperando en un pasillo. Nos hace una seña y nos reunimos con él.

Hay como una pequeña sala unos veinte metros hacia el interior del pasillo. Con una puerta enorme.

—Aquí es.

Miro a mi alrededor.

—¿Y por dónde tengo que entrar?

Andamos unos metros hacia la derecha, y me señala una rejilla muy por encima de mí.

—Es muy sencillo —me explica el alienígena—. Simplemente entras por el conducto de aireación y nos abres la puerta. Recuperamos el acceso, te pagamos y ya puedes irte.

Le miro, suspicaz. Después de mi aventura con los Rokuz y de ver cómo se tratan entre ellos, ya no me fío de ninguno de estos bichos. Y tengo una sensación extraña, como si algo no me cuadrase.

—¿Hay alguna otra salida al respiradero?

Parece dudar.

—No.

Por la manera en que lo dice, de pronto estoy segura de que me está ocultando algo. Aparte del riesgo de quedar atrapada, igual es que el respiradero tiene algún peligro por algún lado. Hay algo raro en todo esto, y no me gusta un pelo. Pero no tengo mucha elección. No si no me quiero morir de hambre y de sed. Porque el poco dinero que tengo no va a durar eternamente. Además, si no lo devuelvo terminaré en el estómago de un extraterrestre.

—Quiero el doble. Y me pagarás antes de entrar en el respiradero.

Juraría que se ha mosqueado, por cómo cambia ligeramente de color y se hace más aguda su voz.

—¡De ninguna manera!

Me encojo de hombros.

—Entonces no hay trato. Igual se te olvida pagarme después de abrir. Y si no hay más salidas del respiradero, ¿qué importancia tiene? No podré ir a ningún otro lado...

Se ponen a parlotear excitadamente entre ellos. Puedo ver que por alguna razón no les parece una buena idea. Eso me mosquea aún más. No sé qué es lo que está pasando, pero cada vez me gusta menos lo que me están pidiendo. De pronto uno se vuelve de nuevo hacia mí.

—Te pagaremos vez y media lo que te hemos propuesto. Nada más.

Estoy tentada de aceptar. Pero tengo una extraña sensación en el estómago. Hay algo raro aquí. Estoy pensando en irme. Aunque pierda un buen negocio.

—El triple. Y como volváis a intentar regatear será el cuádruple. Así que decidiros de una vez, no tengo todo el día.

De nuevo se ponen a chiripear entre ellos. Por cómo me miran de vez en cuando es muy evidente que están bastante cabreados. Decido que en cuanto abra la puerta saldré corriendo, estos bichos son capaces de quitarme lo que me hayan pagado.

Finalmente, el que parece ser el jefe pone orden. Silba un tono agudo que parece un ¡Callaos! y se vuelve hacia mí, echando mano a la bolsa que lleva colgando en el cinturón.

—Trescientas perlas de Erodón —mascula, obviamente molesto—. Eres un duro negociador.

Me encojo de hombros, sin sacarle de su error. No voy a aclararle que soy una chica.

—Si yo no defiendo mis propios intereses, nadie lo hará.

Gruñe una especie de asentimiento, y cuenta las perlas encima de mi mano, una a una, para que pueda contarlas yo también. Dado que mi mano es demasiado pequeña, me las voy guardando en los bolsillos cada vez que cuenta cincuenta. Intenta aprovechar eso y hace ademán de dejar de contar cuando me guardo las perlas por quinta vez.

—Faltan cincuenta —le recuerdo.

No contesta, pero me entrega las cincuenta perlas restantes. Me las guardo y sello cuidadosamente los bolsillos; no me gustaría perder este dinero mientras me arrastro por el túnel.

El jefe dice algo, y se ponen a mi alrededor. Supongo que es para que no huya con lo que me han pagado. Pero para mi sorpresa de pronto me dan la espalda, mirando todos hacia afuera mientras el jefe abre el panel de aireación. Entonces entre él y otro me cogen por la cintura y me levantan, ayudándome a entrar en el conducto. Un instante más tarde estoy dentro. Es bastante estrecho, apenas me puedo mover. Ni siquiera me puedo poner a gatas. No ayuda nada que sea triangular, no llego a la parte de arriba.

Apenas estoy totalmente dentro cuando uno de los alienígenas vuelve a colocar el panel. Vuelvo la cabeza, y veo que está sujetándolo desde afuera. No hay marcha atrás; ahora no podré volver a salir por aquí.

Comienzo a avanzar. Está oscuro, pero por suerte llevo aún la ropa que tenía en la nave, y el cinturón incluye algunos pequeños dispositivos necesarios por un tripulante estelar. Lo aprieto brevemente, y comienza a emitir luz. Estando tumbada no es precisamente la mejor iluminación, pero el reflejo desde mi espalda me permite ver por dónde me estoy moviendo.

Avanzo por el estrecho conducto, y al cabo de unos cinco metros me encuentro una bifurcación. Dudo. ¿Pero no se suponía que no había otra salida? ¿Por dónde ir? Noto que desde el lado derecho entra una corriente de aire. Igual hay por allí un ventilador, lo que podría ser peligroso. Por otra parte, la puerta que dijeron que había que abrir estaba hacia la izquierda, o sea que mejor tomo el ramal izquierdo.

Tengo que arrastrarme otros doce metros antes de llegar a una rejilla. No es nada fácil moverse por el conducto, yo calculo que he tardado como media hora en llegar. Empujo la rejilla, pero no se mueve. Empujo con todas mis fuerzas, sin resultado alguno. Vaya. Eso no estaba previsto. Y yo no tengo suficiente fuerza como para arrancarla de su sitio.

Hurgo a ciegas en el cinturón, dado que no tengo siquiera espacio para mirar lo que estoy haciendo. Durante el viaje que terminó tan desastrosamente estuve ayudando en la sala de máquinas. Después del accidente estuve también haciendo reparaciones. Arreglé un montón de aparatos, y por comodidad llevaba algunas pequeñas herramientas en los bolsillos de mi cinturón. Incluyendo... sí, ahí está. Un mini-soplete y taladro para piezas pequeñas.

Inspecciono la rejilla. Es triangular, igual que el conducto. Parece que tiene sólo tres puntos de sujeción. Aplico el soplete a uno de ellos, y pulso el botón de perforar.

Me llevo un buen susto y por poco me quemo. El panel parece estallar, y revienta en mil pedazos, ardiendo. No sé qué material es éste, pero no es muy resistente al soplete. Me limpio la cara de polvo y restos; he tenido suerte de que no me haya entrado nada en los ojos, pero los cerré instintivamente. Eso sí, me parece que se me ha quemado algo del pelo porque huele a quemado.

Me asomo desde el hueco. La habitación está a oscuras, pero me desabrocho el cinturón y con su luz miro a mi alrededor. Parece un almacén. Grandes cajas y maquinaria que soy incapaz de identificar. Miro entonces hacia abajo.

Estoy a dos metros de altura, y no me puedo dar la vuelta en el conducto. Voy a tener que saltar, y me estoy arriesgando a desnucarme, puesto que voy a saltar primero con la cabeza. Abajo no hay nada que pueda amortiguar la caída, sólo una caja que por la pinta que tiene puede que sea incluso más dura que el suelo.

Después de pensármelo unos instantes, dejo caer el cinturón al suelo, para que me ilumine. Entonces me doy cuenta de que sigo con el soplete en la mano; no lo había guardado. Lo dejo caer también, rogando que no se estropee. Con mucho esfuerzo me doy la vuelta, hasta que estoy tumbada de espaldas en el conducto. Levanto las manos y poco a poco voy sacando el cuerpo hacia afuera, sujetándome al borde del conducto.

Logro sacar el trasero, y aún no me he caído. Eso es porque me estoy sujetando con una de las piernas al techo del conducto. Saco la otra pierna, pero es evidente que ya se está acabando la acrobacia. Estoy perdiendo agarre en el borde y la pierna en el conducto está empezando a deslizarse fuera. Inspiro con fuerza e intento sacarla.

Enseguida pierdo el agarre y caigo hacia abajo. Mi pierna extendida rebota en la caja que hay debajo, y luego caigo para atrás. El golpe contra el suelo es tan fuerte que me deja dolorida y sin aliento. Permanezco un minuto tendida, quejándome. Luego me levanto lentamente, masajeándome la espalda dolorida, intentando ignorar las protestas de mi cuerpo. Al menos no me he matado.

Recojo el cinturón, y después de una breve búsqueda encuentro también el soplete al lado de una gran caja. Es al levantarme y ver el contenido de la caja cuando me doy cuenta de cómo me han engañado.

Esto no es un almacén. Es una caja fuerte, o algo parecido. He visto estos materiales en el banco. Son materiales preciosos, seguramente deben valer muchísimo. Es por eso que los alienígenas estaban tan dispuestos a pagarme lo que pidiese: No les estaba ayudando a abrir su propio almacén, estaba ayudándoles a robar.

Me tengo que sentar de la impresión. ¿Qué voy a hacer? Me he convertido en una criminal. No sé qué hacen aquí con los criminales, pero seguro que no es nada bueno. Y aquí ni siquiera saben que soy menor de edad. O no les importa. Para todos los ET soy una adulta. Y me castigarán como tal.

Miro al hueco por el que he entrado. ¿Podría volver a entrar por allí? ¿Salir por donde he entrado? Me subo a la caja que hay debajo, y lo intento. No, no puedo. Me puedo izar hasta el hueco, pero no puedo entrar en él, no tengo dónde agarrarme.

Vuelvo a bajar y me siento en la caja, reflexionando furiosamente. ¿Cómo he podido ser tan ingenua? ¿Cómo me he podido dejar engañar así? Estaba tan desesperada que me creí cualquier cosa. Y si antes estaba en una situación desesperada, ahora es mucho peor. Antes sólo quería sobrevivir. Ahora voy a ser una fugitiva, perseguida por todas las fuerzas policiales de la estación espacial. Suponiendo que no ejecuten sin más a los criminales, puedo tirarme años en una cárcel o algo así.

Inspecciono la habitación. No, no hay ninguna salida salvo la puerta. Y fuera me están esperando los Ching. No sólo me intentarán quitar lo que me han pagado; además probablemente me matarán, puesto que sé que han sido ellos los que han intentado robar aquí. No querrán testigos, y ya he visto que aquí la vida no parece valer mucho. ¿Pero cómo es posible que yo me haya metido en este lío?

Inspiro y expiro, intentando calmarme. Está bien. Estoy en un lío tremendo. Ahora tengo que salir de él. Tengo que pensar en la manera de escapar.

Veamos. La única salida es la puerta. Los Ching estarán allí. ¿Me dispararán en cuanto abra la puerta? Probablemente no si sus armas hacen ruido, aunque no tengo idea de si es así. Probablemente me intentarán coger, meterme de nuevo aquí y degollarme una vez que la puerta esté cerrada de nuevo. Es posible que incluso me inviten a quedarme, sabiendo lo tonta que soy pensarán que no sospecho nada. Claro que ellos no saben que yo ahora sospecho que me van a matar.

¿Podría usar algún arma contra ellos? No, no tengo armas y soy tan pequeña que si cojo algo para golpearles simplemente se reirán de mí. Es imposible que les lesione. No tengo la fuerza suficiente.

¿El soplete? No, apenas alcanza quince centímetros. Quizás puede herir a uno, pero poco más. Podría cortocircuitar la batería del soplete para que explote, haciendo así una bomba. Pero no tengo un temporizador, y si la tengo en las manos cuando explote, me matará a mí. No es un gran consuelo que les mate también a ellos.

Me levanto, resoplando. Vale, habrá que usar el truco más viejo del mundo. De mi sistema solar, quiero decir. Con un poco de suerte no lo conocerán en este lado de la galaxia.

Una vez decidida, me coloco al lado de la puerta, e inspiro dándome ánimos. Luego sonrío, aunque ellos probablemente no sepan el qué es una sonrisa. Le doy al contacto de abrir la puerta.

Obviamente me estaban esperando. Están todos, al acecho.

—¿Por qué has tardado tanto? —mascula el jefe, entrando.

—Bueno, fue bastante difícil —respondo alegremente—. Entrad, entrad. Vuestras mercancías os esperan.

Entran en tropel. Pero hay uno que se queda en el marco de la puerta, como yo me temía que hiciese. Para evitar que yo pueda escapar. El jefe inspecciona brevemente el interior y se vuelve hacia mí, alargando el brazo para cogerme. Yo hago como si no me diese cuenta y señalo hacia el exterior de la puerta, poniendo cara de sorpresa.

—¿Quiénes son ésos?

El truco más viejo de mi sistema solar es una total novedad aquí, puesto que todos se vuelven para mirar. Aprovecho el instante, y me escabullo por debajo de las piernas del que está en la puerta. Echo a correr.

La pared explota a mi lado. Mejor dicho, justo detrás de mí. Pego un traspié y agacho la cabeza. Esos cabrones me están disparando. Corro todo lo que puedo. Otros dos tiros fallan; les oigo chillar a mis espaldas. Entonces giro una esquina y choco contra algo.

—¿Qué es lo que ocurre?

Hay un alienígena enorme delante de mí. Grande como un rinoceronte puesto de pie, y no demasiado diferente. Veo que lleva una de las insignias de la estación. Igual es un tripulante, pero por su aspecto debe ser probablemente un vigilante. Señalo hacia atrás.

—¡Hay unos Ching robando en un almacén! ¡Les he visto y me han disparado!

Ruge algo en su intercomunicador, y descuelga el arma más grande que haya visto en mi vida de su espalda. Parece un cañón. El pasillo truena con sus pisadas cuando se precipita en la dirección por la que he venido. Un instante más tarde se empiezan a oír explosiones. Yo aprovecho el que estén todos entretenidos para hacer mutis por el foro.

Utilizo un elevador para bajar cuatro niveles, ando un buen rato, luego bajo cinco niveles más, después ando como media hora hasta estar segura de que estoy bien lejos del evento. Vuelvo a bajar dos niveles y busco un banco. No quiero llevar trescientas perlas encima, me arriesgo a que me las roben dado que es bastante evidente que aquí las leyes no es algo que se respete mucho. Pero, por si acaso, me guardo cincuenta cuando ingreso el resto en mi cuenta. Por si tengo que huir de nuevo y necesito algo de dinero líquido.

Cuando termino el ingreso mi saldo es muy satisfactorio, y eso que seguro que el banco me está aplicando una tasa de cambio muy desfavorable. Pero ahora tengo cerca de sesenta y tres mil unidades de crédito. Eso me permitirá sobrevivir una buena temporada, mientras encuentro trabajo. Aprovecho para liquidar el crédito inicial con sus intereses; no quiero arriesgarme a ser devorada si en algún momento tengo que salir de la estación o simplemente porque el banco quiera recuperar su dinero. Después de todo lo que he pasado, ya no me fío ni un pelo de estos ET.

Bajo otros dos niveles, y busco alojamiento. Aquí no hay hoteles, al menos que yo sepa, pero cuando pregunto a un alienígena, éste me indica una sección de dormitorios de alquiler. Coloco mi mano sobre la puerta de uno que tiene la señal de estar vacante. Al instante aparece una imagen de mí misma informándome de cuánto ha bajado el importe de mi cuenta de crédito y el dormitorio se abre. Es justo lo que estaba buscando: Una pequeña habitación, no demasiado cara, con una cocina automática y dispensador de bebidas. No puedo identificar ni la mitad de los muebles, pero hay una plataforma elevada que parece una cama y tres cubos que supongo que son sillas, o quizás una mesa. Me imagino que no habrá problemas en sentarme. En un lateral hay un dispositivo que ya he visto por los pasillos: una especie de holoproyector. En una esquina hay un cuadrado blanco que por la pinta que tiene supongo que es el servicio.

Me cuesta un poco identificar cómo funciona la cocina, pero resulta bastante sencillo: Sólo hay que pensar el qué quieres, y la máquina te lo prepara, obviamente después de descontarte el importe. Sale un potingue marrón, se conoce que no se me da muy bien imaginar la comida. Lo pruebo con cuidado; sabe raro, pero no parece ser venenoso, y me lo como algo a disgusto. No me queda más remedio puesto que tengo mucha hambre. Al menos el agua sabe a agua, incolora, inodora e insípida. Me ayuda a tragar lo que sea que estoy comiendo.

Mientras estoy comiendo logro encender el holoproyector con las noticias. No me resulta difícil: simplemente pienso que se ha encendido. Esto de que los aparatos te lean la mente no está nada mal, porque si no a ver cómo iba yo a adivinar cómo se manejan unos controles alienígenas.

No sé si este cacharro tiene algún programa de entretenimiento. Si lo tiene, de todas formas probablemente ni lo entienda, por lo que mi interés en ese tipo de programa es nulo. Pero el aparato ha captado en mi mente lo que quiero saber, y me muestra la noticia que estoy buscando. No sé si es algo que están emitiendo en tiempo real o es algo que han emitido hace rato y la máquina está repitiendo porque es aquello en lo que estoy interesada. De cualquier forma, están relatando un intento de asalto a un almacén. Ha muerto un vigilante de seguridad y cuatro de los asaltantes. A los dos restantes los han echado sin contemplaciones a un convertidor de masas. Todos los ladrones han muerto. El caso está cerrado, aunque nadie se explica cómo lograron entrar ni por qué abrieron un respiradero que obviamente era demasiado pequeño como para poder escapar por allí.

Apago el holoproyector y respiro aliviada. Lo siento por el vigilante, pero ahora que los Ching han muerto nadie debería saber mi papel en todo este asunto. Aparte del vigilante nadie me ha visto, y estoy muy lejos del lugar de los hechos. Pero por si acaso me mantendré escondida en esta habitación unos días, hasta que todo se calme. Quizás mi primer acto ilegal me haya salido muy lucrativo, pero después de ver cómo tratan aquí a los criminales creo que es mejor mantenerme en el lado correcto de la ley.

Me echo sobre lo que parece ser una cama. Es enorme para mí, aunque bastante dura, pero nada más pensarlo se ablanda y se amolda a mi cuerpo. Las luces se apagan y cierro los ojos. Mañana será otro día. Buscaré la manera de recuperar mi nave. De volver con mamá. No sé cómo lo haré, pero pienso sobrevivir. No importa que esté en una estación espacial llena de miles de extraterrestres. En la Tierra dirían que encontrarles es el mayor evento en la historia de la humanidad. Pero francamente, a mí me importa un bledo. Con ese pensamiento me duermo, lejos, muy lejos de mi hogar.

El nido del Krogan

A pesar de estar a quince mil años luz de mi casa, el bar es sorprendentemente familiar, muy parecido a las fotos que me enseñaba el abuelo Paco de cuando aún vivía en la Tierra, antes de emigrar a Marte. Revestido con algo que parece madera (no lo es, lo comprobé), mesas del mismo material, una especie de bancos en vez de sillas, y una barra alrededor de la cual se apilan los clientes que no están sentados en las mesas. Pero los clientes de este estrafalario lugar no se parecen nada a los que aparecían en el bar del abuelo.

Supongo que si me los hubiese encontrado hace sólo un mes habrían sido objeto de mis pesadillas. Bueno, en realidad lo han sido unos pocos días, hasta que me acostumbré a ellos. Hay insectos, mamíferos, miriópodos, reptiles, algún molusco y al menos una docena de especies que soy incapaz de clasificar, a pesar de mi doctorado en exobiología. Incluso hay uno o dos que juraría que son plantas, y uno que parece mineral. Una variedad increíble de alienígenas, cuando hace sólo semanas estaba convencida de que los extraterrestres no existían.

Prácticamente todos son mucho más grandes que yo, aunque tampoco es tan extraño. A mis once años mido como metro y medio. En la penumbra del bar, iluminados sólo por las luces cambiantes de la barra, son aún más extraños que en el exterior de la estación donde estamos. Una estación espacial enorme, del tamaño de una pequeña luna. *Punto de Encuentro*, la llaman, porque está ubicada en el centro de una de las mayores rutas comerciales de este lugar de la galaxia.

—Dos jugos de Lamia para la mesa siete. Procura no tropezar, el jugo es corrosivo.

El dueño del bar me baja las bebidas al estante inferior, dado que yo no llego al mostrador. Cojo los recipientes con cuidado, y los pongo en una bandeja; el jefe está ya atendiendo a otro pedido, cogiendo otra botella mientras que con dos de sus seis brazos está agitando un cóctel. Es curioso que con la avanzadísima tecnología que hay aquí un bar funcione casi igual que en Marte y en la Tierra. Incluyendo que tenga una camarera para servir las bebidas. Es decir, que tenga que hacerlo yo.

Me acerco a la barra y ésta me reconoce como miembro del personal; parece derretirse, abriendo un hueco por el que puedo pasar. Es una cosa a la que no logro acostumbrarme, que aquí no haya una vulgar puerta. Esquivando a los clientes me acerco a la mesa siete.

Oh, oh... conozco esa raza. Me hice una buena quemadura simplemente rozándoles hace unos días. Mejor no tocarles. Hago un pequeño rodeo alrededor de la mesa ocho, para acercarme desde el lado no ocupado de la mesa, dado que las tres patas de estos bichos son tan peligrosas como el resto del cuerpo. Coloco las bebidas encima de la mesa, obviamente poniéndome de puntillas para ver lo que estoy haciendo.

—Dos jugos de Lamia —digo en Común—. Por favor, realicen el pago.

Estoy atenta y verifico que han puesto la mano —bueno, en realidad una extremidad de tres dedos— encima de la mesa para pagar. Si un cliente se va sin pagar, Hermia me lo descontará del sueldo, y tampoco gano tanto como para poder permitírmelo.

A decir verdad, no gano mucho, poco más que lo que necesito para poder pagarme un alojamiento donde descansar después de unas agotadoras jornadas de trabajo de trece horas. Eso sí, puedo comer todo lo que quiera —me costó una seria descomposición encontrar las cosas que no me perjudican— y también beber todo lo que pueda, a condición de que no me emborrache. Mi jefe no entiende que sólo beba agua, pero tampoco comprende que aún soy una niña. Que yo sepa no hay niños en la estación; para él y todos los demás ET soy una adulta. De la raza Ch'Ka, o algo así. Dije que era una chica, y el malentendido se complicó demasiado como para explicarlo. No creo que importe mucho, después de todo soy el único ser humano en esta zona de la galaxia.

—¡Ch'Ka! —me llaman de la mesa de al lado—. ¡Queremos Nes't con guarnición de roedor!

Miro a la mesa, al que ha hablado. ¡Mierda! Son los Rokuz que me robaron mi nave. Estaría averiada, después del accidente que mató a mi padre y me trajo aquí, pero al menos era lo más cercano a la Tierra que tenía. Lo único que me ataba a mi hogar. Y estos cerdos acartonados me la quitaron con una triquiñuela legal.

—Ahora mismo —mascullo, y vuelvo hacia la barra, deseando encontrar el equivalente a un matarratas para echárselo en su Nes't. Aunque esa comida debe ser algo bastante parecido, por la pinta que tiene. Yo no me atreví a probarla.

—Nes't con guarnición de roedor para seis en la mesa once —informo a la cocina por mi intercomunicador mientras termino de filtrarme de nuevo por el mostrador.

—Afirmativo —contesta la voz sintética del autochef—. Dos nanociclos.

Me subo al monopatín que hay detrás del mostrador, y la tabla me eleva inmediatamente hasta que mi pecho llega a la parte superior del mostrador. En realidad es una especie de elevador, pero por su forma me recuerda un monopatín. Me costó un poco aprender a manejarlo con la mente, pero ahora me muevo con él de forma instintiva. Empiezo a recoger recipientes vacíos de la barra, metiéndolos en lo que me imagino que es el equivalente a un lavaplatos. Al menos no tengo que fregar. Además, cuando termina los vasos se ponen solos en sus estantes. No sé cómo lo hacen, a mí me parece que son de vulgar cristal. Pero como me ahorra trabajo no voy a quejarme.

—Veneno de Tranel —me ordena de pronto mi jefe, dejando un recipiente del tamaño de un cubo a mi lado—. Mesa veinticuatro.

Miro el enorme vaso. Según el encargado, aquello es la bebida más fuerte que hay en el bar. ¿Y hay aquí un cliente que se va a beber un cubo?

—¿Pero quién se va a beber esto?

Hace un gesto hacia el fondo, donde una mole enorme está sentada al lado de la mesa más sólida que hay. El bicho no parece precisamente tranquilizador. Es enorme, unos tres metros, y parece estar acorazado. Yo diría que se trata de un reptil. Me recuerda un poco a los dinosaurios que estudiamos en el colegio. Pero es indudablemente bípedo. Tiene cuatro dedos en forma de garra.

—Es un Krogan —me informa Hermia—. Ten cuidado con él. Ni se te ocurra ofenderle.

Krogan? Recuerdo el juego ese antediluviano al que jugaba Chispas. Efecto de masa, creo recordar que se llamaba. Había también una raza de extraterrestres que se llamaba así, no demasiado diferente a la bestia que estoy mirando. ¿Acaso los diseñadores del juego había visto este ser? ¿Habían soñado con él? ¿Telepatía? Si es así, tendré que tener mucho cuidado. Esos bichos del juego eran temibles y este también tiene pinta de serlo.

—¡Venga, Ch'ka! —se impacienta el Arniano—. ¡Que no te pago para admirar a los clientes! ¡Mueve tus cortas patitas!

Suspiro, cojo el cubo y hago que mi monopatín descienda al suelo. Me vuelvo a filtrar por el mostrador, y por poco choco con un cliente que se está acercando. Por suerte es cuadrúpedo y bastante alto, por lo que en la penumbra logro escabullirme entre sus piernas sin que se dé cuenta. A Hermia no le habría gustado que chocase con un cliente; posiblemente me habría despedido, y necesito el trabajo para sobrevivir.

Estoy jadeando para cuando llego a la mesa veinticuatro. Debo llevar como diez litros de bebida, y yo peso unos cuarenta y cinco kilos. Vamos, que llevo como un cuarto de mi peso en ese vaso. Me cuesta levantarlo y colocarlo en la mesa.

—Veneno de Tranel —informo—. Por favor, realice el pago.

Debe tener mucha sed, porque el monstruo me ignora olímpicamente. Echa mano del vaso y se pone a beber. Me quedo mirándole, súbitamente aterrada. Sé que esa bebida es cara. Como me deduzcan su importe esta noche tendré que dormir en los pasillos de la estación, a merced de cualquier asaltante. Llevo sólo dos semanas aquí, pero ya sé que esas cosas ocurren. He visto más de un cadáver en los pasillos. Tengo algo ahorrado, pero ya pasé suficiente hambre y sed como para gastar mis ahorros en alojamiento en vez de en comida.

—¡Realice el pago! —le grito, agarrándole del brazo.

Tiene tanta fuerza que el hecho que me cuelgue de su brazo no impide que siga bebiendo. Pero entonces parece darse cuenta de mi presencia. Gruñe, deja la bebida encima de la mesa y se levanta. Es una enorme mole que se alza sobre mí.

—¿Qué es lo que quieres, pequeño insecto? —brama.

Hace una semana habría salido corriendo, muerta de miedo. Pero a estas alturas ya estoy acostumbrada a ver todo tipo de extraterrestres. Y más miedo me da tener que pasar una noche en los pasillos de la estación. La ley y el orden no parecen imperar por aquí.

—Tiene que pagar antes de beber —le apremio.

La bestia me empuja hacia atrás, despectiva. Me imagino que para él es un empujoncito de nada, pero es tan fuerte y soy tan pequeña a su lado que me tira hacia atrás, derribándome. Medio bar se pone a reír, pero yo estoy furiosa cuando me levanto. De hecho estoy tan rabiosa que me lanzo hacia delante, y con mi mejor salto de artes marciales le pego una patada, con todas mis fuerzas, entre las dos piernas. Sé que los hombres tienen ahí un lugar muy sensible. Espero que este bicho también lo tenga.

El rugido me sobresalta. Sí, he debido hacerle daño. Y ahora está furioso. Se deja caer sobre cuatro patas, abre la boca y suelta un largo rugido que casi me deja sorda. Pero no me puedo mover, mi furia ha dejado paso al miedo, y estoy paralizada mientras miro la enorme caverna con dientes afilados como cuchillos que se abre a sólo centímetros de mi cara.

Entonces se endereza, y sus manos se cierran a mi alrededor, sujetándome los brazos, levantándome como si no pesase nada, acercándome a su boca. De pronto, sé lo que va a hacer: Me va a arrancar la cabeza de un mordisco. O quizás me corte por la mitad, su boca es lo suficientemente grande para ello. Pero es obvio que voy a morir.

No sé por qué lo hago. Estoy muerta de miedo, pero sé que mis súplicas no van a hacer mella en este monstruo. Sé que voy a morir, pero no le voy a dar la satisfacción de que me oiga suplicar. No me puedo mover, con él sujetándome, así que rujo yo también, lo más alto que puedo, mientras esos enormes dientes se acercan a mi cabeza.

Para mi sorpresa, el movimiento se detiene. El Krogan me levanta, hasta que mis ojos están a la altura de los suyos. Ladea la cabeza. Tengo la impresión de que le he sorprendido. Entonces le enseño los dientes, y rujo de nuevo. Al lado del rugido que él dio debe parecerle como el maullido de un gatito.

Ladea de nuevo la cabeza, esta vez hacia el otro lado. Me vuelve a mirar, y de nuevo le enseño los dientes, para que vea que no le tengo miedo. Vuelve a ladear la cabeza. Luego se endereza y se echa hacia atrás. Lanza unos ruidos secos, mientras su cuerpo se convulsiona repetidamente.

—Ké, ké, ké, ké...

Parece que está tosiendo. Me deja cuidadosamente en el suelo y me suelta. Luego se echa hacia atrás, sentándose en el suelo, y se pega con la mano en la rodilla. Con la otra mano pega un puñetazo en una mesa, que se derrumba, súbitamente convertida en astillas. Y mientras tanto sigue tosiendo.

—Ké, ké, ké, ké...

Miro a mi alrededor. El bar está totalmente vacío, con toda la pinta de haberse abandonado precipitadamente. Un Krogan furioso debe ser lo suficientemente peligroso como para que todos los clientes hayan decidido poner tierra de por medio. Echo un vistazo a la salida. ¿Llegaré a tiempo si salgo corriendo, ahora que parece que tiene un ataque? No, no hay ninguna posibilidad. Pero me voy a tener que arriesgar.

Debe haberme leído el pensamiento, porque de pronto una uña de quince centímetros se coloca contra mi garganta mientras su cara se acerca de nuevo a la mía. Le vuelvo a enseñar los dientes, aunque estoy lo que se dice acongojada. Entonces vuelve a toser.

—Eres muy gracioso, pequeño —me espeta al fin en Común, y comprendo que esa tos es su forma de reír—. Pero tienes honor. Me gusta. Pocas razas tienen sentido del honor. Te invitaré a un trago antes de nuestro duelo.

—¿Duelo? —pregunto, procurando que no me tiemble la voz.

—Me has desafiado —explica—. Tenemos que luchar. —Suelta de pronto un gruñido, y sus ojos se entrecierran—. Si es que tienes honor.

De pronto lo comprendo. El rugido en la cara es entre los Krogan un desafío. Me iba a matar como si se tratase de una mosca, pero al desafiarle he logrado ponerme a su nivel. Pero como me niegue a luchar volveré a ser una mosca para él. Una mosca que aplastará sin pensarlo un segundo.

—¡Te mataré por dudar de mi honor! —le grito, haciendo acopio del mínimo valor que me queda—. ¡Te aplastaré! ¡Te destrozaré!

Vuelve a reírse. Me imagino que debe ser gracioso que un enano que tiene menos de la mitad de tu tamaño te desafíe, pero desde mi punto de vista no tiene ni pizca de gracia. Porque el enano soy yo.

—Ké, ké, ké... Me gustas, pequeño. Lucharás honorablemente, y será un honor matarte. Ven, vamos a tomar un trago.

Me coge del brazo, y me lleva hacia la barra. Lo malo es que queda por encima de mi cabeza. El Krogan ladea la cabeza, al darse cuenta del problema, y entonces me levanta con cuidado y me sienta encima de la barra. Echa mano hacia la parte de detrás del mostrador y coge una botella, o algo que se le parece. Y dos vasos. Del tamaño de un cubo.

—Yo no puedo beber ahí —protesto —. Es demasiado grande para mí.

Me mira, y ladea la cabeza. Debe ser un gesto de curiosidad. Entonces la menea, medio asintiendo, medio negando.

—Entiendo. La bebida debe ser proporcional. Tendría una ventaja ilegítima si te diese una cantidad desproporcionada. No hay honor en eso.

Echa mano de nuevo hacia la parte de atrás del mostrador, y coge otro vaso. Es mucho más pequeño, de apenas un cuarto de litro. Coge entonces la botella y llena los dos vasos. Como llevo haciendo desde que trabajo aquí, me pregunto cómo narices puede salir tanto líquido de una botella que debe tener como mucho un litro. No entiendo la tecnología extraterrestre.

El Krogan entonces me presenta su puño.

—Soy Groar —se presenta—. Del clan de los K'Raugh. Así sabrás el nombre de tu vencedor antes de morir.

Cierro el puño, y lo choco contra el suyo. He visto que algunas razas se saludan así.

—Soy Tanit —contesto, decidida a no dejarme intimidar—. Del clan de los humanos. Lucha bien, y te recordaré cuando estés muerto.

Se ríe de nuevo. Me entrega mi vaso y coge el suyo, levantándolo en un saludo.

—¡Por una pelea sangrienta!

—¡Y que gane el mejor! —brindo yo a mi vez, sabiendo que no voy a aguantar ni el primer asalto.

Se lleva el cubo a los labios y bebe. Yo miro el líquido azul, medio fluorescente, y dudo. ¿Y si es venenoso? Entonces suspiro. De todas formas no voy a durar más de unos minutos, aunque intente huir este bruto me alcanzará y destrozará. Casi mejor que sea veneno y le deje sin su pelea por abandono.

Me llevo el vaso a los labios, y pruebo con cuidado. No está nada mal. No, nada mal. Veo que el otro está apurando su cubo, y yo también me bebo el vaso de un largo trago.

—¡Aaaah! —dice Groar, dejando su enorme vaso en el mostrador—. ¡Una verdadera bebida de guerreros! No lo que beben aquí, que parece pis de Rocana. ¿Otro trago?

Asiento. Mientras bebamos seguiré viva.

—Por supuesto.

Vuelve a mirarme con la cabeza ladeada. Tengo la sensación de que le he impresionado.

—Así me gusta —alaba, mientras rellena los vasos—. No he visto a nadie que no sea un Krogan que bebiese más de un vaso de veneno de Tranel sin caerse redondo. Me gustas, pequeño. Lo sentiré cuando hayas muerto.

¿Que nadie ha aguantado más de un vaso? Yo esperaba que esto fuese alcohol, o algo parecido, pero parece un refresco. Igual es que mi metabolismo es tan diferente que a mí no me afecta.

De pronto me llega la inspiración. Una loca idea, pero que puede salvarme. ¿Y si le logro emborrachar? No hay manera que logre llegar a la puerta sin que él me alcance, pero si este brebaje emborracha y a mí no me hace efecto igual le puedo dejar KO y logro escapar. Habrá que seguirle el juego.

—No lo sientas —fanfarroneo, cogiendo mi vaso—. Porque serás tú el que muera hoy, yo pienso seguir viviendo muchos ciclos. Eso sí, yo también lamentaré tu muerte. Estás empezando a caerme bien. Procuraré que no sufras cuando te mate.

Se ríe estrepitosamente.

—Brindemos por eso.

Volvemos a beber, pero a mitad de la bebida baja el cubo que usa como vaso.

—Te dejaré elegir el arma —ofrece, con generosidad.

No he usado un arma en mi vida, ¿pero cómo le explico yo eso? Este bruto es una especie de guerrero, y no puede concebir que alguien no quiera matar a otro.

—No tengo armas. Me tendrás que prestar una.

Vuelve a ladear la cabeza, sorprendido.

—¿Cómo es que un guerrero va desarmado?

Dejo mi vaso en la mesa, lista para salir corriendo si de pronto decide que vuelvo a ser una mosca que hay que aplastar.

—No soy un guerrero. Soy una chica.

—¿Una Ch'ka?

—Chica —le corrijo. Entonces me doy cuenta de que he usado una palabra humana—. Una hembra.

Ladea la cabeza hacia la izquierda. Luego hacia la derecha. Estrecha los ojos.

—¿Una hembra?

—Sí.

Gruñe algo. No parece contento.

—No hay tanto honor en luchar con una hembra. ¿Estás preñada?

¿Preñada? Ah, quiere decir embarazada. Sacudo la cabeza.

—No. No tengo edad para eso.

Hace de nuevo el gesto ese extraño que está entre asentimiento y negación.

—Eso es bueno. No es honorable matar a una hembra preñada.

Vaya. La he cagado. Si le hubiese dicho que estaba embarazada igual me había perdonado. A pesar de ser un bruto por lo visto hay cosas que no le parecen ser éticamente aceptables. Entonces ladea de nuevo la cabeza, mucho más que las veces anteriores.

—¿Dices que no tienes edad para estar preñada?

Me encojo de hombros.

—Sólo tengo once años. —Hago un rápido cálculo—. Cinco ciclos.

Me mira fijamente.

—¿Y eso es mucho o poco? ¿A qué edad tienen las hembras de tu especie sus cachorros?

—Eeh... —Siento que me estoy ruborizando—. Normalmente se casan a partir de los dieciocho.

Se me queda mirando tanto tiempo que termina poniéndome nerviosa. Entonces gruñe algo y acerca la cara, rechinando los dientes. Es un ruido muy desagradable, y muy inquietante.

—¡Eres un cachorro!

¿Qué coño le contesto a eso? No parecen gustarle los cachorros. Por un momento parecía que las cosas iban bien, pero esto está empeorando por momentos. Le enseño los dientes y le gruño, un gruñido bajo y sostenido. Es lo único que se me ocurre.

—Soy lo suficiente mayor como para luchar contigo y matarte.

A su vez me gruñe. Pero su gruñido es bastante más peligroso que el mío.

—No hay honor en matar a un cachorro. Pero me has agredido. Y luego me has desafiado.

Bueno, al menos parece que ya no está tan decidido a matarme. Parece incluso que está buscando una excusa para no hacerlo. Quizás logre salir de ésta.

—Tú me empujaste. Mi honor no permite que me empujen. Fuiste tú quien me desafió.

Ladea de nuevo la cabeza. Debe ser un gesto característico de su especie. Luego me gruñe. Yo le gruño a él. Lo he comprendido, en estos momentos está tanteando si podemos ser amigos. Ojalá.

—Me gustas —gruñe—. Pero un desafío no puede anularse sin sangre. Tendré que matarte, aunque no haya honor en eso. A menos que... —Se queda reflexionando unos instantes—. ¿Tienes un macho propio?

¿A qué viene eso? Igual es que quiere luchar con mi supuesto marido. Noto que estoy colorada como un tomate. Él se fija en mi color, y vuelve a ladear la cabeza, con interés.

—No.

Me mira fijamente, acercando sus ojos hasta sólo centímetros de los míos. Yo respondo a su mirada, sin saber qué pretende. Tiene los ojos azules, con las pupilas amarillas. Unos ojos muy extraños. Entonces me pone la izquierda en el hombro, coge mi brazo izquierdo y lo coloca encima de lo que sería su hombro derecho si tuviese hombros.

—Tanit —me indica—. Repite lo que yo diga.

Pronuncia unos gruñidos, y yo los repito tan fielmente como puedo. Vuelve a soltar otras palabras en su idioma, y yo lo las pronuncio también, probablemente con un acento horrible. Veo de reojo que la gente está entrando de nuevo en el bar, con cautela, pero sigo repitiendo lo que Groar me está dictando. Entonces él me suelta, y coge una especie de collar de su cuello, colgándolo alrededor del mío. Tiene que darle cuatro vueltas, tan grande me queda.

—Ahora —me explica en Común— perteneces al clan de los K'Raugh. Yo seré tu macho, y tú eres mi hembra. Ya no tenemos que luchar.

Los clientes del bar gritan algo, mientras yo me quedo conmocionada al comprender lo que acaba de ocurrir. Tengo once años. Pero me acabo de casar con un extraterrestre de tres metros de altura. ¡Y yo creía que tenía problemas!

—¡Camarero! —ruge Groar—. ¡Bebida para todos! ¡Invitamos mi hembra y yo! ¡Pero nada de pis de Rocana! ¡El que quiera beber, que beba como un guerrero!

Vuelve mi jefe, y se apresura a despachar las bebidas. Yo cojo mi vaso y me lo bebo de un trago. Me lo vuelven a llenar mientras mi marido apura el cubo donde está bebiendo. Está empezando a tambalearse, probablemente esté ya medio borracho.

Yo tampoco estoy muy bien. Me siento muy ligera y algo mareada. El potingue éste azul que estamos bebiendo no es tan inofensivo como parece y me está empezando a afectar. Y para colmo estoy casada con un bicho enorme. Siento cómo todo me da vueltas, y de pronto todo se vuelve oscuro.

Me despierto en la penumbra, con un dolor de cabeza tremendo. Estoy desnuda, tumbada de espaldas sobre algo que parece piel. Algo a mi lado respira con pesadez, algo que huele a una mezcla de canela y sudor. Entonces recuerdo lo que ha pasado, y me enderezo a toda prisa, reculando hasta que mi espalda choca con algo. A mi lado está tumbado el Krogan, Groar. Parece incluso más enorme que cuando estaba de pie, quizás porque entonces estaba encorvado. Me está mirando fijamente.

—No hemos copulado —me informa.

¿Copulado? Me detengo un momento ante la palabra. Entonces lo pillo. Está diciendo que no hemos hecho el amor. ¡Como si yo quisiera hacer el amor con él! Tengo once años, ni siquiera tengo edad para hacer el amor con un hombre, y mucho menos con un Krogan. Qué narices, ¡si ni siquiera he tenido mi primer periodo! Trago saliva. No lo sabía, pero me he casado con este monstruo. Me imagino que ello le da derecho a... bueno, a copular conmigo. Aunque esté aterrada. Porque seguro que me va a doler. Me va a doler mucho.

—Y... ¿vas a hacerlo ahora? —le pregunto con voz temblorosa.

Aparta la manta que le cubre, y veo lo que en un hombre sería el pene. Sí, sé lo que es un pene, y para qué se usa. Pero éste es enorme, como medio brazo mío. Tengo que tragar ante esa horrible visión. Si me intenta follar con eso, me destrozará.

—¿Ves? Te mataría si lo hiciera —contesta—. No eres lo suficientemente grande, eres sólo un cachorro. Pero eres mi hembra. Lo haremos cuando tengas la edad adecuada para tu especie. Cuando tengas dieciocho años. Puedo esperar.

Siento un enorme alivio. Al menos no me va a violar. Es decir, por ahora. Lo malo es que estoy casada con él. Me pregunto si aquí conocen el divorcio.

Groar se endereza entonces en la cama, poniéndose luego de pie. Es una torre que se encumbra por encima de mí. Me mira fijamente. Luego gruñe.

—Levántate.

Hago lo que me ordena, insegura de lo que pretende. Y de pronto me encuentro rodando por el suelo, intentando recuperarme de un golpe juguetón que me ha dado. Se ríe, con esa risa que parece una tos.

—Ké, ké, ké... ¿Y tú querías luchar conmigo? Vas a tener que aprender mucho, pequeña Ch'ka. Pero una hembra Krogan no es un juguete indefenso. Y tú ahora eres una K'Raugh.

Intenta volver a golpearme, y me escabullo por debajo de su brazo, corriendo hacia la puerta. Escaparé, aunque tenga que escapar desnuda. Pero la puerta está cerrada. Me vuelvo. Groar avanza lentamente hacia mí. Intenta agarrarme. Vuelvo a escabullirme, pero esta vez me escapo entre sus piernas. He dado artes marciales como parte de mi entrenamiento en Marte, y sé perfectamente el qué hacer. Levanto la cabeza cuando estoy debajo de él, golpeándole con fuerza los testículos, que son más grandes que mis dos puños juntos. Ruge de dolor, y me agarra del cuello antes de que logre escapar. Entonces me veo perdida. Sé que ahora me va a matar.

Para mi gran sorpresa, me suelta y se agacha, hasta que sus ojos están a mi altura. Abre la boca en lo que casi parece una sonrisa. Aunque en un monstruo así acongoja de verdad.

—Ké, ké, ké... Mejor, Ch'ka. Cuando no tienes la fuerza tienes que utilizar la agilidad. Y tienes que golpear en los sitios más vulnerables. Pero aún te falta mucho que aprender. Vamos a la sala de armas.

Parpadeo, perpleja, mientras abre una puerta hacia otra habitación. No parece estar enfadado, casi parece haber apreciado que yo le haya hecho daño. Desde luego que los Krogan son raros de narices. Con cuidado entro en la sala.

Se trata de una especie de gimnasio, con un montón de armas en los laterales. Me señala algo parecido a un banco, haciendo que me siente. Él coge un bastón de la pared, y se coloca en el centro. Un instante más tarde, decenas de bestias se lanzan contra él. En menos de un minuto las ha despachado, sea partiéndoles el cuello, sea ensartándolas con su bastón. Ni siquiera está sudando, si es que suda este monstruo. Tampoco jadea. Esto, para un Krogan, no debe ser ni siquiera un calentamiento.

—Ahora tú —ordena, lanzándome su bastón—. Algo fácil.

O sea que no me estaba atacando. Al contrario, me está intentando entrenar para que sepa defenderme. Cojo el bastón, dudando, y me pongo en el centro de la sala. Las bestias muertas se levantan y vuelven a sus posiciones iniciales. Deben ser una especie de robots. Entonces me atacan.

No duro ni un minuto. He machacado a dos de los robots, pero entonces los demás me han derribado. Varios me han mordido, unos mordiscos muy dolorosos. Y uno de ellos está con los dientes alrededor de mi garganta. Yo pensaba que el duro entrenamiento de colono que seguí en Marte antes de comenzar mi viaje me habría preparado para superar una situación así, pero por lo visto no fue lo suficiente exigente. Si estas bestias fueran reales, estaría muerta.

Groar no se ríe, lo que agradezco enormemente. Pero se le nota decepcionado por su manera de gruñir.

—Vamos a tener que trabajar muy duro, pequeña Ch'ka. Aunque seas un cachorro, tienes que saber defenderte. Ahora eres una Krogan.

No hay nadie mejor en defensa y ataque que un Krogan. Los Krogan son guerreros profesionales, son el resultado de milenios de evolución en circunstancias desesperadas que harían que cualquier otro ser sucumbiese. Pero como maestros son implacables. No tengo opción, tengo que aprender a luchar, no puedo negarme cuando un ser de tres metros de alto y casi metro y medio de ancho me lo está exigiendo y estoy encerrada con él. Cuando sólo me da comida si he cumplido con su programa obligatorio. Entrenamos todos los días, a todas horas. Es cierto que no tengo suficiente fuerza, pero sí soy ágil, y Groar me enseña a aprovechar mi agilidad. Me enseña técnicas de combate, me muestra los puntos débiles de las diferentes razas y bestias conocidas, y me lo hace repetir una y otra vez, hasta que reacciono instintivamente a todo lo que me echa. Todos los días termino extenuada, dolorida por los golpes o los mordiscos que no he logrado evitar, pero el Krogan no se inmuta ante mis protestas.

—No saldrás hasta que te puedas defender por ti sola —me advierte—. Hasta un cachorro debe saber poder sobrevivir. Y mi hembra debe poder luchar como un K'Raugh. Si mueres en combate, tus enemigos deben poder cantar sobre tu honor y tu poder.

Francamente, no tengo la más mínima gana de morir en combate. Pero a ver cómo se lo explico yo a un ser cuya única meta en la vida es luchar con honor, y morir en un combate épico para que hasta sus enemigos reconozcan su valor.

No me trata mal, hay que reconocerlo. Me raciona la comida hasta que cumplo con los objetivos que me ha marcado, pero después de los primeros días se adapta a mi capacidad de aprendizaje y no paso hambre. De vez en cuando me golpea, pero es lo que un Krogan entiende como un golpe amistoso. Pronto aprende que lo que para uno de su especie es un golpecito suave a mí me hace bastante daño, y procura tener cuidado. Para ser un Krogan es por lo visto muy civilizado.

Por lo demás, es extraño estar con él. Las costumbres Krogan son raras, incluso a veces repugnantes. Como que tengamos que hacer nuestras necesidades delante del otro, mientras éste vigila, como si nos fueran a atacar en este recinto cerrado. O comer espalda con espalda, para que nadie pueda acecharnos. O que se tumbe encima de mí por la noche, para protegerme con su cuerpo. Al menos no se apoya sobre mí, puesto que me aplastaría si lo hiciera. Pero es una sensación muy rara tenerle encima, durmiendo sobre los brazos y piernas doblados. Sobre todo cuando a veces su cosa se pone dura y reposa sobre mi vientre. Sé que ha prometido no... bueno, no copular conmigo, pero soy muy consciente de que me podría violar si quisiera, y yo no podría impedírselo, aun sabiendo que si lo hace me matará.

Con el tiempo, aprendo mucho de los Krogan. Evolucionaron en un planeta de alta gravedad con una fauna y flora verdaderamente brutal, y sobrevivieron siendo ellos incluso más brutales que el planeta donde nacieron. Y, cuando al fin lograron dominar su entorno, sus luchas por unos recursos limitados fueron incluso más brutales que cuando simplemente luchaban para sobrevivir. Pero desarrollaron un sentido del honor al lado del cual los antiguos samuráis japoneses eran unos burdos paletos. Un Krogan sin honor es inconcebible. Matarán por su honor. Morirán por él. El honor lo es todo en un Krogan.

Es sólo cuando Groar me explica cómo funciona su sociedad cuando empiezo a comprender el porqué se ha casado conmigo. Los Krogan están organizados en clanes, cada uno de los cuales está regentado por un matriarcado. Las hembras Krogan son lo más valioso que tienen, puesto que son las únicas que pueden tener los cachorros que se convertirán en los guerreros que protegerán al clan. Un macho no se puede unir a un clan; crece en él. Pero una hembra sí puede elegir su propio clan, y los clanes luchan por conseguir hembras valientes y fuertes que puedan engendrar valiosos guerreros. Las hembras mandan, los guerreros luchan.

Es lo que ha hecho que Groar se haya fijado en mí, que no me haya matado. Le he desafiado, estaba dispuesta a luchar con él incluso sin tener la más mínima oportunidad de vencer. Cumplo con todas las características que los Krogan admiran en sus mujeres. El hecho que sea humana y no Krogan parece que tiene menos importancia que las cualidades que él cree ver en mí. Pero aunque en un clan sería su superior, para Groar aún soy un cachorro de hembra que no puede decidir por sí misma. Me ha acogido en el clan, pero no podré tener opinión propia hasta que sea un guerrero como él. Sólo entonces me obedecerá. Una vez que lo comprendo me vuelco en mi entrenamiento. Ser un guerrero me dará la libertad.

Pierdo la noción del tiempo. Sólo existe este exigente entrenamiento por un profesor implacable, cada vez más fuerte, cada vez más intenso. No sé cuánto dura, estoy demasiado cansada para pensar siquiera en eso. Pero he pasado semanas, quizás meses, encerrada en los aposentos de Groar cuando un día, al despertarme, veo que tiene puesta su armadura de combate. Un Krogan impresiona ya de por sí, en armadura acongoja a cualquiera. Es más fácil parar a un carro de combate antiguo.

—Levántate, Ch'ka —me conmina—. Hoy vas a luchar. Es tu Ragh-Ar-Khar.

Me levanto de la cama, con aprensión. En este tiempo que he pasado con Groar he aprendido mucho de los Krogan. Y sé el qué es el Ragh-Ar-Khar, el paso de la madurez. Una prueba a las que se tienen que someter todos los jóvenes Krogan antes de que se les considere adultos. Una prueba de combate donde no pocos mueren.

Mi macho —no sé por qué no utilizan la palabra marido— me señala un montón de ropas en una esquina. Me sorprende ver que es mi propia ropa, pero complementada con una armadura Krogan individualizada. Adaptada a mi persona. Groar ha debido estar haciendo esta armadura estas últimas semanas mientras yo dormía, robándole tiempo al sueño. O es que un Krogan duerme menos que un humano.

Me visto lentamente. Es una sensación rara, llevar ropa; llevo desnuda desde que Groar me encerró en sus aposentos, no sé dónde había metido mi ropa. La coraza se ajusta bien a mi cuerpo, pero presenta una extraña rigidez que hace que mis movimientos sean más forzados. Si voy a luchar deberé tenerlo en cuenta. Eso sí, pesa menos de lo que esperaba, los Krogan llevan perfeccionando sus corazas desde hace milenios.

Entonces Groar abre la puerta. ¿Cuantos días he soñado con escaparme? ¿Abrir esa puerta y salir corriendo? Sólo cuando salgo me doy cuenta de que estoy en el barrio Krogan de *Punto de Encuentro*. Que si hubiese salido me habrían capturado o matado en cuestión de minutos. Y ahora tampoco puedo huir. Debe haber centenares de Krogan a mi alrededor. Pero además... está el Ragh-Ar-Khar, la prueba de la madurez. He estado tanto tiempo con un Krogan, entrenando para esto, que es impensable que no me presente al Ragh-Ar-Khar. Además... cuando haya superado el paso de la madurez ya no tendré que escapar. Seré oficialmente una adulta. Seré libre.

Hay un Krogan apoyado en una pared, mirando indiferente a los demás de su raza que están pasando. Pero cuando me ve, sisea, mostrándome los dientes. Conozco ese gesto, y sé cómo responder. Me echo hacia delante, como si fuera a saltarle encima, las manos abiertas para agarrarle; enseño los dientes, y gruño en un tono claramente desafiante.

Se endereza rápidamente, poniéndose en posición de combate. Pero veo que mira mi armadura, luego el colgante en mi cuello. Mira a algún punto detrás de mí, y sé que Groar está tomando también la posición de combate. Entonces el Krogan asiente, abandona la postura de combate y gira la cabeza. Acepto el reconocimiento, y paso a su lado, camino de la arena.

—Muy bien, Ch'ka —gruñe Groar cuando cruzamos la esquina. Por un momento siento un gran orgullo. Mi marido casi nunca hace cumplidos. Entonces frunzo el ceño. Marido. Tiene narices que con once años tenga marido. Será verdad, pero a ver cómo salgo yo de ésta...

La arena es un enorme hangar para naves, ahora abandonado. Hay Krogan subidos en las pasarelas, cerca del techo, animando a los cachorros que van a pasar esta prueba. Aparte de mí hay ocho, seis machos y dos hembras. Me reciben con miradas extrañadas, puedo detectarlo por cómo ladean la cabeza. Pero no me prestan mucho tiempo atención, porque tres hembras se nos acercan. Sé lo que son: Las jueces de la prueba. Las que decidirán a qué nos enfrentaremos, y si hemos o no pasado su prueba.

Dicen algo en idioma Krogan, pero mi conocimiento de esa lengua no es suficiente para entenderlo, así que Groar me lo traduce. Es una invocación a sus dioses, para que nos den fuerzas y logremos superar la prueba. Pero la última frase del ritual la conozco, y no hace falta que me la traduzcan porque Groar me la ha estado repitiendo decenas de veces.

—¡Luchad con valentía y venced o morid con honor!

Entonces Groar me ofrece sus armas. Aunque en realidad no son las suyas, sino una versión más pequeña de las que usa normalmente; yo sería incapaz de siquiera levantar su puñal, o su pistola. Pero lo que me da sí es algo que puedo manejar. Una lanza más corta que la que utilizamos en los entrenamientos. Un cuchillo pequeño, mucho más adecuado para mí que el armatoste que él utiliza. Una pistola con ocho balas hecha para el tamaño de mi mano. Mi marido se ha tomado muchas molestias para equiparme.

—Escucha —me susurra cuando termina de entregarme las armas—. Tu fuerza es tu rapidez y agilidad. No dejes que te bloqueen en una posición.

—Lo sé —respondo—. Si lo hago, me matarán.

Asiente. De pronto no le veo como un monstruo, a pesar de su forma. Parece genuinamente preocupado por mí.

—Y mantente alejada de los machos. Especialmente al final.

—¿Por qué? —pregunto, sorprendida.

—Tú mantente alejada.

—¿Por qué? —vuelvo a preguntar, pero ya se está alejando.

Miro a mi alrededor. Los adultos se está retirando, y los cachorros están tomando posiciones de combate, ojeando rápidamente a su alrededor, buscando el peligro que saben que está en algún lado. Rápidamente me doy la vuelta, tomando nota de la situación. Estoy acongojada, pero pienso sobrevivir. El adiestramiento al que me ha sometido el Krogan hace que el entrenamiento de colono que pasé en Marte parezca una simple merienda en el campo. Sé que puedo enfrentarme a casi cualquier cosa.

Lo primero que tengo que hacer es apartarme de los machos. No sé qué es lo que teme Groar de ellos, pero parecía preocupado. Corro hacia un lado, hacia una maquinaria abandonada.

El griterío de las pasarelas me advierte que el espectáculo ha comenzado. Oigo las pesadas pisadas a mi espalda, y corro con todas mis fuerzas. Entonces, cuando sé que me va a alcanzar lo que sea que me persigue, me tiro hacia un lado, girándome por el suelo, levantando la lanza hacia mi perseguidor. Es algo parecido a lo que en la Tierra llamarían un tigre.

Por poco me arranca el arma de la mano, tal es la fuerza con la que me embiste. Pero se ha empalado él mismo la lanza a través de la garganta, metiéndosela en el cerebro, y cuando me derriba ya está muerto. Lo malo es que me ha caído encima, aprisionándome, y hay otra de esas bestias que se está acercando. Apenas me da tiempo de coger la pistola de mi cinturón, y dispararle una bala explosiva en un ojo. Van dos, me digo mientras lucho por liberarme, mirando desesperadamente a mi alrededor.

Justo cuando logro soltarme caen sobre mí otros dos bichos, esta vez del tamaño de perros. Liquido a uno con la pistola, y agarro al más pequeño por el cuello, impidiéndole que me desgarre la yugular con los dientes. Sus garras golpean contra mi coraza; si no la llevase ya me habría sacado los intestinos. Una pata golpea la pistola, arrancándola de mi mano. Se supone que ahora estoy desarmada, pero Groar me ha enseñado bien, no por estar sin armas estoy indefensa. Furiosamente le clavo los dedos en los ojos, sacándole uno. Es asqueroso, pero efectivo. La bestia aúlla de dolor, y se suelta, emprendiendo la fuga. Agarro de nuevo la pistola y me levanto. Miro a mi alrededor mientras despejo la lanza.

Los espectadores encima de mí están aplaudiendo; otros, más lejos, están señalando los diferentes combates que están teniendo lugar. Hacia la izquierda, bastante lejos, hay dos machos luchando espalda con espalda contra una multitud de los perros que me han atacado. Más allá hay otro luchando contra lo que parece una monstruosa araña. A mi derecha hay una hembra, la espalda apoyada contra una pared, manteniendo a raya a cuatro bichos de seis patas con dientes como cuchillos que están intentando matarla. Tres bichos están a un lado, muertos.

No sé por qué lo hago. Levanto la pistola, y disparo contra uno de los bichos que atacan a la hembra; cae fulminado, mi puntería es muy buena. Pero uno de esos monstruos se da la vuelta y carga contra mí.

Ni siquiera tengo tiempo de tener miedo, mi entrenamiento decide por mí. La pistola no es fiable, no en un blanco que se mueve tan rápido; la dejo caer. Cuando el bicho salta me echo a un lado, ensartándole con la lanza, volteándole, clavándole la lanza en la garganta y retorciéndola hasta que deja de moverse. Miro de nuevo a la hembra. Ha terminado con los dos bichos que la habían atacado y me está mirando con curiosidad, la cabeza ladeada. Entonces levanta el brazo derecho y me tira la lanza. Salto hacia un lado, maldiciendo a esa hija de perra, y entonces oigo el aullido a mi espalda. He descuidado un momento mi retaguardia, y otro de esos perros con colmillos como dagas ha estado a punto de agarrarme. Pero la lanza de mi nueva amiga lo ha parado en seco.

Miro a mi alrededor, mientras recupero la lanza de la hembra para devolvérsela. Están acabando los combates; ya casi no hay bichos vivos. Y entonces veo el porqué Groar me ha advertido contra los machos. Dos de ellos han aparecido detrás de la hembra, y la derriban. Uno se sube encima de ella, sujetándola, y el otro se pone a quitarle la coraza. Recuerdo lo que me ha contado Groar sobre las hembras Krogan: Que ellas pueden elegir su propio clan. Salvo si son derrotadas en combate y el macho toma posesión de ellas.

Apenas lo he recordado cuando una mano enorme me agarra de un brazo, haciéndome soltar la pistola, y me fuerza a volverme. Otro de los machos me ha capturado, y por cómo se está soltando la coraza sé perfectamente qué es lo que va a hacer. Groar iba a esperar hasta que tuviese dieciocho años; éste no va a esperar tanto. Lo malo es que la violación probablemente también me matará.

Por suerte he sido entrenada a conciencia por un Krogan que debe haber sido un maestro guerrero. Mi adversario, en cambio, no ha tenido tanta suerte o está tan convencido de que soy inofensiva que no toma precauciones; debiera haberse fijado en los tigres. Saco el cuchillo, y lo clavo en la mano que me está agarrando. Chilla, de pronto alerta, pero está con la parte inferior de la armadura bajada, sin poder moverse, y sé perfectamente cuál es su punto más débil. Un instante más tarde está retorciéndose de dolor mientras yo corro hacia la otra hembra, recogiendo la pistola del suelo. Esos cerdos no van a conseguir su propósito, no mientras yo esté armada.

La hembra está inmovilizada, su armadura abierta, los dos regodeándose de lo que van a hacer. Llego justo cuando el más grande se inclina sobre ella, y desde atrás le pego con todas mis fuerzas entre las piernas. Chilla, derrumbándose sobre la hembra, mientras el otro la suelta y echa mano a sus armas. Le apunto con mi pistola antes de que llegue siquiera a sacarlas.

—No hay honor en matarte —le digo en Común, girando a su alrededor para no tener a los otros dos a mi espalda—. Pero lo haré con mucho gusto.

Entonces me inclino hacia delante, y le rujo en la cara con todas mis fuerzas. Le estoy desafiando. Un desafío a muerte. Retrocede.

Entonces me vuelvo, y me enfrento a los dos a los que he pateado los huevos y que se están acercando. También les rujo. Y también retroceden. Después de todo, son unos cachorros que acaban de pasar el Ragh-Ar-Khar; aún no están preparados para luchar con un ser tan pequeño que no sólo les ha derrotado sino que ahora les desafía a muerte. Uno de ellos señala los tigres que he matado, y luego se miran entre ellos. Entonces se inclinan, colocan el puño derecho contra su pecho, y se van.

La hembra se la levantado. Cuando me vuelvo está hacia un lado, en posición de combate, pero no me está amenazando a mí. Aprovechó el momento que la soltaron, y estaba dispuesta a ayudarme a luchar contra esos tres. Ahora se relaja, ladea la cabeza, y me mira firmemente. Luego levanta el brazo derecho, y se golpea con el puño en el pecho. Una muestra de respeto.

Oigo un grito hacia mi izquierda, y veo que tres machos están sobre la otra hembra. ¡Serán cerdos! Pero cuando intento avanzar una enorme manaza me retiene suavemente.

—Es demasiado tarde —me informa la hembra que he salvado—. Ahora es de su clan. Botín de guerra. Igual que lo habría sido yo si no hubieses intervenido.

Me vuelvo hacia ella. No es tan grande como Groar, apenas debe llegar a los dos metros. Lógico, es una hembra joven, probablemente tenga sólo el equivalente a dieciséis o diecisiete años terrestres. Pero desde luego que es mucho más grande que yo.

—¿Y tú habrías dejado que te incorporasen a su clan a la fuerza? ¿Después de violarte?

Ladea la cabeza, mostrando su sorpresa.

—¿Por qué no? Sería su botín de guerra. Habría engendrado sus cachorros. Lo exigiría mi honor.

Suelto un taco en mi propio idioma, puesto que no sé decirlo en Común. A pesar de mi edad, sé lo que es una violación. Es repugnante. Uno de los peores delitos que pueden existir. Que los Krogan lo consideren una manera legítima de casarse es para que se te revuelvan las tripas. Me alegro haberles pateado los testículos a esos dos cabrones. Tenía que haberlo hecho también con el tercero.

Llegan las jueces, y nos hacen señas para que nos acerquemos. Veo con disgusto que la hembra que han violado se une a sus violadores; es repugnante. Los tres que me han atacado procuran no acercarse demasiado a nosotras, y cuando uno de ellos lo hace dejo escapar un gruñido de advertencia. Se apresura a mantener la distancia. Entonces me doy cuenta de que falta uno de los cachorros. Sólo somos ocho. Hay uno que no ha superado el Ragh-Ar-Khar.

Las jueces hablan primero con los tres violadores y la hembra que han violado. Les entregan una daga, les dicen unas palabras, y los cuatro se van; para mi sorpresa, la hembra se va con ellos sin que nadie le diga nada. Debe ser cierto que ahora se considera miembro del clan de esos tres.

Después le toca licenciarse al que ha intentado violarme a mí. Coge su daga, saluda a las jueces y se va, desgarrando su ropa para vendarse la mano que he apuñalado. Pero se queda a la espera a cierta distancia, como si esperase algo. Los dos siguientes hacen algo parecido. Entonces las jueces se encaran con la hembra que he salvado.

—¿Cuál es tu nombre? —preguntan.

—Tara —responde la otra—. Nacida en el clan Na'v-Re.

Entonces las jueces le colocan una mano en la frente, y entonan una extraña canción. Me quedo mirándolas, sorprendida. No lo han hecho con los demás cachorros. Terminan de cantar y sin más ceremonia le entregan su daga. Puedo ver que es pesada, casi cincuenta centímetros de acero, de formas caprichosa. Mortal.

—Ya no eres una Na'v-Re —le dicen—. Te has ganado la libertad de elegir tu clan. Elige bien. Elige un clan con honor.

Tara entonces me mira, y sé lo que está pensando. No se ha ganado esa libertad. Se ha he regalado yo.

Se inclina ante las jueces, y les saluda, colocando el puño contra su pecho. Luego también ella se va, mientras las jueces me miran a mí. Por cómo ladean sus cabezas sé que están sorprendidas.

—Luchaste bien —me dice al final una de ellas en Común—. Luchaste con honor. Te ganaste tu libertad de elección. Pero no debías haber interferido en la lucha de Tara.

—Tuve que hacerlo —respondo—. No había honor en lo que estaban haciendo. Dos machos contra una hembra. Intentando copular con ella contra su voluntad. No era una lucha honorable.

Me miran fijamente. Tengo la sensación de que están impresionadas.

—Hay honor en ti, pequeña. ¿Cuál es tu nombre?

—Tanit.

Una de ellas se inclina hacia delante y coge mi collar, examinándolo.

—Eres una K'Raugh —afirma, mirando el colgante—. Pero no por nacimiento. Ya elegiste tu clan.

Bueno, elegir, lo que se dice elegir... no sabía lo que hacía. Pero eso no puedo decirlo.

—Soy una K'Raugh —confirmo.

—¿Y a qué nido te has unido?

¿Nido? No tengo ni idea de qué me están hablando. Pero entonces oigo la voz de Groar detrás de mí, en un tono que supongo que es de respeto.

—Ha creado su propio nido, nobles damas. Es mi Art'Ana.

¿Art'Ana? ¿Dueña del nido? ¿Me acaba de llamar por el título que se le da a la matriarca de un clan? Veo que las juezas están sorprendidas. Hablan rápidamente entre ellas, y entonces la más alta de ellas me pregunta:

—¿Cómo se llama tu nido, pequeña?

Estoy tan sorprendida por lo que está pasando que no sé qué contestar. Miro a Groar, pero él también me está mirando, expectante.

—Martín —barboteo al final, porque ése es mi apellido.

—Maart'Ing —repite la jueza, saboreando las palabras—. El martillo de la tormenta. Un buen nombre para un nido. Un nombre honorable.

Las demás jueces asienten, con ese extraño gesto que tienen los Krogan, una mezcla de asentimiento y negación. Ni siquiera sabía que mi apellido significase algo en su idioma. Al menos significa algo bueno para ellos. Entonces me doy cuenta de que me están mirando de nuevo.

—No es muy común que se cree un nuevo nido —me dicen—. Requiere mucho valor empezar desde cero. Y es inaudito que el nido lo cree un cachorro que no haya pasado aún el Ragh-Ar-Khar y que consiga el respeto de un macho para unirse a ese nido. —Vuelven las tres a ladear la cabeza, examinándome críticamente—. A pesar de tu tamaño, tienes honor, Tanit. Tienes valor. Y no eres nada común. Serás una magnífica Art'Ana que dará grandeza a su nido. Que engendrará grandes guerreros.

Eso último ya podía habérselo callado. No tengo la menor intención de engendrar un Krogan, suponiendo que sea siquiera posible.

Colocan sus manos al unísono sobre mi frente, y cantan algo que no comprendo. Pero en mi mente tengo una sensación extraña, como si me estuvieran hablando de grandes batallas y heroicas gestas. Sé que la telepatía es posible, yo misma tengo un poco de ese don. Pero no se trata de una telepatía como lo que yo he experimentado, es como si contactase con su memoria racial, con su historia, sus sueños, sus aspiraciones. Y sé, sin lugar a dudas, que no podré nunca abandonar mi nido. No después de sentir esto. De ser una con ellas. De ser investida Art'Ana de mi propio nido.

De pronto estoy de nuevo libre de mi ensoñación. Estoy delante de las tres jueces, con una pesada daga en mis manos y sé que es cierto. Soy la matriarca de mi nido. La dueña de todo lo que hay en él. Y para mi sorpresa las tres jueces se inclinan ante mí, y se llevan el puño al pecho, en señal de respeto. Soy la única a la que han saludado así.

—Las has impresionado, Art'Ana —me dice Groar cuando se han ido—. Me has impresionado a mí. Hice bien en reclutarte para mi clan. De unirme a tu nido.

Me vuelvo para mirarle. Es un monstruo enorme, de tres metros de alto, que se levanta como una torre encima de mí. A su lado soy insignificante. Y aun así me está diciendo que le he impresionado.

—Sólo luché como me enseñaste a hacerlo.

Levanta el brazo, y golpea su pecho con el puño, con respeto.

—Cualquiera puede luchar. Hasta las bestias. Pero sólo un verdadero Krogan puede luchar con valor y honor, como has hecho tú. De intervenir cuando el honor está siendo dañado. Hoy has aportado honra a tu clan, Tanit. Has demostrado que en verdad eres la Art'Ana de nuestro nido.

Es la primera vez que me ha llamado por mi nombre, hasta ahora siempre me había llamado Ch'ka, o cachorro. Me siento aturdida. Ya no parece la bestia que me encerró, que me obligó a aprender a luchar. Ahora parece... sí, un marido Krogan dirigiéndose a la matriarca de su familia.

—¿De verdad soy ahora la Art'Ana?

Asiente.

—Lo eres. Ordena, y te obedeceré. Lucharé por ti. Moriré por ti.

Me quedo mirándole. A estas alturas sé suficiente de los Krogan como para saber que no está mintiendo —los Krogan no saben mentir. Han cambiado las tornas. Ahora ya no soy yo la que está su merced. Es él quien está a la mía. Hará cualquier cosa que yo le pida. Incluso matarse, si yo se lo ordeno. Así es el honor Krogan.

Su gruñido de advertencia me saca de mi ensimismamiento. El Krogan que intentó violarme y los dos que intentaron violar a Tara se están acercando. Tomo la posición de combate, agarrando fuertemente la daga que aún tengo en mi mano. Pero los tres Krogan abren las manos, enseñándome las palmas para mostrar que vienen desarmados. Les miro, desconfiada. Sabiendo lo que han intentado hacer, no me fío ni un pelo de ellos.

—¿Qué queréis?

—Te invitamos a que te unas al clan de los Kre're, valiente guerrera. Hay honor en ti, y mereces pertenecer a un gran clan. Con nosotros podrás criar poderosos guerreros que darán gloria y honor a nuestro clan.

Joder. Una proposición de matrimonio. ¿Pero qué les hago yo a estos Krogan? Tengo once años, y están todos emperrados en que me ponga a tener pequeños Krogan con ellos.

A mi lado oigo gruñir a Groar. Es un gruñido bajo, prolongado. Uno que significa que como sigan importunándonos habrá combate. Pero está esperando a que yo conteste antes de iniciar las hostilidades. Después de todo, soy la Art'Ana del nido. ¿Pero qué narices contesto? Como no tenga cuidado habrá lucha. Son tres contra uno. Aunque Groar sea un guerrero experimentado y ellos novatos, las perspectivas no son buenas. No me hago ilusiones respecto a mi propia capacidad de combate frente a tres Krogan, esta vez no les pillaré desprevenidos. Entonces se me ocurre la respuesta perfecta.

—Soy del clan K'Raugh. No abandonaré a mi clan. No hay honor en eso.

Se miran entre ellos, y aceptan el argumento. Un instante más tarde se están alejando. Groar gruñe, despectivo.

—¡Criar poderosos guerreros con ellos! —Se ríe—. Ké, ké, ké. Son débiles, Art'Ana. Les derrotaste. Tú mereces algo mucho mejor.

Ya. Se refiere a él mismo. ¿Qué coño voy a hacer con él? Groar no es precisamente un príncipe azul. Ni siquiera es humano. Pero según las costumbres Krogan, es mi marido.

—¿Art'Ana? ¿Eres la Art'Ana de tu nido?

Me vuelvo ante la pregunta. Es esa hembra que he salvado, Tara. Está apoyada en su lanza, la cabeza ladeada, mirándome con curiosidad.

—Sí.

Ladea la cabeza hacia el otro lado. Es obvio que está muy sorprendida.

—¿Cómo se llama tu nido?

—Martín. —Recuerdo cómo lo han pronunciado las juezas y lo repito, pronunciándolo como un Krogan—. Maart'Ing.

—Un nombre honorable. —Mira a Groar con interés—. ¿Es un macho de tu nido?

Le miro yo a mi vez. Está contemplando a la hembra con curiosidad. Debe ser bonita, me imagino. Al menos es joven.

—El único macho.

Y uno de más, no me atrevo a decir. Al menos sólo hay uno, sé que los nidos Krogan pueden tener hasta cien machos y otras tantas hembras. Sólo me faltaba estar en un nido así.

Tara parece dudar. Entonces deja cuidadosamente la lanza en el suelo, delante de mí, y se despoja de las demás armas, que coloca encima de la lanza. Para mi sorpresa, se arrodilla, abre las manos y levanta la cabeza, presentándome su garganta.

—Art'Ana, te ofrezco mi vida. Hónrame aceptándome en tu nido y permitiendo que engendre tus guerreros, para mayor gloria y honra de tu clan.

¡Joder, joder, joder! ¿Pero qué coño les pasa a estos Krogan? Es la segunda proposición de matrimonio en menos de cinco minutos. Esta vez por parte de una hembra. Al menos esta no quiere hacerme pequeños Krogan, está dispuesta a tenerlos ella.

Miro a Groar, buscando ayuda, pero está visto que no voy a conseguirla.

—Es tu decisión, Tanit. Eres la Art'Ana.

Echo de menos Marte. Allí al menos no pasaban estas cosas. Allí nadie le propondría matrimonio a una niña como yo. Y menos unos monstruos de ojos saltones que podrían aplastarme sólo con sentarse encima. ¿Pero cómo es posible que esté yo en un lío así? Sé que tengo un coeficiente intelectual que me califica como genio, pero para esto no basta ser un genio. Ni Dios en persona sabría resolver este lío.

Ojeo a los dos Krogan. Groar está mirándonos alternativamente a la hembra y a mí. Debe ser atractiva, supongo, porque la mira más que a mí. Tara, en cambio, sigue con la cabeza alta, ofreciéndome su garganta. De pronto sé que sólo puedo elegir entre degollarla o aceptar su oferta. Los Krogan son así. Si la rechazo la deshonraré, y preferirá estar muerta. La pesada daga en mi mano de pronto parece estar esperando mi respuesta.

Debí dejar que la violaran. Entonces ella estaría en otro clan y yo no estaría en este lío. Pero no, tuve que salvarla. ¿En qué estaría yo pensando? ¿Cómo es posible que la haya cagado así?

Miro la daga en mi mano, y sé que no voy a usarla. Quizás un Krogan no dudaría en un caso así, pero aunque ahora pertenezca a un clan yo no soy una Krogan de verdad. No puedo matar a sangre fría. No soy una asesina. Y Tara me ha salvado la vida.

Inspiro lentamente, intentando calmarme, y me cuelgo la daga del cinto. Mi madre siempre me decía que la vida de adulto es complicada, y yo no la creía. Pero mamá no tenía ni idea de lo embrollada que puede llegar a ser la vida fuera de la sociedad humana. Especialmente cuando tienes sólo once años y todos los ET están convencidos de que eres una adulta.

Cojo la mano izquierda de la Krogan, y la coloco en mi hombro derecho. Coloco mi izquierda sobre el final de su brazo, allí donde estaría su hombro si es que lo tuviese. Baja la cabeza, mirándome a los ojos. Lo ha entendido, sabe que no va a morir, que voy a acogerla en mi familia.

No recuerdo las palabras que me dijo Groar cuando me pidió que las repitiese. Cuando se casó conmigo. Mi conocimiento del idioma Krogan es muy deficiente, y no tengo ni idea de cuál es el ritual que hay que seguir. Pero soy la Art'Ana. Si no conozco el ritual podré establecer uno nuevo. ¡Qué narices! Es mi nido, ¿no?

—Repítelo conmigo, Tara —digo en Común—. Yo, Tara, me uno al nido Martín. Lucharé por él, moriré por él. En ningún momento deshonraré a mi nido, y respetaré y protegeré a sus miembros aún a costa de mi vida. Tendré mis cachorros en el nido, y los educaré con honor. Así lo juro por mi honor. Así lo haré hasta el día de mi muerte.

No es un ritual Krogan, pero es lo más parecido que se me ocurre. Ella lo repite seriamente, sus extraños ojos clavados en los míos. Inspiro de nuevo.

—Yo, Tanit, te acepto a ti, Tara, en nuestro nido. Serás una de nosotros, lucharemos por ti, moriremos por ti. Gozarás de nuestro respeto, compartirás nuestro honor. Engendraremos tus cachorros, y te ayudaremos a convertirlos en honorables guerreros. Así lo juramos por nuestro honor. Así será mientras exista nuestro nido.

No sé qué más hacer, así que le bajo la cabeza, y la beso en la frente. Luego doy un paso atrás, y la saludo, golpeando mi pecho con el puño. Entonces ella se echa hacia delante, como si fuera a besar mis pies. Miro a Groar, interrogante, mientras Tara sigue echada. Él hace un gesto de levantar, saca su cuchillo del cinto, y hace un ademán de entregármelo.

Vale, lo he pillado. Ayudo a Tara a levantarse. Ello lo está esperando y se levanta sola, porque yo desde luego no tendría suficiente fuerza para hacerlo. Saco la daga que me han dado del cinto, y se la ofrezco con ambas manos. Ella la acepta, y me ofrece la suya. Luego me saluda, y yo la saludo a ella.

Entonces Tara se encara con Groar. Se inclina, luego le ofrece la daga que le acabo de dar. Él la coge, y le entrega la suya. Se saludan. El macho entonces se dirige a mí. Se inclina, me ofrece mi propia daga. Se la cambio por la de Tara, y nos saludamos. Resulta que la única que al final no ha cambiado de daga soy yo. Supongo que es porque soy la Art'Ana.

Entonces Groar se ríe, se agacha y nos abraza a las dos. Me deja sin aliento. Un Krogan efusivo puede romperte las costillas sin querer. Espero que no lo haya hecho, pero sí las tengo algo magulladas.

—¡Tenemos que celebrarlo! —ruge.

Me imagino que sí, que hay que celebrarlo. Acabo de casarme por segunda vez. Con once años. Al menos esta vez sí sabía lo que hacía. Bueno, espero que al menos Groar a partir de ahora le preste más atención a Tara que a mí. Supongo que es atractiva para ser una Krogan, aunque su concepto de belleza no es algo que yo comparta. Y puedo asegurar que no voy a estar en lo más mínimo celosa si monopoliza a nuestro macho común.

Groar nos lleva hacia la puerta, pero de pronto me detengo al detectar algo extraño. Todos están dispersándose en diferentes direcciones. Sin embargo, un grupo de Krogan está en un corrillo, mirando algo que está en el suelo. Un cuerpo. De pronto me acuerdo que uno de los cachorros no ha pasado la prueba.

Dudo por un instante. No le conocía de nada. Pero ha muerto intentando convertirse en adulto, mientras que yo he sobrevivido. Lo lógico es que vaya a darle el pésame a su familia. Apenas lo pienso, me encamino hacia ellos, ignorando la exclamación de sorpresa de mi nueva familia.

Los Krogan se vuelven cuando me acerco. Se echan hacia adelante, amenazadores. No parece que estén muy contentos. Quizás haya metido de nuevo la pata. Sí, la he metido. Los Krogan no aceptan las condolencias, lo consideran un insulto.

—Vienes a burlarte de nuestro clan? —sisea uno, y todos sueltan el gruñido que precede al desafío. No, no están nada contentos de mi presencia. Pienso furiosamente, encontrando por suerte la respuesta perfecta. Señalo al muerto.

—Vengo a honrarle. Luchó bien.

Los Krogan se miran entre ellos, evidentemente perplejos. Entonces desde atrás se abre paso una hembra, evidentemente la matriarca. Es grande, casi tan alta como los guerreros. Ladea la cabeza al mirarme. Está claro que no sabe en qué atenerse conmigo. Pero al menos ya no me son hostiles.

—Era débil. Merecía morir. No superó el Ragh-Ar-Khar.

En realidad era un crío. Su tamaño es imponente, pero debía tener el equivalente a quince o dieciséis años humanos. Los Krogan son implacables, pero sé que al menos su madre lamentará su muerte. También ellos tienen sentimientos.

—Era valiente. Luchó con honor. Murió como un guerrero. Hizo honor a su clan.

Ahora me están todos mirando. Luego todos se vuelven a mirar a la matriarca. De pronto sé que ella es la madre del muerto, y que no puede reconocerlo como hijo suyo puesto que no superó la prueba. Así son los Krogan. Así es su honor. Ella me está mirando, fijamente.

—Nadie brindará por su nombre.

—Los K'Raugh lo haremos. Nosotros honramos a los valientes.

Durante un eterno minuto nos miramos. Luego ella extiende el puño.

—Soy Ark-At, del clan de los Trek'Naa, Art'Ana del nido Brak.

Choco mi puño contra el de ella.

—Soy Tanit, del clan de los K'Raugh, Art'Ana del nido Martín. Maart'Ing. ¿Cómo se llama aquél al que queremos honrar?

—Es mi hijo Brak-At.

Me abren paso, y me planto delante del muerto. Una de las bestias le desgarró la garganta, y está cubierto de sangre. Pero pagó caro su peaje de entrada al cielo Krogan, si es que existe tal cosa. Hay al menos seis bestias muertas a su alrededor, la última aún ensartada en sus garras. Sé lo suficiente de las costumbres de los Krogan como para saber el qué hacer.

—Yo te saludo, Brak-At. Tuviste la muerte de un guerrero, y moriste con honor. Recordaremos tu nombre.

Golpeo mi pecho con el puño derecho, y oigo cómo a mi lado Groar y Tara me imitan. Un instante después todos los demás Krogan hacen lo mismo, con un gran estruendo.

Me vuelvo, y me encaro con la madre del muerto. Tiene la cabeza ladeada, en ese gesto de curiosidad que tienen los Krogan, mirándome desde lo alto. No sé qué piensa, pero debe estar preguntándose cómo alguien de mi tamaño ha podido sobrevivir cuando su hijo no ha podido hacerlo. Y debe estar muy sorprendida de que yo haya ido a honrar a un cachorro que ni siquiera logró superar el Ragh-Ar-Khar. Entonces levanta el puño y se golpea el pecho.

—Yo te saludo, Art'Ana del nido Maart'Ing. Eres pequeña, pero grande en honor. Los K'Raugh son gente de honor. Los Trek'Naa no lo olvidarán.

Ladra una orden, y los miembros del clan levantan cuidadosamente a su hijo entre seis. Se ponen en formación, y lentamente se van, sosteniéndolo en alto entre ellos. Honrando a un guerrero caído.

—Hiciste bien —gruñe Groar a mi lado—. Sería un cachorro, pero luchó con valentía.

—Jamás vi que se honrase a un cachorro —rezonga Tara a mi lado. Me vuelvo hacia ella, un poco molesta por su reproche, pero me está mirando con la cabeza ladeada, claramente pensativa—. No es nada común. Pero una líder de verdad tampoco hace cosas comunes. —Me mira fijamente, y se lleva el puño al pecho, en señal de respeto—. Es cierto, Art'Ana. Eres pequeña, pero grande en honor. Hoy has honrado doblemente a tu clan. Soy afortunada de que me hayas aceptado en tu nido.

¿Y qué coño respondo yo a eso? Noto que me he ruborizado. Aún soy una niña, tengo sólo once años. Y aquí tengo a dos Krogan adultos, capaces de matarme con una sola uña, que me reconocen como su líder, que están incluso halagando lo que ha sido una metedura de pata y que ha salido bien de pura chiripa.

—Vamos a beber algo —masculló—. Tengo sed.

Groar nos conduce a un bar en las cercanías. Está oscuro, como les gusta a los Krogan, y está atestado. No hay ninguna mesa libre, así que nos sentamos en la barra. O mejor dicho, soy yo quien se sienta encima de la barra con ayuda de Groar, porque ellos simplemente se apoyan en ella.

—Veneno de Tranel —pide mi macho, sin preguntar si nos apetece otra cosa. A decir verdad, yo había estado pensando en beber agua.

Mientras el camarero nos sirve, miro a mi alrededor. Hay al menos cincuenta Krogan en el bar, y todos nos están mirando. Mejor dicho, me están mirando a mí. Me imagino que debo ser todo un espectáculo, tan pequeña, codeándome con dos Krogan adultos. Les enseño los dientes, mostrando que no les tengo miedo, y después de echar un vistazo a mi collar y a la daga que tengo en el cinto vuelven a conversar entre ellos. Por cómo de vez en cuando me miran sé que debo ser el principal tema de conversación del bar.

—Nunca había bebido antes veneno de Tranel —dice Tara lentamente, cogiendo su vaso y mirándolo con intensidad.

—Ahora eres adulta —le digo, cogiendo el mío—. Has superado el Ragh-Ar-Khar. Puedes beber la bebida de los guerreros. —Levanto el vaso—. ¡Por Brak-At, que murió luchando!

—¡Por el valiente que murió con honor! —exclaman los dos, y se beben de un largo trago sus jarras del tamaño de un cubo. Luego estampan las jarras en el suelo. Termino yo mi vaso y hago lo mismo. Los demás Krogan nos miran un instante, y luego apuran sus bebidas y destrozan sus propias jarras en el suelo. En un momento el suelo del bar está lleno de cristales. Pero es la costumbre. Es un insulto a la memoria de un guerrero beber en su honor y luego utilizar el vaso para algo más mundano. En menos de un minuto tenemos jarras nuevas, llenas hasta el borde.

—¡Aaah! —respira Groar, tomando un nuevo trago—. ¡Bebida de los dioses! ¡Justo lo que necesita un guerrero!

—No sabía que el veneno de Tranel era tan fuerte —musita Tara, mirando su jarra.

Nuestro macho ruge de la risa.

—¡Mira a Tanit! ¡Se lo traga como si fuera agua! ¡Bebe como una verdadera Art'Ana!

Bueno, la verdad es que a mí no me hace el mismo efecto que a ellos. O es que en mí tiene efectos retardados. Pero sí es cierto que, comparando lo que beben con nuestros respectivos pesos, yo estoy bebiendo mucho más que ellos. Claro que después de la pelea también tengo mucha sed.

—Sabes que luego me tumbará. Como ocurrió la otra vez.

Se ríe, con su característico ké, ké, ké.

—¿Y qué es un guerrero que no sabe beber hasta caerse redondo? Pero basta de celebraciones. Tenemos que acoger a Tara en nuestro nido.

Supongo que pongo cara de idiota. No tengo ni idea de qué está hablando. Pero claro, él aún no sabe leer los gestos humanos. Creo.

Paga las bebidas y se da la vuelta, para salir. Tara hace intención de ayudarme a bajar, pero la ignoro y salto desde la barra al suelo, apenas es poco más de metro y medio de altura. Juntos vamos hacia la salida, y para mi sorpresa ningún Krogan siquiera nos mira. Me han aceptado; soy una de ellos.

Reconozco que, al salir, por un instante pienso en huir. Pero luego me lo pienso mejor. ¿Para qué voy a hacerlo? ¿A dónde podría ir sin una nave? Estoy sola, sola a quince mil años luz de mi casa. No tengo a nadie, salvo a ellos dos. Por muy extraños que sean, en estos momentos son mi única familia. Los únicos que me protegerán y cuidarán en una galaxia más extraña de lo que nunca pudiese imaginar. Suspiro. La habré estado cagando, pero al menos ahora les tengo a ellos dos.

Llegamos al apartamento de Groar, y después de palmear la entrada para que se abra hace que Tara y yo coloquemos las palmas de nuestras manos sobre el sensor. Ahora se abrirá a nuestro tacto. Ya no soy una prisionera, o un cachorro que haya que proteger. He superado el Ragh-Ar-Khar, y por lo tanto para ellos soy una adulta. Es más, soy la dueña del nido. La matriarca de los tres. Puedo entrar y salir como y cuando me apetezca.

Veo que Tara mira a su alrededor, evaluando su nuevo hogar. No puedo decir si le gusta o no, me cuesta comprender los estados de ánimo de los Krogan, aunque a veces casi puedo adivinar los de Groar. Pero entonces éste me coge, y con cuidado se pone a quitarme la armadura. Me quita mi cuchillo y la pistola, y los coloca en mi lado de la cama. Luego me quita la ropa.

No me resisto. He estado desnuda delante de él durante semanas, y no me ha hecho nada. En el nido se conoce que hay que estar desnudo. Quizás sea una muestra que no hay nada que ocultar ante los parientes.

Cuando ha terminado empieza con Tara. Miro con curiosidad cuando le quita la coraza y después la ropa que lleva debajo. Es más delgada que Groar, y tiene unos pechos casi tan grandes como mi cabeza. Eso me sorprende. Pensaba que los Krogan eran reptiles, pero por el aspecto de Tara es obvio que son mamíferos. Su sexo no es demasiado diferente al mío, salvo que en vez de ser blando parece tener escamas. A diferencia de la pelusilla que tengo yo, ella no tiene vello. Pero desde luego que no parece humana en absoluto. Si me hubiera encontrado a estos dos sólo un año atrás, habrían pasado a ser los protagonistas de mis pesadillas. Pero a estas alturas ya estoy curada de espantos en lo que a extraterrestres se refiere.

Groar se desnuda a su vez, y nos hace un gesto para que nos acerquemos. Nos ponemos en círculo, las manos sujetas, y los dos Krogan se ponen a cantar algo en su idioma. Es desagradable para mis oídos, pero la melodía de alguna manera también resuena en mi mente. Entonces Tara se arrodilla ante mí. Incluso de rodillas es más alta que yo. Miro a Groar, buscando un indicio sobre el qué tengo que hacer, y él hace un gesto señalando a la hembra, y luego tocándose la frente con las manos.

Me imagino que debo imponerle las manos, o algo así. Levanto los brazos y coloco mis manos sobre la frente de Tara, que ha cerrado los ojos. Entonces pego un respingo. Groar se ha puesto a mi espalda y ha colocado sus enormes manos sobre mi frente. Lo malo es que también tiene una erección, y siento cómo su cosa se aprieta contra mi espalda.

¿Me va a violar a pesar de todo? ¿A pesar de su promesa de que no copularíamos hasta que cumpliese los dieciocho? Pero entonces un pensamiento cruza mi cabeza, claro con el cristal.

—*No, pequeña Ch'ka, aún no. Aún no ha llegado el momento para ti. Pero sí para Tara.*

Sus manos se retiran, siendo sustituidas por otras, y Groar hace que me siente, luego que me tumbe, sin que las manos de Tara se muevan de mi frente ni las mías de la suya. Siento sus pensamientos, lejanos, extraños, y entonces llega el placer, un placer salvaje, brutal, cuando Groar la toma por detrás, haciéndola suya, sellando nuestro pacto con ella. Un placer que me desborda, que me ahoga, que me oprime hasta que me arrastra a la oscuridad.

Vuelvo a la vida lentamente. ¿Qué es lo que ha ocurrido? ¿Sexo? No un sexo humano, desde luego. No un sexo físico, puesto que yo no he tenido ninguna relación sexual. Pero es algo que jamás olvidaré.

—Es sólo un cachorro. No me lo dijiste. No debimos compartir el N'aga con ella.

La voz de Tara parece reprochadora. La respuesta de Groar en cambio es muy suave.

—Es una adulta. Superó el Ragh-Ar-Khar.

—Es una Po'lai. Jamás hubo una Po'lai hembra.

—Ahora la hay.

Po'lai. Recuerdo ese título, me lo contó Groar en una ocasión. Se trata de un cachorro que logra superar el Ragh-Ar-Khar antes de alcanzar la madurez sexual. El adulto-que-no-es-adulto. Es motivo de orgullo para su clan, pero no puede tener relaciones, no hasta que la matriarca de su nido decida que ha llegado el momento.

—¿Qué edad tiene?

—¿Si fuera una Krogan? Unos cinco ciclos.

Entonces Tara ruge, indignada.

—¿Cinco ciclos? ¿Me hiciste compartir el N'aga con una Po'lai de cinco ciclos?

—Era necesario. Después de todo, es la Art'Ana. Ella te aceptó en el nido. Tenía que compartir nuestra unión. ¡La Art'Ana es nuestra unión!

—¡Una Art'Ana de cinco ciclos!

—Superó el Ragh-Ar-Khar. Tú la aceptaste como Art'Ana. ¿Quieres luchar por su puesto?

La Krogan ruge de nuevo, esta vez evidentemente furiosa.

—¿Dudas de mi honor?

—No.

—Es mi Art'Ana. Yo la acepté. Aunque tenga cinco ciclos. Y ella tiene honor. No me deshonraré a mí ni al clan de los K'Raugh luchando con ella. ¡Pero no debiste compartir el N'aga con una Po'lai de cinco ciclos!

Me enderezo en el lecho de pieles, aún algo aturdida. Groar y Tara están frente a frente, en actitud de combate, enseñándose los dientes, intercambiando gruñidos amenazadores.

—Ya basta, vosotros dos.

Lo he comprendido. Acabo de tener una experiencia sexual, mi primera experiencia sexual. Bueno, en realidad ha sido la experiencia de Tara, que yo he debido compartir telepáticamente. Algo... increíble. Pero que sé que no debiera haber tenido a mi edad. No cuando ni siquiera he comenzado a tener la regla. Algo que no quiero repetir. Que no quiero volver a experimentar. No hasta que tenga muchos años más.

—Art'Ana, yo...

Detengo las palabras de Groar con un gesto. Cuando nuestras tres mentes se han tocado no sólo he sentido el placer, también he sentido el alma de los Krogan. Extraña, feroz. Yo he sido Krogan con ellos.

Sigo siéndolo. Sé cómo sienten, y por qué. Y yo soy la Art'Ana. Sé lo que eso significa para ellos.

Metí la pata cuando acepté ser la hembra de Groar. El hecho que no supiese que le estaba desposando no lo excusa. Volví a meter la pata cuando acepté a Tara en nuestro nido. Que no supiese que tenía que aceptarlo mentalmente, que tenía que compartir su unión, tampoco es una excusa. La Art'Ana tiene que decidir. Es la dueña del nido, y tiene poder de vida y muerte sobre todo el nido. No valen las excusas. No vale explicar que sólo tengo once años, y me he metido en algo que sería demasiado incluso para una mujer adulta. Soy la Art'Ana.

—Tara, tienes razón —digo suavemente—. No estaba preparada para vuestro N'aga. No tengo edad para ello. No soy lo suficientemente adulta para ello. —Suspiro—. Pero Groar también tiene razón. Como Art'Ana tenía que sellar nuestra unión. —Trago saliva—. Si hubo un error, fue mío. Fue mi decisión, y ya no tiene remedio. No hay lugar para reproches. Ahora somos un nido. Nosotros tres.

Se miran entre ellos. Ya no hay desafío entre los dos. Casi detecto preocupación.

—Eres una Po'lai —observa entonces Tara.

—También soy la Art'Ana.

—Pero no puedes copular con Groar. No hasta que tengas la edad adecuada.

Por mí prefiero no hacerlo nunca. ¿Aparearme con un Krogan? Me cuesta imaginarme incluso hacer el amor con un hombre cuando sea mayor. ¿Pero un Krogan? No, no puede ser. Tiene que haber una solución. Una alternativa. Pero no puedo decir eso. Se supone que estamos casados. O algo así. Según sus costumbres somos como un matrimonio. El que yo sea humana y ellos Krogan no parece preocuparles mucho. Al menos no tanto como me preocupa a mí.

—Creceré.

—Pero nosotros...

—Vosotros podéis copular cuanto queráis. Pero no me involucraréis a mí. No hasta que haya llegado el momento.

—Pero si la Art'Ana no puede copular... no es correcto que lo hagan las demás hembras.

Suspiro. Sólo me faltaba eso. Abstinencia sexual completa para ellos porque yo no tengo edad para tener sexo. En una semana estarán a punto de explotar. Mejor que se desfoguen entre ellos. Quizás así me olviden.

—Las hembras deben dar cachorros al nido. Si la Art'Ana no puede, la obligación de las demás hembras es suplir esa carencia.

¡Toma ya! He hablado como una verdadera Krogan. Espero que eso no signifique que dentro de nada tendré cachorros correteando a mi alrededor. Pero los dos se están ojeando. Yo no sabré mucho sobre los Krogan, pero juraría que esos dos se gustan mutuamente. He visto humanos que se miraban así cuando estaban deseando meterse en una misma cama. Que yo seré una niña, pero no me chupo el dedo.

Tara entonces se sienta a mi lado, obviamente deseando cambiar de tema.

—¿Cómo es que estás aquí? Jamás vi a nadie de tu especie. Y si eres de verdad una Po'lai no puedes haber venido tú sola.

Suspiro. No me sorprende que ella pregunte, aunque Groar nunca expresó la menor curiosidad. Claro que él sólo quería entrenarme, lo demás le debió parecer irrelevante.

—La verdad es que sí lo hice.

Groar se sienta también, y les cuento mi historia. Cómo partí de Marte con mi padre, haciendo escala en la Tierra para recoger a los colonos, cómo un terrible accidente en modo trans-luz acabó con toda la tripulación, cómo tuve que reparar yo mi nave y salir de trans-luz.

Los dos me miran, con la cabeza ladeada. Ya sé que es una señal de sorpresa. Deben estar muy impresionados.

—¿Y procedes de muy lejos? Porque nunca he visto a alguien de tu especie.

—Yo tampoco —confirma Groar—. Y he visitado la mayor parte de los mundos en veinte ciclos-luz a la redonda.

Ordeno con un pensamiento que el ordenador de la habitación proyecte una imagen de la galaxia. Al principio me costaba controlar cosas con la mente, pero los sistemas del apartamento son muy sofisticados y están diseñados para adaptarse a múltiples sistemas nerviosos. Señalo el brazo de Orión, donde está la Tierra. A quince mil años luz de donde estamos nosotros.

—Provengo de allí.

Los Krogan se miran entre ellos. Puedo detectar su incredulidad.

—¡Imposible! ¡No existe nave que pueda viajar esas distancias!

Suspiro de nuevo, abatida. Me lo había temido. Los Rokuz me lo habían dicho, pero esos tramposos que me robaron mi nave no son precisamente muy fiables. Pero los Krogan no mienten; no saben mentir. Si Tara y Groar dicen que no existe una nave así, entonces es que no existe. Bueno, que ellos sepan.

—Mi nave lo hizo. No sé cómo, pero lo hizo.

Vuelven a mirarse entre ellos. Sé que ahora están realmente impresionados.

—Tenemos que ver esa nave.

Me encojo de hombros. Eso va a ser difícil.

—Lo siento, pero no puede ser. Me la quitaron los Rokuz.

Los dos sueltan un gruñido bajo y amenazador.

—¿Que te quitaron tu nave?

Se lo explico. No rechistan mientras hablo, pero cuando termino Groar se levanta.

—Corazas de combate.

—No servirá de nada —protesto cuando él y Tara comienzan a vestirse—. El jefe de atraque me dijo que lo que hicieron era legal.

Entonces se ríen a la par.

—¿Legal? Tanit, ponte tu coraza. Tienes mucho que aprender sobre los Rokuz y los Krogan. Y de cómo funciona la legalidad aquí.

Me visto, y salimos del apartamento, armados hasta los dientes. Groar me explica lo que tengo que hacer, y asiento, de pronto esperanzada. Los Rokuz serán unos tramposos, pero nosotros también vamos a hacer trampa. Seguramente se van a cabrear mucho. Pero con dos Krogan a mi lado me importa un pepino que se enfaden.

Nos separamos cuando estamos llegando a los muelles. Yo sigo todo recto, mientras que Groar y Tara empiezan una maniobra envolvente. Pero justo antes de llegar al muelle donde está atracada mi nave me tropiezo con los Rokuz. Los reconozco sin lugar a dudas; también ellos me reconocen a mí.

—¿No estás sirviendo bebidas? —se burla uno de ellos—. Entonces tráenos Nes't con guarnición de roedor. Tenemos hambre.

Ignoro sus burlas. Hay un dicho terrestre que quien ríe el último ríe mejor. Pronto seré yo quien se ría.

—Vengo a compraros mi antigua nave —les espeto.

—¿Y cómo vas a pagarla? —pregunta una voz desde un lateral. Miro, y allí está el jefe de atraque que les ayudó a quitarme mi nave.

—Con esto —explico, enseñándoles una moneda de medio marte que aún tenía en mi bolsillo.

Rugen de risa.

—¿De verdad crees que vamos a cambiar la nave por esa basura?

—Claro que sí —les respondo—. ¡Cogedla!

Entonces, con todas mis fuerzas, se la tiro a la cara. Hacen exactamente lo que esperaba que hicieran: la cogen en el aire, evitando que les dé.

—¿Pero crees que vamos a aceptar? —se burlan.

Entonces yo me río.

—Ya lo habéis hecho. Habéis cogido el precio ofrecido. La nave vuelve a ser mía.

Se miran entre ellos, una vez que captan cómo les he engañado. Entonces el que tiene la moneda me la lanza. Lo estoy esperando; simplemente la esquivo y cae al suelo.

—¡No hay trato! —protestan—. ¡Nos has engañado!

—Mala suerte. Aceptaseis el precio.

—Así es —interviene el jefe de atraque—. Habéis vendido la nave. Igual que la vendió el Ch'Ka.

—¡Queremos deshacer el trato!

—Pero yo no quiero. El trato es firme. Igual que la otra vez.

Se juntan a hablar entre ellos. Es una conversación furiosa, llena de siseos y gruñidos en su idioma. Entonces se vuelven hacia mí, sacando sus armas.

—Si mueres, podemos reclamar que se cancele el trato a tus herederos. Lo dicen las reglas del comercio, que se puede anular un trato si una de las partes muere.

—Nos parece perfecto —dice Groar detrás de ellos—. Exigiremos a vuestros herederos que se cancele el trato inicial.

Los Rokuz se vuelven, sorprendidos. Los dos Krogan están con las armas en las manos, lo que es una total exageración puesto que bastarían sus garras para destrozar a un Rokuz de un solo golpe. Los tramposos se dan la vuelta, dispuestos a huir, pero yo también he sacado mis armas y les estoy apuntando con el láser y la pistola.

—¡Esto es una violación de la ley de comercio! —silba uno de los Rokuz hacia el jefe de atraque—. ¡No se pueden traer mercenarios a una negociación!

—¿Mercenarios? —pregunto inocentemente—. No son mercenarios. Son mi nido. —Levanto el collar que cuelga de mi cuello, enseñándoselo—. Ahora yo soy una Krogan.

El jefe de atraque mira a unos, luego a otros, y después de mirar de nuevo a mis esposos se da la vuelta. Probablemente piense que no es buena idea enfrentarse a unos Krogan.

—Entonces está todo en regla —dice, mientras se marcha—. Procurad echar los restos al destructor de basura. No me gustan los cadáveres en mis muelles.

Los Rokuz se miran entre ellos. No puedo leer sus expresiones, pero estoy segura de que están acongojados. Levanto la pistola.

—¿Seguís queriendo deshacer el trato? Siempre podemos hablar con vuestros herederos...

Lanzan una mirada furtiva a los Krogan, y bajan sus armas. Saben que quizás ellos podrían liquidarme a mí, aunque con mi coraza les resultará difícil. Pero no hay manera de que entre seis logren matar a dos Krogan en armadura de combate.

—Aceptamos el trato. La nave es tuya.

Se marchan, arrastrando sus largas pezuñas. Me engañaron, y ahora les he engañado yo a ellos. Antes ellos me podían matar si me resistía; ahora somos nosotros los que podemos destrozarles. Como decía el abuelo Paco, donde las dan las toman.

Siento que una alegría irresistible quiere desbordar mi pecho. He recuperado mi nave. Con mis nuevos aliados quizás pueda incluso repararla. Podré volver a casa.

Pero no sé cómo le voy a explicar a mamá los dos yernos que tiene ahora...

Los compradores del futuro

Estoy mirando la pared de la esclusa de la estación detrás de la cual está mi nave estelar. Mi única esperanza de volver con mi madre. Pero de pronto estoy indecisa. Mi nave fue robada por unos extraterrestres que literalmente apestaban. La han tenido en su poder semanas, quizás meses, puesto que no soy consciente del tiempo que ha transcurrido. ¿Qué habrán podido hacer con ella? ¿Qué es lo que me voy a encontrar dentro, una vez que la haya recuperado?

—¿Ocurre algo, Tanit?

Levanto la cabeza, para mirar a la especie de dinosaurio que me ha hablado. Una Krogan hembra, de unos dos metros de altura. Es aún joven, el equivalente a unos dieciséis años humanos. Es la hembra del guerrero que está a su lado, un monstruo acorazado de tres metros. O quizás debiera decir que es una de las hembras. Porque la otra soy yo.

A mis once años tengo una verdadera habilidad para meterme en líos. Claro que después del horrible accidente que mató a mi padre y al resto de la tripulación de la nave he tenido que apañármelas sola, y no creo que ningún otro ser humano lo hubiese hecho mucho mejor que yo. Logré salir del modo trans-luz con una nave destrozada. Logré contactar con una raza extraterrestre. Logré incluso traer mi nave a esta enorme estación comercial, *Punto de Encuentro*. Pero a partir de ahí todo empezó a salir mal.

Los Rokuz me engañaron y me quitaron la nave. Un alienígena me robó todo el dinero que tenía. Otros extraterrestres, los Ching, me volvieron a engañar y me convirtieron en una criminal. Luego el Krogan que tengo a mi lado estuvo a punto de matarme, y no lo hizo porque le hice gracia. Al final decidió que era mejor casarse conmigo, aunque yo no tenía ni idea de que lo estaba haciendo. Me hizo pasar el Ragh-Ar-Khar, la prueba de madurez Krogan, donde tuve que luchar contra una especie de tigres y perros con dientes como cuchillos. Un Krogan estuvo también a punto de violarme, lo que seguramente me habría matado. Vamos, que últimamente no he dado pie con bola y he salido de todo eso de pura chiripa.

Lo bueno es que ahora tengo una familia. Bueno, es un decir: estoy casada con dos extraterrestres. Eso sí, sin nada de sexo, puesto que aún soy una Po'lai, un adulto-que-no-es-adulto. Pero a ver cómo me escaqueo yo de ese detalle cuando haya crecido.

Al menos estos dos me han ayudado a recuperar mi nave. Porque yo tendré un coeficiente intelectual que me califica de genio, pero hasta ahora mis hazañas han sido de todo menos gloriosas. En esta parte de la galaxia parece que todo funciona más por la fuerza que por la inteligencia.

—No sé qué nos vamos a encontrar, Tara —respondo.

Entonces nuestro macho se ríe, con esa risa que parece casi una tos, mientras suelta el seguro del cañón que empuña.

—Ké, ké, ké… Art'Ana, esos apestosos Rokuz no son capaces de hacer nada que un verdadero Krogan no pueda dominar. Espera aquí mientras hago un reconocimiento. Tara, vigila.

Se filtra por la pared, mientras yo suspiro. Art'Ana. Esa es otra. Resulta que soy la matriarca del nido. Vamos, la cabeza de familia. La líder de estos dos Krogan. Por un lado eso es bueno. Significa que harán todo lo que yo les pida. Que me protegerán incluso a costa de sus vidas. Pero también sé que es un puesto por el que pueden luchar las hembras. Y yo apenas le llego a los pechos a la Krogan que ahora inspecciona la sala, con su rifle preparado. Un solo golpe suyo podría matarme. Si en un momento dado quiere convertirse en la líder yo no podré impedírselo. De hecho ni lo intentaré. No estoy loca.

Esperamos un buen rato hasta que Groar vuelve a filtrarse de nuevo por la pared. Es un espectáculo muy extraño verle surgir desde el interior de un muro aparentemente sólido. La tecnología extraterrestre a veces es muy sorprendente.

—Estos Rokuz son un desecho biológico —proclama, despectivo—. Habían puesto unas minas contra intrusos, pero estaban tan mal colocadas que podría haber pasado media estación sin dispararlas. Las he desactivado. Ya me ocuparé yo de hacer unas trampas decentes.

O sea, que lo que causa su desprecio no es que hayan colocado minas, sino que lo hayan hecho en plan chapucero. ¡Krogan! Les encanta todo lo que sea despanzurrar a alguien o algo.

—Vamos entonces —musito yo, introduciéndome en la pared.

La puerta exterior de la esclusa del *Sombra Lunar* está abierta, y entramos. Cierro la puerta exterior, y la esclusa comienza su ciclo de igualar presiones. De pronto me doy cuenta de que la atmósfera en el interior no es exactamente igual a la de la estación. Quizás no sea adecuada para mi nueva familia. Les explico apresuradamente que hay algo menos de oxígeno, algo más de nitrógeno y que la presión atmosférica y gravedad son algo más bajas. Gruñen, sin darle más importancia.

—Está dentro de los parámetros correctos —me explica Tara—. Nuestro mundo también tiene algo menos de oxígeno, y la presión no es un problema. No nos afectará.

Se abre la esclusa interior, y una bofetada de aire pestilente me da la bienvenida. Los Rokuz apestaban, pero tiene narices que ni siquiera el sistema de aire acondicionado haya logrado eliminar su hedor.

Los familiares pasillos están vacíos. Intento avanzar, pero la hembra Krogan me retiene suavemente.

—Primero los guerreros —me advierte—. No sabemos si la nave está o no vacía.

Resulta que es una precaución innecesaria, porque no hay nadie. Pero Groar va delante de nosotras, con el arma preparada, siguiendo el camino que le voy diciendo. Tara, en cambio, va detrás de mí, vigilando la retaguardia. Los Krogan siempre marchan como si estuviesen en territorio enemigo. Supongo que milenios de evolución no pueden cambiarse así como así.

Un súbito ruido nos sorprende, y los dos extraterrestres inmediatamente se vuelven hacia la puerta que se ha abierto, las armas preparadas. Yo pego un respingo en cuanto veo lo que aparece en el marco de la puerta.

—¡No disparéis!

Dudan, pero entonces bajan las armas. Después de todo, la gata no parece especialmente peligrosa. Pero la miran con evidente desconfianza, de la misma manera que ella los mira a ellos.

Yo, en cambio, estoy que no quepo en mí de alegría. ¡La gata de Massimo ha sobrevivido! Cuando los Rokuz me quitaron la nave supuse que la habrían matado, o que se habría muerto de hambre. ¡Pero ha sobrevivido! Al menos hay otro ser de mi mundo aquí.

Me agacho y extiendo la mano hacia ella. Me bufa. Ya sé que en un gato es señal de que mejor no te acerques demasiado si no quieres llevarte un buen arañazo, así que retiro la mano.

—Baguira, soy yo. ¿No te acuerdas de mí?

Ha pasado mucho tiempo, pero parece reconocer mi voz porque se acerca con cautela, olisqueando. Dejo que me huela, y entonces se restriega contra mí y se pone a ronronear: me ha reconocido. Con cuidado, procurando no hacer gestos bruscos, le acaricio su largo pelo. Ronronea más fuerte. Es obvio que me ha echado de menos.

—¿Qué es ese animal? —inquiere Tara.

—Es una gata. Una mascota.

—¿Mascota?

Me doy cuenta de que he usado una palabra humana. Creo que el Común no tiene una palabra para mascota. Me cuesta explicarles de qué se trata. Los Krogan jamás han tenido mascotas, aunque sí utilizaron animales para la guerra a lo largo de su historia.

Un breve ruido hace que los Krogan levanten sus armas, buscando el posible peligro. Pero Baguira es incluso más rápida: en menos de un suspiro ha saltado sobre una especie de roedor que había traspasado la puerta y lo ha matado. Un momento más tarde se pone a devorarlo. Es obvio que tiene hambre, y esos bichos —sean lo que sean— son lo que le ha permitido seguir viva.

—¿Qué es eso que está comiendo?

Tara lo inspecciona brevemente.

—Roedores de N'Agu. Los Rokuz los consideran una delicia. Deben habérseles escapado. Vamos a tener que fumigar, esos animales se convierten en una verdadera plaga.

O sea que los ET que me quitaron mi nave también la han llenado de ratones, o algo similar. Noto que mi cabreo con ellos va en aumento. Tenía que haberles disparado cuando los tuve a tiro. No habría resuelto el problema, pero me habría quedado muy a gusto. Bueno, al menos Baguira ha logrado sobrevivir a costa de ellos.

—Prosigamos.

Dejamos a Baguira con su presa; ya habrá tiempo para celebrar nuestro reencuentro, ahora tenemos cosas más importantes que hacer. Seguimos barriendo los pasillos, los dos Krogan alerta, pero no volvemos a encontrarnos ninguna sorpresa. No tardamos mucho en llegar a la cubierta de mando.

El puente está apagado cuando llegamos debido al ahorro automático de energía, pero se ilumina en cuanto entramos. También arrancan las terminales de control. Me sorprende ver las fechas que muestran durante la inicialización: llevo algo más de dos meses en esta estación alienígena.

Desbloqueo las terminales de ordenador. Por lo visto los Rokuz que me robaron la nave no han logrado penetrar el sistema, porque el ordenador me reconoce como la capitana y activa los sistemas en cuanto se lo ordeno. Es un gran alivio.

Pero paso inmediatamente del alivio al cabreo en cuanto la computadora empieza a reportar la lista de daños. No sé qué han hecho los Rokuz con mi nave durante estos dos meses, pero hay un montón de sistemas en rojo. Estos cabrones no parece que hayan arreglado ninguno de los daños que sufrió la nave durante el viaje en el que murieron mi padre y el resto de la tripulación; al contrario, parece que hay daños nuevos.

Se lo explico a Groar y Tara. Sacuden la cabeza, en un gesto muy característico de los Krogan, para indicar que no importa.

—¿Qué esperabas? Han estado intentando averiguar cómo llegaste hasta aquí. La raza que consiga dominar el salto galáctico tendrá una ventaja tecnológica de decenas, quizás incluso cientos de ciclos. Seguramente han desmontado equipos para inspeccionarlos.

Suspiro. Probablemente sea eso, pero no hace que me sienta mejor.

—Vamos a ver qué han hecho.

Pensaba coger el carrito de transporte, pero tenemos que ir a pie porque mi nueva familia no cabe en él. Bueno, Tara mide unos dos metros y podría encajarse con cierta incomodidad, pero los tres metros de nuestro macho hacen que cualquier dispositivo humano sea demasiado pequeño para él. Ha tenido que ir agachándose para pasar por las puertas, y en algunos pasillos secundarios tiene que ir encorvado para no darse con las tuberías del techo.

Es una larga caminata. Tenemos que bajar diecisiete cubiertas, recorriendo toda la nave, y las escaleras humanas son muy incómodas para los Krogan, aunque no rechistan por ello. Subir será mucho peor.

Después de casi media hora llegamos a la sala de máquinas. Los motores sub-luz no parecen dañados, pero cuando llegamos a la sección de los motores trans-luz el alma se me cae a los pies.

Los Rokuz han estado trasteando con los sistemas. Han desmontado todos los equipos, o casi todos, y le han enchufado centenares de cables al transformador de flujo para conectarlo a un montón de máquinas que no tengo ni idea de qué hacen. Arreglar este desastre nos puede llevar meses, especialmente porque ni Groar ni

Tara entienden los manuales humanos y se los tendré que traducir de uno en uno.

Tara no parece compartir mi pesimismo. Le echa un vistazo a la maquinaria Rokuz, inspecciona brevemente el sistema trans-luz y luego enciende varios de los aparatos, mirándolos con interés. Se ajetrea un rato con ellos. En un momento dado ladea la cabeza, con ese gesto de curiosidad que tienen los Krogan. Hace algunas cosas más con los aparatos que no logro comprender. Pero finalmente se vuelve hacia mí. Tengo la sensación de que parece satisfecha.

—Parece peor de lo que es. Se puede arreglar.

Siento que mi corazón se encoge de emoción. ¿Podré volver con mamá?

—¿Estás segura?

Entonces se echa a reír, con esa risa tan rara de los Krogan.

—Ké, ké, ké… Claro que estoy segura, Tanit. Mi especialidad son los sistemas de propulsión espacial. Siempre me han fascinado. Eso sí, a menos que haya algo que no haya visto, este impulsor primitivo es incapaz de hacer un salto como el que dices que te trajo aquí.

Me desinflo. Incluso si logramos arreglar el inyector de flujo nos llevará ciento cincuenta años llegar a Thuis, donde me espera mamá. Trago fuerte, intentando superar la desesperación que me está embargando.

—¡Pero lo hizo! —hipo—. No sé cómo, pero me trajo aquí. —Cierro los ojos mientras el pecho se me encoge por los sollozos—. ¡Quiero volver con mi madre!

Un enorme dedo roza mi cara y al abrir los ojos veo que Groar está mirando la lágrima que ha recogido de mi mejilla, contemplándola obviamente asombrado.

—¿Agua? —musita.

No se puede decir lágrimas en Común, esa palabra no existe, al menos que yo sepa.

—Agua derramada por pesar —explico, pasándome la mano por la cara—. En nuestro idioma se llaman lágrimas. —Vuelvo a cerrar los ojos, mientras mis sollozos se hacen de nuevo más fuertes—. No volveré a ver a mi madre. Nunca más.

Otro brazo enorme rodea mi hombro y me estrecha contra su cuerpo, en un gesto tan tierno que jamás esperé que lo hiciese un extraterrestre. Pero Tara es una hembra, y sabe lo que es un cachorro herido. Sabe que hay que reconfortarle, y no dice nada mientras lloro contra su pecho, simplemente me abraza.

—La Art'Ana no debiera demostrar debilidad —gruñe Groar—. Por grande que sea el pesar.

Me importa un bledo. Yo seré oficialmente la matriarca de nuestro nido, pero sigo teniendo once años. A mi edad ni siquiera debiera estar casada con ellos, y no lo estaría de haber sabido algo de las costumbres extraterrestres cuando llegué a esta mierda de estación espacial. Soy una chiquilla asustada que lo ha perdido todo; sólo faltaría que no pudiese siquiera llorar.

Tara al menos lo comprende, porque lanza un siseo que sé que entre los Krogan es señal de reproche.

—Es sólo una Po'lai, un adulto-que-no-es-adulto.

—¡Pasó el Ragh-Ar-Khar!

—Sí. Pasó el rito de madurez. Pero sólo tiene cinco ciclos. No esperes que se comporte como un adulto.

Nuestro macho gruñe; no parece muy convencido.

—Quizás debieras desafiarla y ser tú la Art'Ana.

Entonces Tara me suelta, encarándose con Groar. Enseña los dientes y gruñe amenazadora, inclinándose hacia delante, adoptando la posición de combate.

—¡No me insultes! ¡Ella es mi Art'Ana! ¡Yo la acepté como tal! Mientras tenga honor y nos guíe con sabiduría yo la obedeceré. Aunque sea una Po'lai. Lucharé por ella. Moriré por ella. Sabes que sólo si ella deshonrase o pusiera en peligro el nido estaría justificado un desafío. ¡Yo también tengo honor! ¿O acaso dudas de él?

El enorme guerrero la contempla un instante, y luego desvía la mirada.

—No dudo de tu honor —admite—. Pero por un instante me he preguntado si nuestra líder era capaz de guiarnos.

—Tú la aceptaste como hembra cuando aún era un cachorro. Incluso antes de que pasase el Ragh-Ar-Khar. De que se convirtiese en tu Art'Ana. Será una Po'lai, pero incluso antes de que se convirtiese en adulta tú la respetabas como si fuese tu igual. ¿Y ahora te preguntas si es capaz de guiarnos?

Entonces el enorme guerrero se vuelve y me mira a mí. Una larga mirada. Después se agacha, hasta que su cara está a la altura de la mía. Extiende sus garras y, con cuidado, enjuga mis lágrimas.

—Te presento mis disculpas, Art'Ana —dice formalmente—. No pretendía dudar de tu valor ni de tu honor. Simplemente me olvidé de que eres una Po'lai. Pero eres mi Art'Ana, y como tal te seguiré hasta el fin del universo. Si quieres volver a ver a tu madre, haré lo imposible para cumplir con tu deseo.

—Así es —confirma Tara, agachándose a su vez ella hasta que su cara también está a mi altura—. Eres la dueña de nuestro nido. Ordena, y te obedeceremos.

Contemplo las dos enormes caras delante de mí y de pronto me siento mucho mejor. Estaré lejos de mamá, pero estos dos son ahora mi familia. Cuidarán de mí. Me protegerán. Y si hay alguna manera de volver con mamá, me ayudarán. Son raros. Muy extraños, más parecidos a los tiranosaurios que a los seres humanos, por muy mamíferos que sean. Pero son todo lo que tengo.

Me enjugo las lágrimas e intento sonreír, aunque ellos obviamente no saben qué es una sonrisa.

—Lo siento. Yo… Bueno, soy una Po'lai. No he podido remediarlo. Espero no haberos defraudado.

—No lo has hecho —me contesta Groar—. Es comprensible que sintieses pesar. Eres la única de tu especie en esta parte de la galaxia, y no sabemos cómo puedes volver. Pero nos tienes a nosotros. Si existe una manera de repetir tu viaje, lo haremos.

Abro la boca para contestar, pero de pronto suena una alarma. Conozco esa señal. ¡Alarma de colisión! Corro hacia la terminal más próxima, quitándome con el dorso de la mano las lágrimas que aún me ciegan.

—¡Informe de aviso de colisión!

La voz de la computadora casi suena petulante cuando contesta.

—Colisión abortada.

Frunzo el ceño. ¿Me está tomando el pelo? No, no es posible con una computadora.

—Mostrar objeto que ha disparado la alarma.

Aparece un holograma. Parece que ha sido tomado con las cámaras de babor de nuestra nave. Se trata de una minúscula nave, de no más de cinco metros, que venía directamente hacia nosotros. Pero de pronto desvió el rumbo y se puso a navegar en paralelo al casco de mi nave, a la altura de las grietas que recorren todo el lado de babor.

Tengo que explicarles a Groar y a Tara qué ha pasado, obviamente ellos no han entendido lo que ha dicho la computadora. La Krogan se inclina hacia delante, inspeccionando con interés la nave. Entonces yo amplío la imagen, hasta que la nave ocupa todo el holograma.

—Problemas —anuncia entonces nuestro macho—. Son Tloc.

—¿Tloc? —me asombro—. ¿Quiénes son?

—Los compradores del futuro —me informa Tara—. No es buena noticia que estén aquí.

La miro, perpleja.

—¿Vienen del futuro?

—No —farfulla Groar—. Se les llama así porque acaparan todas las nuevas tecnologías. La compran o la roban sin más. Corrompen a quien haga falta. Asesinan a quien se interpone. Cualquier nueva invención termina en sus manos, lo que les da una ventaja tecnológica enorme frente a las demás razas. No venden nada, salvo aquello que para ellos ya es obsoleto, y entonces lo entregan a precios desorbitados. Si una raza les contraría, le negarán todo avance. Compran el futuro de nuestras especies para su propio beneficio.

—Llevamos más de tres mil ciclos de estancamiento —gruñe la Krogan, y es bastante evidente que esos Tloc no le caen nada bien—. No permiten los avances tecnológicos, no sea que pongan en peligro su supremacía. Sus armas son muy poderosas, y ellos son casi invulnerables. Si no pueden comprar el conocimiento, ya se encargarán ellos de robarlo o hacer que desaparezca sin dejar huella. —Bufa, despectiva—. No son los compradores del futuro. Son sus amos, puesto que nos lo están negando.

Miro a uno y a otro. Por cómo enseñan los dientes puedo ver que estarían encantados de destrozar a esos Tloc. Es evidente que la raza en cuestión no es muy popular.

—¡Pero no pueden controlar los avances de tantos mundos! —protesto—. Debe de haber al menos un centenar de razas en esta estación. Al menos cien planetas diferentes. ¿Cómo iban a controlar ellos toda la tecnología?

—Nadie lo sabe —responde Groar—. Tienen muchos espías, por supuesto. Pero su tecnología les permite estar informados de todo lo que ocurre en todas partes. No hay desarrollo que les pase desapercibido.

—Pero… ¿no se ha intentado hacer ninguna investigación en secreto?

—Por supuesto. Pero los laboratorios explotan de forma inexplicable, los científicos mueren por causas desconocidas. Hace al menos dos mil ciclos que casi nadie investiga; es una actividad de muy alto riesgo. Y si consiguen algún resultado vendrán los Tloc a comprarlo… o a saquearlo.

Miro el holograma. Esa nave es minúscula. Pero de pronto siento un nudo en el estómago.

—¿Qué es lo que quieren? Esta nave no tiene ninguna tecnología especial. De hecho es muy primitiva comparada con las naves de aquí. ¡Tara, tú lo has dicho!

La otra menea la cabeza, como si estuviese dubitativa.

—Quizás estén sólo inspeccionando una nave de una raza desconocida —masculla—. O quizás los Rokuz no han sido muy discretos y sepan cómo has llegado hasta aquí. Si es así, vamos a tener un enorme problema. Su tecnología les hace casi invencibles. Nadie recuerda cuándo fue la última vez que se mató a un Tloc.

—Habrá que prepararse, por si acaso —gruñe nuestro macho—. Tanit, ¿cómo se activa el armamento de esta nave?

Me quedo mirándole, perpleja.

—¿El armamento?

—Sí, las armas de la nave.

De pronto me doy cuenta de que estoy con la boca abierta y la cierro antes de contestar.

—Esta nave no tiene armas. ¿Por qué debiera tenerlas? Es una nave de colonización.

Los dos se miran. Juraría que parecen escandalizados.

—¡Pero debiera tenerlas! ¿Cómo se protegería de los piratas? ¿De razas hostiles? ¡Todas las naves llevan armas!

Suspiro. Me parece que se van a llevar una seria desilusión.

—Esta no. Groar, mi raza no tiene piratas que ataquen naves estelares. Y jamás nos hemos encontrado con una raza diferente. Bueno, yo… vamos, que yo soy la única de mi especie que ha conocido una raza que no sea humana.

Se vuelven a mirar. Luego me miran a mí, ladeando la cabeza. Sé que eso significa que les he sorprendido.

—¿Te das cuenta de lo que significa, Groar? —dice al final la hembra—. Ella era un cachorro en una nave averiada que logró llegar hasta aquí. Logró aprender Común por su cuenta. Hizo contacto con una raza extraña, por primera vez en la historia de su especie. Logró sobrevivir hasta que te encontraste con ella. ¿Y aún dudabas de su capacidad de liderarnos? ¿Cuántos cachorros habrían podido emularla? ¿E incluso cuántos adultos?

El guerrero gruñe.

—Está visto que estaba equivocado. Es una superviviente. Pero no nos va a ayudar nada el que esta nave esté desarmada.

Me encojo de hombros, aunque sé que no van a comprender ese gesto.

—No hay nada que podamos hacer al respecto.

Vuelve a gruñir, con evidente desaprobación.

—Ya veremos. Voy a inspeccionar la nave.

Se marcha, mientras Tara vuelve a examinar los motores de plegado del espacio. Me acribilla a preguntas, y le cuento todo lo que sé de los motores. En un momento dado no me queda más remedio que acceder a la terminal, abrir los manuales y buscar las respuestas: se está volviendo demasiado técnico para mí. Ella, mientras tanto, se ajetrea con los aparatos de los Rokuz. Parece muy interesada por la información que está encontrando.

Pero finalmente me canso. Ha sido un día largo. Hoy he pasado la prueba de la madurez Krogan, y no le he servido de merienda a una especie de tigre de puro milagro. Luego me atacó algo parecido a un perro pero con dientes como cuchillos. Para terminar, he estado a punto de ser violada, he recibido dos propuestas de matrimonio, he aceptado una y he compartido telepáticamente una noche de bodas Krogan. Bueno, y he engañado a unos Rokuz para que me devolviesen la nave que me habían robado. Yo creo que por hoy ya está bien.

Tara deja su trabajo a desgana cuando se lo digo, pero al menos me hace caso, para mi gran alivio. No sé qué hora es, pero no he comido y tengo hambre. La Krogan asiente cuando se lo digo.

—Sí, vayamos a comer.

Supongo que ella esperaba que volviéramos al nido, pero yo no estoy por la labor. Esta vez me prepararé una comida de verdad.

En la cocina hace bastante frío, pero enseguida enciendo los calefactores y la sala se calienta rápidamente a pesar de que la puerta que daba a la cantina ahora da en realidad al espacio. Procuro no mirar en esa dirección. Allí murieron mi padre y el resto de la tripulación.

Pongo el horno en funcionamiento, y luego me acerco a los jardines hidropónicos. Están hechos un desastre, después de dos meses sin cuidarlos, pero para mi sorpresa todas las plantas han sobrevivido.

Recojo un melón, lo llevo a la cocina y luego me voy a mi camarote para cambiarme de ropa.

Es al ver el baño cuando me asalta un deseo tremendo de darme una ducha; en la estación no tienen nada de eso, la limpieza es electroestática, lo que obviamente no tiene nada que ver. Me desnudo y dejo que el agua caliente caiga por mi cuerpo. Cierro los ojos de felicidad. ¡Anda que no lo había echado de menos!

Pego un brinco cuando una enorme criatura se asoma por el hueco de la puerta. Pero no debía haberme asustado: Es Groar. Entonces veo que empuña una pistola.

—¿Pasa algo? —pregunto.

—Oí un ruido extraño —responde—. Como una pequeña cascada, con agua cayendo. —Me hace un gesto con la pistola, antes de bajarla—. ¿Qué es eso?

—Lo llamamos ducha —aclaro—. Sí, es como una cascada artificial. A nuestra especie le gusta.

Gruñe algo, y se marcha. Es posible que a los Krogan no les guste mojarse.

Salgo y dejo que el campo electroestático me seque; luego me visto con ropa limpia. Supongo que me tendré que llevar algo de ropa al nido, aunque los dos meses que he estado con Groar estuve todo el tiempo desnuda. En cualquier caso, después de la ducha y con la ropa limpia me siento estupendamente.

Regreso a la cocina, donde dejé a Tara, y saco la comida. A ella le preparo dos enormes filetes; supongo que podrá comerlos. Los olisquea, suspicaz, y luego le pega un mordisco al primero. Parece gustarle, porque acto seguido se los come en un santiamén. Eso sí, no usa los cubiertos que he puesto en la mesa. Sospecho que, salvo el cuchillo, no tiene ni idea de para qué sirven.

Yo, en cambio, disfruto por primera vez en meses de una comida civilizada. Una sopa de tomate. Pollo asado. Melón. Me siento como en el último cielo, estoy hasta las narices del potingue marrón que me dispensan las máquinas cocineras de la estación.

Casi he terminado cuando aparece Baguira, y le busco su comida. La olisquea, como si no la recordase, y finalmente se pone a comerla sin demasiado entusiasmo. Parece que los roedores que ha estado comiendo hasta ahora le gustaban más.

Al cabo de cierto tiempo vuelve a aparecer Groar, con lo cual me veo obligada de nuevo a cocinar. Nada de un filete extra-grande. Tengo que preparar un trozo de carne que pesa tanto que casi no puedo llevarlo desde la despensa hasta el horno. Eso sí, cuando sale del horno, después de olisquearlo, se lo come con lo que parece mucho gusto. Menos mal que estos dos están de mi parte: sospecho que son algunos de los carnívoros que compran carne en la estación sin preguntar su procedencia. Quizás podría haber terminado en su plato.

—Reconozco que el sabor es extraño —me dice cuando termina—. Pero estaba muy aceptable. Tenemos que darle a la máquina cocinera del nido una muestra.

Y es así como me entero de que hay otras maneras de solicitar a nuestra cocina qué quieres comer, aparte de intentar imaginártelo.

—¿Has encontrado algo?

—No. Volvamos al nido, tenemos que hacer planes.

Busco a mi alrededor, pero Baguira se ha vuelto a esfumar; se conoce que no debe fiarse de los dos enormes monstruos que están conmigo. Bueno, ya la encontraré. Acaba de comer, o sea que no va a pasar hambre.

Salimos de la nave, pero para mi sorpresa Groar nos hace subir en el ascensor, en vez de bajar. Quiere ver qué han estado mirando los compradores del futuro desde el mirador.

Ni siquiera sabía que había un mirador en la estación. Es una sala enorme, con vistas al espacio. Cuando la ventana se polariza y nos deja ver el exterior, yo me quedo literalmente con la boca abierta.

La vista del cielo en Marte es impresionante, pero se queda corta en comparación con lo que se ve cuando estás en órbita o navegando por el Sistema Solar. Durante mi viaje de Marte a la Tierra pasé muchas horas mirando las estrellas desde la sala de observación del *Sombra Lunar*, casi incapaz de asimilar tanta belleza. Pero ahora me doy cuenta de que aquello era… no sé. Pobre.

Cuando traje mi nave a esta estación espacial no volví a la sala de observación y, por lo tanto, no vi las estrellas. En el puente de mando se filtra la vista por defecto, para que no te distraiga durante la navegación. No hay unos cristales a través de los cuales ver las estrellas, sino unas pantallas que te muestran exclusivamente aquello que es importante para la nave. Y sin darme cuenta me perdí el más asombroso cielo estelar que un ser humano haya visto jamás.

Hay que entenderlo: la Tierra está a unos 26.000 años-luz del centro galáctico. Pero yo estoy en el borde del brazo Escudo-Centauro, a apenas la mitad de esa distancia. Aquí el centro galáctico domina todo el cielo, con millones de estrellas iluminándonos como si fuese de día. No soy capaz de describirlo. Pero jamás he visto nada tan hermoso.

Me cuesta apartar la vista de este inmenso mar de estrellas y dirigir la mirada hacia mi nave, que resplandece a la luz galáctica. Contemplada así es impresionante, bastante más grande que las otras naves que están a la vista. Miro las tres enormes grietas que recorren el casco, a lo largo de veinte cubiertas. Ya las había examinado con las cámaras exteriores de la nave, pero vistas desde aquí son mucho más sorprendentes.

—¿Cómo pudo hacerse algo así? —pregunto en voz alta—. ¿Y además en ultra-luz? ¡Se supone que en ultra-luz no se puede chocar contra nada!

—Asombroso —se maravilla Tara—. Jamás oí nada igual. Y nunca vi daños parecidos. Eso no parece natural.

—Parece como si una gigantesca garra hubiese rasgado la nave —gruñe Groar—. Pero habría sido una bestia gigantesca. Nunca se ha sabido de un animal así.

—Entonces, ¿qué es lo que ocurrió?

Asiente con la cabeza, un gesto que ya sé que en su especie significa duda.

—No lo sé. Pero no es de extrañar que los Tloc estén interesados, incluso si no saben lo que hizo tu nave. Esto no tiene una explicación lógica.

De repente, una voz algo chillona nos interrumpe:

—¿Os interesaría un rifle segeano? También tenemos disruptores de Feren…

Nos volvemos hacia los dos seres que se nos han acercado. Son bípedos, de aproximadamente un metro ochenta, cubiertos de piel marrón oscura, con un rostro parecido a los leones marinos, salvo por el hecho de que tienen una enorme cresta roja encima del cráneo. Unas manos desproporcionadas, de cuatro largos dedos, sujetan un dispositivo alargado que juraría que es un arma. Pero no nos están apuntando, parece que lo están ofreciendo.

—¿Un rifle segeano? —dicen los dos Krogan a la vez—. ¡Son muy difíciles de conseguir!

—Imposibles de encontrar, diría yo. —El bicho de la cresta parece complacido—. Veo que os interesa.

Mi nueva familia mira el rifle que se les ofrece, yo diría que casi reverencialmente. ¡Krogan! Son como niños cuando se trata de armas.

A mí la cháchara del vendedor termina por aburrirme y miro a mi alrededor. Hay otros como él cerca de una máquina cocinera, charlando entre ellos, pero por lo demás estamos solos en el mirador.

Miro de reojo a Groar y a Tara, que están inspeccionando el arma. A decir verdad estoy por decirles que dejen ese trasto y volvamos a nuestro apartamento, pero parecen bastante entusiasmados. Suspiro. Bueno, les dejaré jugar un poco. Después de todo me han ayudado a recuperar mi nave. No voy a chafarles la fiesta.

Me dirijo a la máquina cocinera. No he bebido durante la comida, y de pronto tengo sed. El melón estaba más reseco de lo normal, de lo contrario quizás no me habría apartado de mi nido sabiendo que en esta estación espacial hay que andarse con mucho cuidado. Pero ¡qué narices! Aquí soy una adulta. He pasado la prueba de madurez Krogan. Sé cuidar de mí misma.

Hay como una docena de seres parecidos a los que están negociando con los Krogan, pero se apartan cortésmente en cuanto me acerco. Entonces, cuando estoy alargando la mano para hacer mi pedido, uno de estos seres me agarra al pasar a su lado, sujetándome por la cintura, y empieza a correr. Supongo que piensa que al ser mucho más pequeña que él no voy a oponer mucha resistencia.

Pero yo no soy una flor delicada. De hecho soy bastante fuerte para ser una niña de once. Dado que he estado casi tres años viviendo a una gravedad de 1,3 ges como entrenamiento para poder ir a la colonia de Thuis, con mi madre, he desarrollado bastante más músculos de los que tendría normalmente una chica de mi edad en la Tierra. Y en Marte, con su baja gravedad, le partí el brazo a un chico mucho mayor que yo por pasarse de rosca. Podría habérselo hecho a un adulto sin ningún problema. Allí era literalmente tres veces más fuerte que cualquiera de mis amigas.

El ET desde luego que no se espera el puñetazo que le doy en toda la frente. Me suelta, reculando, con un grito que supongo que es de dolor. Yo en cambio me he lastimado el puño; le he pegado con todas mis fuerzas. Eso sí, no pierdo el tiempo. Aprovecho su sorpresa para agarrarle del brazo, voltearle y tirarle al suelo. En este lado de la galaxia no tienen ni idea de qué son las artes marciales; en cambio, en Marte yo era campeona en mi categoría y competía con chicos que eran cuatro y cinco años mayores que yo. Claro que yo era también la única niña que había terminado el entrenamiento de colono. Suelta un grito muy satisfactorio al aterrizar y se queda tumbado, quejándose.

Los demás alienígenas por supuesto que se han dado cuenta de lo sucedido, y saltan sobre mí. Lo llevan crudo: no sólo aprendí artes marciales en Marte. Aquí Groar me sometió a un tremendo entrenamiento Krogan para poder pasar el Ragh-Ar-Khar, la prueba de madurez. Estos bichos no son tan resistentes como un Krogan, y en un instante he dejado a tres o cuatro fuera de combate con algún miembro roto.

Pero son demasiados. Un ET me sujeta el brazo desde atrás. Instantes más tarde me han agarrado el otro brazo entre varios. Pego una patada al que intenta retenerme, y entonces me derriban ellos al suelo. Uno de ellos se inclina sobre mí, sujetando algo que supongo que es para atarme, pero no llega a hacerlo jamás. Porque de pronto un enorme estampido retumba por el pasillo y ya no tiene cabeza.

El bicho descabezado cae sobre mí, mientras sus compañeros me sueltan precipitadamente y echan mano de sus armas. ¡Ilusos! Ninguno de ellos es rival para un Krogan, y menos para dos. En cuestión de un minuto todo ha acabado. Los que no están muertos han huido, y Tara me ayuda a salir de debajo del cadáver que me está regando con una sangre naranja pegajosa con un fuerte olor a amoníaco.

—Buena pelea —comenta, mientras me levanta—. Luchas como un verdadero Krogan.

—Groar me entrenó —explico, mirándome la ropa pringosa—. ¡Qué asco!

—Eso no se lo enseñé yo —me corrige el guerrero—. Es una forma de luchar interesante. ¿Estás bien?

—Sí —contesto, mientras los dos miran a su alrededor, con las armas preparadas—. Llegasteis muy a tiempo.

—El error fue mío —objeta Groar—. No debimos dejarte sola. ¿Cómo es que te intentaban raptar estos Sneog?

—No lo sé. —Me intento despegar la ropa; se suelta con un fuerte ruido de succión. Es asqueroso, y además huele fatal—. Igual es que me querían vender en el mercado, como carne.

Pero los dos Krogan no parecen muy convencidos.

—No. Era demasiado profesional. Demasiado elaborado. Y nos entretuvieron a nosotros. Debe de haber presas mucho más fáciles que alguien escoltado por unos Krogan. Además, los Sneog son famosos mercenarios. Iban a por ti, Tanit. Y te querían viva.

Por un momento me olvido del mejunje pringoso que me cubre. De pronto estoy acongojada.

—¿Por qué?

Los dos se miran brevemente. Aun siendo alienígenas y ser yo incapaz de leer sus expresiones, detecto preocupación.

—Lo averiguaremos. Pero ahora volvamos al nido. Aquí estamos expuestos.

Regresamos a nuestro apartamento, pero Groar nos hace esperar fuera mientras lo inspecciona, por si hubiese entrado alguien. Pienso que es un poco paranoico, pero después de que me intentasen raptar no voy a quejarme. En cuanto entramos me coloco encima de la superficie blanca del servicio, y los restos de sangre —o lo que sea— se van desprendiendo lentamente de mis ropas, cayendo al suelo y hundiéndose en él. Aquí no tienen duchas, pero es igual de efectivo. Cuando la ropa está limpia me desnudo, para que el sistema me quite también esa guarrería del cuerpo. No me preocupa que me vean sin ropa: después de todo estamos casados, y Groar me lleva viendo desnuda unos dos meses. De todas formas, incluso aunque fuese una adulta, para ellos sería tan excitante sexualmente como una jirafa, u otro bicho raro.

Cuando salgo del servicio ellos también se han desnudado; es la costumbre Krogan, en el nido no se va vestido. Raro de narices. Debe ser para mostrar que no hay nada que ocultar a los parientes. Se han sentado de cara a la puerta, con las armas a mano, por si acaso. Me siento a su lado, también mirando a la puerta. Groar me ha entrenado bien; súbitamente me doy cuenta de que, sin ser consciente de ello, he recogido mi pequeña pistola y la he depositado también a mi lado.

—¿Por qué intentarían secuestrarme?

Tara lanza un gruñido.

—La única razón que se me ocurre es tu nave.

La miro, sorprendida.

—¿Para qué querría nadie mi nave? ¡Si está destrozada!

El guerrero resopla; su bufido es peor que el mugido de un toro.

—Tanit, tu nave viajó casi la quinta parte de la galaxia, en cuestión de fracciones de ciclos. No hay nave que sea capaz de eso. Ese conocimiento vale muchísimo, y habrá razas que harán cualquier cosa por conseguirlo.

Me quedo reflexionando. Es verdad, no se me había ocurrido.

—¡Pero yo no sé qué es lo que pasó! ¡Se supone que mi nave no podía hacer eso!

Aparece delante de nosotros un holograma de la galaxia y Tara lo señala. Hay una pequeña línea desde el Sistema Solar en dirección a la constelación Dorado. Pero a la altura de Gliese 163, que es donde está Thuis, la línea se desvía, formando una curva que termina en el brazo Escudo-Centauro, muy cerca del centro galáctico. A quince mil años-luz de mi hogar.

—Lo hizo. Parece imposible, pero lo hizo. Este es el perfil de navegación de tu nave, lo saqué del análisis que hicieron los Rokuz de tu motor trans-luz. Has cruzado una distancia que ningún otro ser logró jamás realizar.

Me quedo mirando las finas curvas. Ya lo sabía, pero es tan increíble que apenas puedo creerlo. ¿Contra qué chocamos en modo trans-luz? ¿Qué hizo que saltase hasta donde estamos ahora?

Debo de haber pronunciado mi pregunta en alto, porque Tara me responde inmediatamente.

—Tanit, no fue el choque lo que hizo que llegases hasta aquí.

Levanto la mirada, perpleja.

—¿Cómo que no?

Entonces amplía la imagen, hasta que enfoca el punto exacto del choque y el lugar donde la línea recta se desvía súbitamente hacia la curva que me trajo hasta aquí. Su garra señala uno de los puntos.

—¿Lo ves? Aquí hay una fuerte perturbación de los motores, se ve porque la trayectoria oscila un poco. Debe de ser el choque que mató a la tripulación. Pero seguiste navegando durante cierto tiempo. Hasta aquí.

Miro alelada el punto que señala ahora. Es el sistema Gliese 163. Mi destino. Thuis. Mamá. ¡Había llegado! ¡Había llegado con mi madre! Entonces, ¿por qué de pronto saltó la nave al otro extremo de la galaxia?

—Pero... ¿qué ocurrió? Si sólo salí de trans-luz...

—No sé qué ocurrió, Tanit —dice la hembra—. Pero te moviste quince mil años luz en cuestión de nanociclos. —Hace algo con el control, y aparecen unos símbolos—. Observa la escala temporal.

Observo los símbolos, pero no me dicen nada; aún no sé leer la escritura Krogan. Pero está hablando de nanociclos. Es decir, del orden de uno o dos minutos. Me quedo con la boca abierta. ¿He viajado quince mil años luz en un minuto?

—¡Imposible! —logro al fin musitar.

—Esto es grave —mascula Groar—. Tanit, tenemos que averiguar qué es lo que ocurrió, y tenemos que hacerlo rápido. El poder viajar a tales velocidades hará que cualquier raza que posea esa tecnología se convierta en la raza dominante. No es de extrañar que te intentasen secuestrar. Tu nave y tú valéis más que cualquier otra cosa en este universo. —Se levanta—. Voy a minar los accesos a la nave. Los Rokuz intentarán volver.

Pienso en los apestosos pingüinos-murciélagos que me la robaron y me entra un escalofrío.

—¿Han sido ellos los que han intentado raptarme?

—Es muy probable. Tienen estos datos. Saben lo que ocurrió, e intentarán por todos los medios hacerse contigo y con tu nave. —Señala a la hembra—. Tara, no la dejes ni un nanociclo. Está en peligro. No creo que los Rokuz vayan a difundir esta información, por la cuenta que les trae, pero sí pueden contratar mercenarios para capturarla. Los Sneog no trabajaban por su cuenta, alguien los contrató. En cambio, los Rokuz son demasiado cobardes para exponerse.

La Krogan asiente y se alza, su arma en las manos. De pronto parece muy peligrosa.

—Sabes que la protegeré con mi vida.

El guerrero se pone a vestirse. Luego se coloca la coraza, un casco, y comienza a coger una gran variedad de armas de una alacena que no conocía porque estaba oculta en la pared. Cuando termina parece verdaderamente aterrador. Podría él solo ganar una guerra por cómo va equipado.

—Coged lo que necesitéis de la armería —nos apremia, mientras se dirige a la puerta—. Tara, ocúpate de que Tanit tenga una armadura completa. Una simple coraza puede no ser suficiente para aquello a lo que nos enfrentamos.

Abre la puerta, con las armas preparadas. Inspecciona rápidamente el callejón, saltando inmediatamente al exterior. Luego dejo de verle porque la puerta se cierra.

Me vuelvo hacia la Krogan. Está bajando un enorme fusil, por lo visto había apuntado a la puerta desde el mismo momento en que se abrió. Mira un instante hacia la armería, como si ansiase inspeccionarla, pero luego deja su arsenal en el suelo y me toca el hombro, haciendo que me levante.

Cuando Groar me hizo la coraza pensé que había sacrificado horas de sueño para hacerla, pero por lo visto no fue así. El nido tiene la impresora 3D más asombrosa que haya visto jamás. Tara me hace ponerme de pie, para tomarme las medidas, y mi cuerpo de pronto resplandece de diversos colores mientras algo lo escanea. Mi amiga me hace ponerme de puntillas, agacharme, ponerme en cuclillas, alzar piernas y brazos, girar los pies y las manos, flexionar los dedos... vamos, que me hace realizar cualquier movimiento posible para un ser humano, incluyendo muchos que son tan raros que a lo mejor los haría una sola vez en la vida. La computadora lo va registrando, analizando mis movimientos, la tensión de mis músculos... y con ello y el esquema y datos que Tara le indica a la computadora, la impresora se pone a fabricarme una armadura.

Tarda horas en llegar siquiera a producir lo que parecen unas botas, y eso que los movimientos de los cabezales son tan rápidos que soy incapaz de seguirlos, apenas veo unas sombras parpadeando. Eso sí, las botas parecen muy complejas, pues consisten de múltiples capas de muchos materiales, y yo juraría que tienen circuitos embebidos.

Termino por aburrirme del asunto, pero Tara no está tampoco para darme palique. Está examinando la armería, y parece un niño con zapatos nuevos, admirando cada artefacto como si de una maravilla se tratase.

—¡Un desneutralizador Nexx! —exclama, gozosa—. ¡Sólo los conocía de las historias del nido! ¿Cómo lo habéis conseguido?

Me encojo de hombros. No tengo ni idea de qué es lo que hace ese chisme, pero conociendo a los Krogan seguro que es algo enormemente explosivo o deliciosamente mortal. Yo tengo armas, pero estoy segura de que deben de ser como juguetes al lado de lo que usa nuestro macho.

—No lo sé. Es de Groar.

—¡Es una pieza única!

Suspiro, y me voy a la cocina automática. Me intento imaginar la cena, pero me vuelve a salir una masa deforme con una mezcla extraña de sabores. Esto de que los aparatos alienígenas te lean la mente está muy bien para muchas cosas... pero no si no sabes decirles cómo deben prepararte exactamente una comida humana. Al menos no es venenoso. Me acuerdo de que me tengo que traer muestras de comida de mi nave la próxima vez que vaya.

Estoy terminando cuando Tara viene a prepararse también la cena. A ella se le da mejor: saca de la cocina algo que parece un filete crudo extra-extra-grande. Claro que, con su tamaño, también necesitará comer más que yo. Se sienta detrás de mí, espalda con espalda, como suele hacer Groar. Así nadie podrá atacarnos mientras comemos. La historia Krogan es tan violenta que tienen un montón de costumbres así de ridículas.

Tarda exactamente medio segundo en empuñar el pequeño cañón que ha dejado a su lado cuando la puerta empieza a abrirse. Pero no debiera haberse preocupado. Es Groar, obviamente apuntándonos con su arma. La baja en cuanto la puerta se cierra.

—Listo —declara—. No hay ser vivo aparte de nosotros que pueda entrar en esa nave.

Francamente, me importa un pepino. Estoy bostezando, y me voy a la cama. Estoy ya medio dormida cuando les oigo a los dos… bueno, hacer eso. Al menos yo me libro de ese detalle del matrimonio: Groar ha prometido respetarme hasta que cumpla los dieciocho. Ventajas de ser una Po'lai. Con ese pensamiento me duermo.

Me despierto en la oscuridad, con dos enormes cuerpos encima de mí, formando una bóveda que me protege contra cualquier posible enemigo. Los Krogan protegen así a sus crías, resguardándolas contra las múltiples fieras que habitan su planeta natal. Cualquiera que me quiera alcanzar tendrá que matarles primero a ellos. En cierto modo es reconfortante, aunque un poco claustrofóbico.

—¿Qué es claustrofóbico? —pregunta una voz en mi mente.

Vuelvo la cabeza y veo los ojos azules y amarillos del enorme guerrero que me mira en la oscuridad. No sabía que fuese telepático. Entonces recuerdo que me habló con la mente cuando acogimos a Tara en el nido, cuando compartimos su N'aga, que burdamente podríamos traducir como su noche de bodas. Siento un escalofrío. Yo no he tenido nunca una experiencia sexual, pero compartí telepáticamente la de estos dos. Algo muy turbador.

—No te preocupes, pequeña Ch'Ka —me tranquiliza Groar—. Sabes que no volverá a ocurrir. No hasta que tengas la edad adecuada para tu raza. ¿Qué es eso de claustrofóbico?

Me apresuro a explicarlo, encantada de cambiar de tema.

—Miedo a los espacios pequeños. Algunos miembros de mi raza padecen ese mal.

—Sorprendente. —Se incorpora mientras se encienden las luces, y al instante Tara está también enderezándose—. Comamos algo y vayamos a entrenar.

—¿Entrenar? —protesto—. ¡Si ya pasé el Ragh-Ar-Khar! ¿Para qué voy a seguir entrenando?

Entonces el monstruo acorazado me gruñe, amenazador.

—Art'Ana, debes saber que la seguridad del nido es lo más importante. Ya viste ayer que tenemos que estar preparados para todo. Ello requiere entrenamiento. Hasta ahora simplemente has aprendido a sobrevivir. Ahora debes convertirte en un guerrero de verdad.

—Tiene razón, Tanit —le apoya la hembra—. Aún nos queda mucho que aprender.

Suspiro. Creí que había acabado con el dichoso entrenamiento al pasar la prueba de la madurez, mas está visto que no. Claro que, después de que me intentasen raptar ayer, estoy bastante más receptiva hacia la idea. En esta zona de la galaxia el respeto por la vida no parece contar mucho.

Groar organiza una pequeña escaramuza entre Tara y yo en el gimnasio. Obviamente conoce mis capacidades; me ha entrenado él. Pero Tara se acaba de casar con nosotros y quiere ver qué debilidades tiene.

Es muy buena, hay que decirlo. Yo soy muchísimo más rápida y ágil que ella, y aun así logra derrotarme en la mayor parte de los combates cuerpo a cuerpo. También es muy buena disparando, mucho mejor que yo. Pero aunque tiene una puntería magnífica, no la han entrenado para manejar todo tipo de armas. Se desespera cuando su arnés de entrenamiento pita, diciendo que la he matado por cuarta vez.

—¡No es posible! —grita—. ¡Estaba totalmente a cubierto!

Groar y yo nos reímos. Le sorprendí a él con el mismo truco hace unas semanas, y desde entonces estuvo practicando esta nueva táctica.

—Es que no he usado un arma de proyectiles —le explico—. He usado el láser.

—¿Y qué?

—Un láser forma un rayo de luz coherente. Va en línea recta, pero será reflejado por cualquier superficie reflectora. Esa es la ventaja de un láser: puedes dispararle a enemigos ocultos, siempre y cuando sepas cambiar la dirección del haz con una superficie que refleje la luz para que les alcance desde atrás o cualquier otro punto no protegido. Es óptica básica.

Mira a su alrededor. Luego mira a donde yo estoy.

—Sorpresa —declara—. No puedes alcanzarme desde ahí. No hay ninguna superficie reflectora que puedas usar.

Me vuelvo a reír.

—Es que no he usado una. He usado tres. —Señalo los tres puntos, uno a uno—. Disparé ahí, luego el rayo ha rebotado allí y finalmente allí. La última superficie no era muy reflectora y el láser ha perdido mucha potencia, pero aun así te he matado.

Mira los tres puntos, traza la trayectoria con una garra y se queda entonces mirándome, con un gesto que supongo que es de admiración.

—Muy inteligente. No se me había ocurrido usar así un láser. Siempre pensé que era un arma poco útil. Sólo puede generar pulsos muy breves y se calienta muy rápido.

Voy a contestar cuando suena una alarma. Los dos Krogan levantan inmediatamente la cabeza, e instintivamente cambian las armas que sujetan del modo entrenamiento al modo de combate.

—¿Qué ocurre? —pregunto, cambiando también el modo de mi láser. Ahora la pistola que tengo en la mano matará de verdad. Nada de juegos de guerra.

—Una de las minas que coloqué en tu nave ha explotado —informa nuestro macho—. Alguien ha intentado entrar. —Suelta un gruñido, complacido—. Sea quien sea, está muerto.

—Vaya.

No sé qué más decir.

—¿Y los daños? —pregunta Tara.

—No lo sé. No pueden ser demasiado graves, puse mucho cuidado al colocar las trampas. Habrá que ir a verlo.

Nos vestimos. Tara insiste en que yo me ponga mi coraza, puesto que la armadura completa aún no está terminada. A decir verdad no me apetece nada, pero Groar decide que todos llevemos coraza, así que al final me la pongo encima de la camiseta. Supongo que quedará un poco raro ir con coraza por los pasillos, así que decido ponerme una blusa encima.

—¿Por qué piensas que es raro? —me pregunta Tara, terminando de sujetarse la suya. A decir verdad no sé para qué los Krogan utilizan coraza, dado que su piel es tan dura que una bala seguramente rebotaría. Claro que la parte delantera de sus cuerpos es más blanda que la espalda, donde es casi imposible lesionarles.

—Bueno... no sé. Me parece raro.

Los dos se miran, pero no comentan nada. Creo que les parece que la rara soy yo, por no querer ir blindada a todas partes.

Salimos, armados hasta los dientes. Mejor dicho, ellos van armados hasta los dientes. Yo sólo llevo una pistola con balas incendiarias, el láser y la daga que me dieron cuando pasé el rito de la madurez. Bueno, en teoría es una daga, pero por su tamaño yo la uso como espada. Es lo único que puedo llevar, todo el armamento que posee Groar es demasiado grande y pesado como para que yo pueda manejarlo. Mi macho ya me ha dicho que, siendo ahora una adulta, tendré que equiparme con armamento pesado. Los Krogan piensan que, cuanta más potencia de fuego tengas, mejor. Teniendo en cuenta lo que he visto durante los dos meses que llevo aquí, no estoy en desacuerdo.

Cogemos el ascensor. La primera vez que me monté en él estuve a punto de matarme: caí en caída libre no sé cuántos pisos, porque no sabía que hay que pensar en si quieres subir o bajar. Ahora ya lo sé, y subimos lentamente cuatro cubiertas, hasta donde están los muelles de atraque. Los pasillos están bastante llenos, pero todos los extraterrestres se van apartando rápidamente en cuanto nos ven. Bueno, en cuanto ven a los Krogan, porque yo no soy ni aparento ser ni una milésima parte de lo peligrosos que son estos dos monstruos acorazados.

Entramos en la enorme sala desde la que se accede a la esclusa de mi nave, pero Groar de pronto se para. Tara se para también, y los dos levantan las armas, mirando aparentemente inquietos a su alrededor.

—¿Pasa algo? —pregunto.

—Algo va mal —gruñe Groar.

Miro yo también a mi alrededor. No veo nada extraño. Bueno, hay más extraterrestres que otras veces que he estado aquí. Hay algunos asomados a una terraza en un lateral. Frunzo el ceño. Son muy parecidos a los que intentaron secuestrarme. Sí, es la misma raza. Unos Sneog. Eso puede no significar nada, pero...

Un súbito movimiento atrae mi mirada hacia el nivel del suelo. Hay más allí. Y están sacando armas que tenían escondidas. Abro la boca para gritar un aviso, pero los dos Krogan son mucho más rápidos y abren fuego antes de que salga cualquier sonido de mi boca. Yo echo mano a mi láser.

No llego nunca a sacarlo, porque algo me golpea en el pecho, lanzándome violentamente hacia atrás y haciendo que choque brutalmente contra la pared. Supongo que me desmayo del golpe, porque lo siguiente que veo es el rostro de Tara por encima de mí, mirando rápidamente a su alrededor. Entonces me doy cuenta de que me lleva en brazos. Aun así, una de sus garras sostiene una pistola pesada.

—¿Qué ha ocurrido? —pregunto débilmente.

No me mira. Sigue observando a su alrededor. Miro yo también. Hay una pared derrumbada, allí donde Groar y Tara han debido de estar disparando. La terraza se ha venido abajo debido al fuego del cañón de plasma que usa mi macho y los proyectiles explosivos que prefiere utilizar Tara. El destrozo es inmenso. Y hay varios cuerpos entre los escombros.

—Te han disparado. ¿Puedes andar?

—Sí.

Me deja con precaución en el suelo, e inmediatamente guarda la pistola y desenfunda el rifle pesado que lleva a la espalda. Da una vuelta entera, asegurándose de que no hay nadie cerca; si lo hubo ha salido corriendo. Sólo hay algo peor que un Krogan furioso, y eso es varios Krogan furiosos. Groar y Tara se han despachado a gusto, la sala está en ruinas. Saco mi pistola con proyectiles incendiarios.

—¿Dices que me han disparado?

—Dos balas explosivas. Tu coraza las detuvo.

Me miro el pecho. Mi blusa está destrozada, allí donde impactaron los dos proyectiles. Pero la coraza que hay debajo tiene sólo dos muescas. Yo sabía que la armadura Krogan era dura, aunque nunca supuse que lo fuera tanto. Eso sí, me ha salvado la vida. Eso y el hecho de que Tara insistiese en que me pusiera la coraza debajo de la ropa. Si me hubiesen disparado a la cabeza… siento que de pronto tengo las piernas como si fuesen de gelatina. ¡Me han intentado matar!

—¿Me han querido matar? —balbuceo, intentando no derrumbarme—. ¿Quién? ¿Por qué?

—Vamos a verlo —gruñe el guerrero, aproximándose con cuidado a los escombros, el arma preparada. Tara le sigue, pero retrocediendo, mirando hacia su espalda para que nadie nos pueda atacar desde atrás. A mí me cuesta mover las piernas; estoy temblando de forma incontrolable. Aprieto la pistola en mi puño y saco también el láser. Ello me da algo de valor, pero aun así no se me pasa el tembleque. ¡Me han intentado matar!

Hay como once o doce cuerpos destrozados de extraterrestres, pero uno aún parece estar vivo por cómo se queja. Es un milagro, teniendo en cuenta cómo de expeditivos han sido los dos Krogan.

Groar no se anda con chiquitas. Agarra al Sneog por la cresta que le sale de la cabeza y lo levanta como si no pesase nada. El ET intenta resistirse, pero está colgando a un metro del suelo y sus brazos nada pueden hacer para soltarse de la enorme garra que lo sujeta.

—¿Quién os ha contratado? —pregunta nuestro macho.

—¡No diré nada! —chirría el otro extraterrestre—. ¡El código nos lo prohíbe!

Entonces Groar saca las uñas y lentamente clava la garra derecha en la pierna del que nos ha atacado. Luego empieza a bajarla por ella, desgarrándola, mientras su víctima chilla de dolor, unos gritos que me dan escalofríos.

—Te lo vuelvo a preguntar —gruñe cuando la pierna no es más que unos jirones de carne a través de los cuales se distingue el hueso.

El Sneog gime lastimosamente. Debe estar sufriendo mucho.

—¡El código prohíbe dar esa información!

—Respuesta equivocada.

El Krogan cambia la mano con la que sujeta a su enemigo y vuelve a sacar las uñas, levantando la garra. Apenas logro levantar la voz: entre el tembleque que aún tengo y el espectáculo que acabo de presenciar estoy a punto de desmayarme.

—Groar, ¡no puedes hacer eso!

Se vuelve parcialmente y ladea la cabeza, en ese gesto de sorpresa que tienen los Krogan.

—¡Claro que puedo!

—¡Está herido! —argumento yo.

Él y Tara se miran. Es evidente que no entienden de qué les estoy hablando. La mentalidad de esta raza es muy diferente a la mentalidad humana.

—¿Y qué?

—Que no puedes... —¿Cómo coño se dice torturar en Común? No tengo ni idea—. ¡No es honorable herir para obligar a alguien a que te diga algo!

Ahora me están mirando los dos con la cabeza ladeada. Percibo su incredulidad.

—¿Por qué no iba a ser honorable?

—¡Porque no puede defenderse!

Se vuelven a mirar. Entonces Groar gruñe.

—Está bien.

Suelta a su víctima, pero antes de que pueda caer le ha clavado desde ambos lados las garras en el cerebro, en un movimiento más rápido que el ojo. Siento que estoy a punto de desmayarme de la impresión. Yo pensaba dejarle ir, pero está visto que los Krogan tienen una manera muy especial de hacer la guerra.

—No tenías que haberle matado —farfullo mientras dejar caer el cadáver.

—¿Por qué no? —inquiere, aparentemente sorprendido—. Era un enemigo. Intentó matarnos.

—Porque… —A decir verdad, no se me ocurre ninguna justificación que pueda satisfacerles. Aquí no rigen las reglas del comportamiento humano. Entonces me llega la inspiración—. Podíamos haberle seguido hasta su jefe. Para averiguar quién les envió.

—No es mala idea —aprueba Tara—. Procuraremos dejar a uno con vida la próxima vez que nos ataquen.

—¿La próxima vez? —pregunto débilmente.

—Volverán a intentarlo —gruñe Groar—. Habrá que estar preparados. Vamos a la nave, aquí estamos expuestos.

Capto algo por el rabillo del ojo y me vuelvo. La Krogan, sin embargo, es más rápida: su garra surca el aire como una centella y se cierra alrededor de algo muy pequeño. Por un momento tuve la impresión que era una mosca.

—Un ojo espía —nos informa—. Alguien nos estaba vigilando.

El guerrero se acerca.

—¿Lo tienes?

—Sí.

—Bien. Lo analizaremos en cuanto podamos. A ver quién nos quiere ver muertos. Esperad aquí.

Se vuelve y se filtra por la pared de la esclusa, sus armas preparadas. Unos minutos más tarde vuelve a asomar la cabeza. Es todo un espectáculo, ver salir una cabeza de tiranosaurio de una pared aparentemente sólida.

—Seguro. Podéis entrar.

Será seguro para nosotros, pero al entrar y avanzar por los pasillos nos encontramos con una verdadera carnicería al pasar al lado de la esclusa de carga. Groar no había exagerado al decir que estarían todos muertos con las trampas que había puesto. En realidad están hechos pedacitos, hasta el punto de que no puedo decir cuántos eran —aunque debían de ser muchos— o a qué raza pertenecían. Todo el pasillo está repleto de vísceras y un líquido pegajoso que me imagino que es sangre o algo parecido. Siento que tengo ganas de vomitar.

Los Krogan no parecen compartir mis sentimientos. De hecho Tara felicita a nuestro macho por la elegancia con la que colocó sus trampas, teniendo en cuenta que los daños en la nave han sido mínimos. Y él se lo toma como un cumplido, es evidente. Me imagino que es la mentalidad que tienen.

Llegamos al puente y enciendo los sistemas. Tara tiene razón, los daños son mínimos. Groar me pide entonces que encienda las cámaras exteriores, y señala dónde ha colocado trampas adicionales, por si intentasen acceder a través de las otras esclusas o las brechas en el casco. Parece muy satisfecho de sí mismo, hasta parece regocijarse ante la idea de destripar a algún intruso adicional.

—¿Por qué decía el Sneog que el código le prohibía decir quién le había contratado? —pregunto, intentando cambiar de tema.

Nuestro macho resopla.

—Son mercenarios. Su código de conducta prohíbe decir quién les contrató. Pero es bien sabido que esos animales no tienen valor. Habría hablado si me hubieses dejado terminar, Art'Ana.

Siento que un escalofrío recorre mi columna. Cualquiera hablaría si le arrancasen la carne de la pierna hasta el hueso. Pero no estoy por la labor de permitir la tortura, por muy normal que les parezca a ellos.

—No era honorable —digo, y eso zanja la cuestión. El honor lo es todo para los Krogan. Jamás harán nada que mancille su honor.

Busco a Baguira, pero no la encuentro, y la computadora no es capaz de detectarla. Finalmente me encojo de hombros. Ha subsistido por su cuenta dos meses, me imagino que logrará sobrevivir hasta que volvamos. Porque Tara tiene mucha prisa en volver a nuestro apartamento para inspeccionar el objeto espía que ha capturado.

Salimos después de que Groar coloque unas cuantas trampas nuevas. Espero que sepa lo que hace y no nos afecten a nosotros cuando entremos o salgamos. Me asegura que no será así, pero yo sólo estoy medio convencida. No me gustaría terminar hecha pedacitos.

Nos filtramos por la esclusa de la estación, los dos Krogan obviamente con las armas en la mano. Yo pensaba que era una exageración, pero nada más salir también echo yo mano a mi pistola y mi láser.

Son diez. Negros, entre un metro setenta y dos metros, con cabezas achatadas parecidas a las de las mantis religiosas. Son bípedos, con unas piernas y brazos que a mí me parecen muy desproporcionados por lo largos que son. Tienen seis dedos en cada mano, terminados en largas uñas de las que parece gotear algo. La piel parece ser dura, con pinchos, pero es difícil de ver porque llevan una especie de uniforme con múltiples aparatos colgando de él. Un débil parpadeo los rodea, como si el aire vibrase a su alrededor.

—Alarma —avisa Groar del efecto que tienen sobre nosotros—. Declarad vuestras intenciones.

Tanto el cañón que él empuña como el arma de Tara están apuntando a los extraños, y sé que están dispuestos a disparar de inmediato. Yo también lo estoy. Estos seres son muy inquietantes, especialmente con esos ojos rojos que parecen arder como el carbón.

—No hay razón para alarma —le tranquiliza uno de ellos, con una voz tan profunda que resulta casi tenebrosa—. No estamos armados.

Groar hace un gesto, y Tara se acerca rápidamente a los extraños ET, inspeccionándolos brevemente uno a uno, sin dejar de apuntarles. Luego se coloca a un lado. Si terminamos a tiros, estos bichos lo van a tener muy crudo para salir del fuego cruzado que vamos a hacer.

—No parece llevar armas, Art'Ana.

O sea que me está pasando la pelota. Después de todo, soy la líder del grupo. Bueno, me imagino que no me queda más remedio que tratar con estos alarmantes bichos. Aunque siento un nudo en el estómago. Por alguna extraña razón siento que son muy pero que muy peligrosos.

—Declarad vuestras intenciones —repito yo las palabras de nuestro macho.

El que antes había hablado me ignora y nos mira de uno a uno.

—¿Quién es vuestro líder? —Se vuelve hacia Tara—. Me imagino que lo eres tú. Los Krogan suelen ser liderados por hembras.

Tara hace un gesto en mi dirección, sin soltar su arma.

—Ella es nuestra Art'Ana. Nuestra líder.

El ser se vuelve hacia mí y me mira de arriba a abajo.

—Sorpresa. No es Krogan.

Aquello me fastidia. Casi parece un insulto.

—Ahora sí lo soy. —Levanto el colgante que llevo alrededor del cuello, el que Groar me regaló cuando me casé con él—. Soy del clan K'Raugh. Éste es mi nido.

—Sorpresa. Los Krogan han acogido a veces a hembras de otras razas, pero no sabemos de ninguna que haya dirigido un nido.

Este bicho está empezando a atacarme los nervios.

—¿Qué queréis?

—Los Rokuz nos han dicho que les habéis robado esa nave.

—¡Y una mierda! —exploto. Me doy cuenta de que lo he dicho en español, y cambio a Común—. Es incorrecto. Los Rokuz me quitaron mi nave, y luego yo la he recuperado de la misma manera. La nave era mía cuando llegué, y sigue siéndolo.

Permanece en silencio durante unos segundos.

—Confusión. Los Rokuz nos vendieron la nave. Luego nos informaron de que os habéis apoderado de ella.

Vale, está desconcertado. No es de extrañar, si los Rokuz le han estafado. Bueno, pues yo estoy muy cabreada con esos bichos que me intentaron robar. Tendré que decirlo explícitamente, la entonación en Común no significa nada.

—Ira. Los Rokuz no pueden vender lo que no es suyo. La nave es mía. Siempre lo ha sido. Si los Rokuz os han engañado no es mi problema.

Parece pensar un instante y luego avanza hacia mí. Me echo a un lado, levantando mis armas. Si este bicho piensa que me va a hacer daño le voy a meter una bala incendiaria en la cabeza. No le he disparado a un ser inteligente en mi vida, pero durante la prueba de madurez que tuve que pasar liquidé a unos cuantos animales que querían matarme. Supongo que no será muy diferente, a mí este ser me parece un bicho más.

Pero no venía a atacarme. Simplemente avanza hasta la pared y coloca la mano sobre la esclusa. Pero la mano no entra a través de ella, la esclusa permanece sólida como si de una pared normal se tratase. Entonces lo capto. Sólo el legítimo propietario de la nave puede pasar por ella. Es por eso que los intrusos no entraron por aquí sino por la esclusa de carga que da al espacio, antes de saltar por los aires.

—Ira. Los Rokuz nos han engañado.

O sea que se ha cabreado. Mala suerte, chico. Esos Rokuz por lo visto son incluso más tramposos de lo que yo pensaba. No soy la única a la que han estafado.

—Os lo dije.

Se vuelve hacia mí. De pronto parece muy peligroso, así que me aseguro de que vea claramente que le voy a hacer unos cuantos agujeros en su pellejo, además de quemarle, en caso de que me ataque. Pero no presta atención a mis armas.

—Los Tloc no estamos acostumbrados a ser engañados.

O sea que estos son los Tloc. Los compradores del futuro. No es de extrañar que me dieran mala espina.

—Pues esta vez lo han hecho.

Tengo la sensación de que quiere abalanzarse sobre mí, pero debe darse cuenta de que sigo apuntándole con mis armas. Además, Groar le está mirando de reojo mientras apunta a sus compañeros. Tara, desde su posición, también podría dispararle.

—Te compramos la nave. Seremos muy generosos.

Ni de coña. Esta nave es mi única esperanza de volver con mi madre. Con suerte podremos averiguar qué hizo que llegase hasta aquí.

—No.

Rechina la mandíbula. No tiene dientes, al menos que yo vea, pero es un ruido muy desagradable.

—Te pagaremos veinte veces su valor.

—No está en venta.

Entonces se inclina hacia mí. Levanto la pistola hasta que está justo delante de su cara, pero no parece preocuparle.

—Ten cuidado, pequeña criatura —me sisea—. Los Tloc siempre obtenemos lo que queremos. Sería sabio vender esta nave, mientras aún puedas. Es peligroso negarte.

—No está en venta —repito—. Y es aún más peligroso enfrentarse a unos Krogan. —Hago un gesto hacia el montón de escombros en el lateral de la sala, no demasiado lejos de donde estamos—. Pregúntaselo a ellos.

No dice nada, pero me mira una última vez. Sus ojos parecen brillar como si me quisiera perforar con ellos. Entonces se marcha y se reúne con sus compañeros. Parecen hablar un instante y luego se marchan. Bajo el arma mientras se alejan.

Entonces Groar me pega un empujón que me hace rodar por el suelo, haciendo que falle el proyectil que taladra el aire en el sitio donde estaba hace sólo un momento. Los Tloc se han dado la vuelta, y resulta que sí están armados: nos están disparando.

Nuestro macho brinca a través de la esclusa; ahí estará a salvo puesto que los Tloc no pueden entrar. Tara pega un enorme salto hasta detrás de los escombros, parapetándose detrás de un enorme bloque de la terraza derrumbada. Yo la imito precipitadamente entre el zumbido de la ionización del aire por los láseres que me están intentando dar. Disparo tres veces contra el más cercano, pero los proyectiles incendiarios simplemente rebotan, chocando contra la pared, donde organizan una buena fogata.

Lo intento con el láser. No hay manera, el haz de luz se desvía. Estos Tloc tienen una especie de escudo energético que hace que nuestras armas sean inútiles. Me tengo que agachar cuando varios láseres empiezan a apuntar en mi dirección. Un instante más tarde tengo que acurrucarme detrás de mi escondite, dado que a mi alrededor están pasando rayos de luz e impactando proyectiles explosivos. Como me mueva estaré muerta.

Miro a un lado, hacia donde está Tara. Me está haciendo señas, pero no pillo qué me quiere decir. Entonces hace el gesto de disparar contra el bloque que tiene enfrente de ella, adelanta la mano, toca el bloque y se toca el pecho. Luego hace como si cayera hacia atrás. Finalmente señala hacia un lado. Miro. Hay una zona reflectante en la pared, estoy viendo en ella cómo se nos están acercando nuestros enemigos.

De acuerdo, lo he pillado. Me está diciendo que use mi truco del disparo indirecto con el láser. Asiento, y ella entonces levanta la garra con cuatro dedos. Dobla uno. Luego otro. Un tercero.

A la de cuatro. En cuanto dobla el cuarto dedo disparo al espejo en la pared. El rayo rebota, dando a uno de los Tloc. No le hace nada debido al escudo que lleva, pero todos se vuelven para ver de dónde viene el inesperado ataque. Aprovecho para saltar hacia otro bloque que ofrece más protección.

Tara también ha aprovechado la distracción y está disparando una ininterrumpida ráfaga de balas explosivas contra uno de los atacantes. Parece que no le hace nada, pero de pronto el aire que le rodea se vuelve violeta; están saltando chispas. Un instante más tarde el escudo termina de sobrecargarse y el cuerpo del Tloc se estremece cuando varias balas explosivas entran en su cuerpo. Aún no ha caído cuando Tara ya ha cambiado de objetivo.

Los Tloc se vuelven hacia ella y empiezan a dispararle, obligándola a esconderse de nuevo detrás del enorme bloque de terraza. Entonces una especie de explosión los tumba a todos. Groar ha salido de la esclusa y ha disparado el cañón de plasma que llevaba con él. Recarga, y un segundo disparo impacta en medio de nuestros atacantes. Que yo vea no les ha herido, pero al menos les ha tumbado, están todos por el suelo.

Sé que el cañón de plasma es ahora inútil: ese trasto se calienta muchísimo y solo puede hacer dos disparos. Pero Groar también lo sabe. Ha saltado hacia delante, agarrando a uno de los Tloc. Al desgraciado no le sirve de nada tener un escudo energético, el Krogan simplemente lo agarra de los pies y lo usa de maza para atacar a otro. Ese escudo está muy bien para detener proyectiles o láseres, pero no parece que sirva de nada contra un vulgar golpe.

Yo estoy disparando, pero mis balas rebotan en los escudos; los Tloc simplemente me ignoran, concentrando el fuego sobre Groar. Su coraza está empezando a acusar los impactos, dentro de poco le van a herir de verdad.

Dejo un momento de disparar; después de todo, no sirve de nada y hay algo que me carcome la mente. Algo relacionado con un Tloc caído de rodillas que está disparando a nuestro macho.

¡Mierda! ¡Sé lo que es! El Tloc me está enseñando las suelas de sus botas, pero éstas no parecen tener el débil parpadeo del aire que señala la presencia del escudo. ¿Podría ser que…?

Apunto con cuidado, y el Tloc chilla de dolor cuando mi bala impacta y de pronto sus pies están envueltos en fuego. Me olvido de él y busco otro blanco. Sí, allí hay otro en la misma posición. Un instante después hay otro Tloc ardiendo.

Tara me está mirando con sorpresa. Me señalo los pies, y luego hago un gesto como si les disparase desde abajo. Entonces ella se vuelve de nuevo hacia el enemigo; lo ha comprendido. Empieza a disparar a los pies; es el punto débil del campo de fuerza. Las balas explosivas no logran penetrar el campo, pero su fuerza es tal que el enemigo termina por pegar un traspié, y en ese momento yo le coloco una bala incendiaria en la planta de las botas.

Al cabo de unos minutos, todo ha acabado. Uno de los Tloc ha logrado huir, pero los demás están muertos. Tara ha liquidado a dos, yo he dejado a cuatro de ellos ardiendo. Groar ha acabado con dos de ellos a golpes; a un tercero le ha arrancado la cabeza. Estos ET han astillado a base de bien.

Noto que estoy jadeando, bastante acongojada. No es la primera vez que lucho para salvar la vida: cuando pasé la prueba de madurez también tuve que matar a varios bichos que me querían matar a mí. Pero hasta ahora no le había disparado a un ser inteligente. Claro que los Tloc también me parecen unos bichos; si fueran parecidos a seres humanos probablemente estaría verdaderamente conmocionada. Pero cuando estás luchando por tu vida no te pones a pensar demasiado. Aun así, no me siento demasiado bien.

—Buen truco —me alaba Tara, y francamente, me lo tomo como un cumplido—. Ahora sabemos cómo matarlos, esos escudos les hacen casi invencibles.

—Grrrr… —gruñe el guerrero—. No les sirve de mucho en el combate cuerpo a cuerpo. Pero es un problema en el combate a distancia. ¿Cómo habéis logrado atravesar sus escudos?

—Tanit descubrió que las plantas de las botas no llevan escudo —explica la Krogan—. Debe de ser porque puede dificultar el andar o quizás el campo no pueda formarse correctamente en el suelo.

—Y Tara ha descubierto que se puede sobrecargar el escudo con fuego sostenido —me apresuro yo a decir, para asegurarme de que compartimos el mérito—. La energía debe estar limitada y el escudo se calienta en exceso al aportarse tanta energía cinética.

—Pues yo he averiguado que el escudo no sirve de nada cuando has agarrado a un Tloc —apunta Groar—. Porque no les protege de los golpes. O sea que los Tloc no son tan invencibles como quieren hacer creer a los demás. —Gruñe con evidente satisfacción—. Buena pelea. Hoy hemos honrado a nuestro clan.

Lo malo es que su complacencia es prematura. Súbitamente algo me agarra brutalmente por detrás, levantándome del suelo. Uno de los Tloc no estaba muerto, y ha aprovechado para atacarme. Siento como un arma se clava en mi costado, en el hueco que no cubre la coraza.

—Ira —le oigo decir—. No debisteis atacarnos. Dejad caer las armas o mataré a vuestra líder.

Veo que nuestro guerrero levanta una pistola pesada y apunta cuidadosamente. Sé que dispara muy bien, pero espero que no le tiemble el pulso. Yo sí estoy temblando. Este bicho me está usando como escudo, como Groar no tenga cuidado seré yo quien reciba el proyectil.

Entonces grito de dolor. El Tloc me ha clavado las uñas en la pierna. Unas uñas como cuchillos.

—Bajad las armas —ordena—. O la mato.

Oigo el zumbido del generador magnético que impulsa los proyectiles del arma del Krogan y el Tloc cae hacia atrás, mientras restos de su cerebro me riegan. Pero al instante un dolor horrible sacude mi costado; oigo mi propio chillido de dolor sólo un segundo antes de sumirme en la oscuridad.

Recupero la consciencia con las sacudidas de los pasos de Tara, que me lleva en brazos, corriendo por los pasillos. Tengo un dolor horrible en el costado derecho, y al mirar veo que me han quitado la blusa y la coraza; estoy sólo con la camiseta, una camiseta empapada de sangre. Estoy herida: el Tloc logró dispararme antes de morir.

El dolor en el costado es insoportable. Intento tocármelo, pero entonces parece aumentar a pesar de haber estado yo convencida de que era imposible. No puedo evitar un grito. No sé cómo es la herida, pero tiene que ser grave.

—No te la toques —ordena Tara—. Enseguida llegamos.

¿Llegamos? ¿A dónde? Seguramente me están llevando a un médico, pero ¿cómo me va a curar un médico? Soy el único ser humano en quince mil años luz a la redonda.

Gimo de dolor e intento apretar los dientes, haciendo lo imposible para ignorar la herida en el costado. Pero también me está doliendo la pierna, allí donde el extraterrestre me clavó las uñas. Y parece que cada vez duele más.

—Por aquí —oigo la voz de Groar, y vuelvo la cabeza para mirarle. Va corriendo delante de nosotros y se detiene finalmente delante de lo que parece una tienda. Hace unos gestos y coloca después la garra encima de una placa negra. Está pagando algo.

Entramos. Hay una especie de mesa blanca enorme en el centro de la sala, con un cabezal que tiene un montón de brazos. Tara me tumba cuidadosamente encima de ella, y al instante los brazos mecánicos comienzan a moverse.

Un instante más tarde me han quitado la camiseta. Mejor dicho, me la han cortado del cuerpo. Un brazo robótico intenta quitarme con cuidado la tela que se ha pegado a la herida, pero al hacerlo me vuelvo a desmayar. En realidad es una suerte, porque no logro aguantar tanto dolor.

Pero el dolor no cesa cuando vuelvo a abrir los ojos; al contrario, es mucho peor. Ahora también me duele muchísimo la pierna. Miro. Estoy sólo con braguitas, me han quitado también el pantalón y los zapatos. Tengo la pierna hinchadísima, de un horrible color azul. Las uñas del Tloc debían tener algún tipo de veneno. Jadeo, sintiendo que estoy sollozando del dolor. Es evidente que me voy a morir.

—¿Cómo que no la puede curar el autodoctor? —está rugiendo Groar—. ¡Si ella muere morirás tú!

—¡No es culpa mía! —se defiende un pequeño ser de apenas metro y medio; parece una especie de simio—. ¡La máquina no reconoce su especie! ¡Nos llevará al menos un ciclo analizarla! ¡Y desconocemos la toxina que tiene en la extremidad inferior! ¡Es imposible preparar un antídoto sin datos! ¿De dónde procede esa ponzoña?

—Un Tloc le clavó las uñas. Debía tener veneno en ellas.

—¿Un Tloc? —se exalta el médico—. ¿Entonces cómo queréis que encuentre un remedio? ¡No tenemos una tecnología lo suficientemente avanzada como para contrarrestar sus venenos!

—No —oigo de pronto a Tara a mi lado—. Pero ellos sí.

Groar levanta la cabeza, mirándonos.

—¿Quieres decir…?

—No hay otra opción. —Una garra se levanta por encima de mí, señalando al médico—. Cierra la herida como puedas. No debe perder más líquidos corporales. Haz algo para que no sienta tanto dolor. Y date prisa.

Los brazos de la máquina se ponen a moverse, acercándose a mi costado. Siento otro vivísimo dolor y de nuevo me sumo en la oscuridad.

Me vuelvo a despertar, pero ya no estoy tumbada en la consulta del médico. No, estoy sujeta a la espalda de Tara con una especie de arnés, con mi cabeza apoyada al lado de la suya en lo que sería su hombro, si lo tuviese. Está disparando, puedo ver cómo los proyectiles están impactando contra el campo energético de un Tloc. Entonces el campo se sobrecarga, desaparece, y la munición explosiva convierte al extraterrestre en una masa de carne deforme.

Gimo de dolor, y Tara vuelve la cabeza hacia mí, mientras recarga su arma.

—¿Estás bien?

Es evidente que no lo estoy; el dolor es insoportable.

Debo de haberlo dicho en voz alta, porque la Krogan gruñe, fastidiada.

—Te han inyectado un analgésico para que no duela tanto, pero aún tardará en hacerte efecto. Había algo más efectivo, pero no estábamos muy seguros de que no fuese venenoso para tu metabolismo. Lo que te han inyectado es compatible con la mayoría de las razas, pero es lento.

Cierro un momento los ojos. El costado me sigue doliendo mucho, pero ya no siento la pierna. No sé si eso es bueno o malo. Probablemente sea malo, debe de ser una señal de que el veneno ya está tan avanzado que no siento dolor.

—Me estoy muriendo, ¿verdad?

Gruñe, un gruñido bajo y sostenido.

—No si podemos evitarlo.

Se oye una enorme explosión y salta hacia delante, corriendo a una nueva posición donde cubrirse. Entonces veo a Groar. Está rodeado de un montón de Tloc caídos en mitad de una zona humeante y los está matado uno a uno. Les hunde las costillas pateándoles, les arranca los miembros de un simple tirón o simplemente les aplasta la cabeza. A esos desgraciados no les sirve de nada llevar el escudo energético que en teoría les hace invulnerables. En cuestión de dos minutos ha acabado con los doce que se le habían enfrentado. El último ha logrado levantarse y dispararle, pero la coraza del Krogan es casi tan buena como el escudo energético. El monstruoso guerrero se acerca hasta el aterrorizado Tloc, saca su daga y lentamente la inserta en su enemigo, como si el escudo energético no existiese.

—El truco está en clavar el arma despacio —le explica fríamente a Tara, sacando el inmenso cuchillo del cadáver mientras éste cae al suelo—. El escudo sólo rechaza las altas energías, pero deja pasar lo que se mueve lentamente, como el aire. De no ser así, se asfixiarían.

—Es bueno saberlo —responde la hembra—. Prosigamos. Necesitamos encontrar un autodoctor lo antes posible.

—Pero si no funcionó —murmuro—. Lo oí, no tienen catalogada a mi especie. No pueden curarme.

El Krogan se acerca. Su enorme garra toca mi cara con una suavidad sorprendente, casi con ternura, si es que estos alienígenas son capaces de eso.

—No te preocupes, pequeña Ch'Ka —me tranquiliza en voz baja—. Encontraremos un autodoctor Tloc. Son mucho más avanzados que los nuestros. Te curarán. —Gruñe amenazador, mientras recupera el enorme cañón de plasma que llevaba colgado de la espalda—. O no quedará Tloc vivo en esta estación.

Comienza a avanzar, con Tara siguiéndole cautelosamente a cierta distancia. Así suelen luchar los Krogan: los guerreros hacen el asalto frontal, las hembras les dan fuego de cobertura. Esos monstruos acorazados son casi imposibles de detener sin armamento pesado.

—¿Dónde estamos? —pregunto, intentando ignorar el dolor de mi costado. Parece que es menor, igual es verdad que el analgésico que me han dado tarda algo en hacer efecto. Pero estoy algo mareada.

—En la zona Tloc de la estación —responde Tara—. Han intentado detenernos, pero no han sido muy efectivos.

Ya puede decirlo, ya. La sala en la que estamos está en ruinas. Los Krogan no se andan con chiquitas cuando luchan. Su técnica es tan sencilla como feroz: destruir todo lo que está en su camino. Y no hay muchas razas que puedan hacerles frente. Son guerreros profesionales que evolucionaron en un planeta donde la lucha por la supervivencia fue brutal. Si a ello añades una piel muy dura y una ferocidad tremenda, tienes las mismas probabilidades de detenerlos que a un rinoceronte furioso. O al tiranosaurio al que se parecen un poco.

No llego a ver a los enemigos, tan rápido salta Tara a cubierto, en un movimiento increíblemente ágil para una criatura tan enorme. Pero la sacudida me hace pegar un grito de dolor. Ella lo ignora, está ya disparando.

—¡Círculo verde! —brama entonces Groar—. ¡Alto el fuego!

Tara levanta su arma, y deja de disparar. Pero no por ello deja de apuntar a los tres seres que se están acercando, sujetando entre ellos un círculo de plástico verde. Supongo que debe de ser el equivalente a una bandera blanca. Muestran las manos vacías para que se vea que no llevan armas, aunque seguramente llevan alguna oculta; Tara no fue capaz de verlas la vez anterior que nos topamos con esta especie.

—Declarad vuestras intenciones.

Siento un pinchazo de dolor y gimo, por lo que me pierdo la respuesta de los Tloc. Supongo que han preguntado por qué les atacamos, oyendo cómo responde el Krogan.

—Nuestra Art'Ana ha sido herida por Tloc. Necesitamos que la curéis.

—Negamos que hayamos herido a un Krogan.

Los Krogan no saben mentir; lo consideran deshonorable y preferirían morir antes que deshonrarse. No obstante, sí saben el qué es una mentira y juraría que oigo el desprecio en la voz de nuestro macho, aunque soy incapaz de captar las emociones alienígenas.

—Lo habéis hecho delante de nosotros. Uno escapó, pero los demás Tloc están muertos.

Parece inquietarle. Recuerdo lo que dijo Tara, que nadie recordaba la última vez que alguien había matado a un Tloc.

—¡No es posible matar a un Tloc!

El guerrero se ríe.

—Ké, ké, ké… ¿no? —Señala hacia el centro de la sala—. ¿Y eso qué son? ¿Roedores de N'Agu? Quizás lo sean, no fueron mucho más difíciles de matar. Es obvio que los Tloc estáis muy sobrestimados.

El ser negro mira a los restos de lo que quizás fueron amigos, entre los restos humeantes de la sala. Se vuelve hacia los demás de su especie, y hablan algo entre ellos. Luego vuelve a mirar al Krogan.

—Lo que hayan hecho algunos individuos Tloc no es responsabilidad de todos. Nosotros no sabemos nada.

Entonces Tara interviene. Tengo la impresión de que está muy cabreada.

—Ira. Los Tloc son desechos biológicos, pero es bien sabido que están en constante contacto entre ellos. No puedes ignorar ese ataque. O la curáis u os tendréis que atener a las consecuencias. Todos sois responsables.

Juraría que el otro la mira con desprecio. No parece en cualquier caso muy impresionado. De todas formas estoy empezando a dejar de prestar atención, el dolor está volviendo y cada vez me siento más mareada.

—Rechazamos vuestra amenaza. Los Tloc no obedecemos a criaturas inferiores.

—Entonces —gruñe Groar— seguiremos matando Tloc hasta que no quede ninguno vivo en esta estación. Ya veremos quiénes son los seres inferiores cuando os hayamos exterminado.

El Tloc hace un ruidito despectivo.

—¿Nos queréis matar a todos sólo vosotros dos?

Tara deja entonces escapar a su vez un gruñido amenazador.

—Ya hemos matado a veintisiete de vosotros. Podremos matar a muchos más. Y en cuanto vengan los demás Krogan…

El otro ser parece alarmado.

—¿Por qué iban a atacarnos los demás Krogan?

Entonces Groar se ríe.

—¿Por qué? Ké, ké, ké… Habéis atacado al clan K'Raugh. A partir de ahora todos los K'Raugh se dedicarán a exterminar Tloc. Y por nuestra alianza con otros clanes, también ellos entrarán en guerra con vosotros. Pronto serán todos los Krogan contra los Tloc. Vuestra tecnología no os salvará. No frente a los Krogan. Ya habéis visto lo que dos Krogan solos pueden hacer.

Los Tloc parlotean excitadamente entre ellos. Entonces su líder se vuelve hacia el enorme guerrero.

—¡Nosotros jamás hemos atacado a los Krogan como tal! ¡No puedes pretender que un enfrentamiento individual degenere en una guerra!

Groar me señala.

—La habéis atacado a ella. Y ella es la Art'Ana del nido Maart'Ing del clan K'Raugh. Nuestra líder. Al atacarla a ella nos habéis atacado a todos nosotros. Si ella muere, lo pagaréis todos con vuestras vidas.

El dolor me envuelve de nuevo y gimo, cerrando los ojos un instante. Sé que no voy a durar mucho más, pero me esfuerzo por prestar atención.

—¿Está herida? ¿Por qué no la habéis metido en un autodoctor? ¡No debéis culparnos si no la habéis cuidado adecuadamente!

Nuestro macho suelta entonces el gruñido que precede al desafío. El Tloc debe de haberlo reconocido, porque retrocede un poco.

—El autodoctor no es capaz de curarla. No reconoce a su especie. Además, le habéis inyectado un veneno para el cual el autodoctor no es capaz de sintetizar un antídoto. Morirá muy pronto. Y todos vosotros con ella. —Carga ostentosamente su arma, y luego apunta a los Tloc—. Se acabó la tregua. Quiero que la Art'Ana vea que sus asesinos morirán antes que ella.

—¡Espera! —chilla el Tloc—. ¡Espera un momento!

Se vuelve hacia sus compañeros y mantienen una conversación entre ellos en su idioma que no soy capaz de seguir. Cierro de nuevo los ojos. Esto se acabó. Noto que me estoy deslizando de nuevo hacia la inconsciencia, pero entonces siento cómo Tara me sacude.

—¡Tanit! ¡Resiste! ¡Resiste! ¡No te rindas!

Abro los ojos y miro el extraño rostro que tengo delante. Para mi sorpresa, por un instante me parece que es mi madre quien me está hablando.

—¿Para qué? —murmuro, sintiendo que me están abandonando las fuerzas—. Me estoy muriendo. Déjame ya. Me duele mucho. Déjame morir.

—¡No! —grita el Tloc—. ¡Traeremos uno de nuestros autodoctores! ¡Nosotros podemos curarla!

—Me da lo mismo — susurro, cerrando los ojos—. Dejadme ya. Dejadme morir de una vez.

Entonces me deslizo por última vez hacia la oscuridad.

Cuando me despierto están, a mi derecha, los dos Krogan, con las armas en la mano; a mi izquierda, al menos cinco o seis Tloc. Parecen incluso más ansiosos que mi nido.

—¿Qué pasó? —musito.

—Casi te perdimos —me espeta Tara—. Pero este autodoctor es mucho más avanzado que los que tenemos nosotros. Lo conseguimos.

Me palpo el lugar de la herida, pero sólo toco la piel lisa. No hay nada, y además ya no me duele. Me enderezo e inspecciono mi abdomen. No hay señal alguna de que haya sido jamás herida allí, salvo las braguitas manchadas de sangre que aún llevo. Me miro la pierna: vuelve a tener su color normal. Respiro aliviada. Por un momento pensé que iba a morir. Si me he salvado por los pelos ha sido gracias a mi nueva familia. Aparentarán ser unos monstruos, pero una vez más se demuestra que la belleza está en el interior.

Miro a mi alrededor. Estoy tumbada en una especie de plataforma, a aproximadamente un metro veinte del suelo. A diferencia del autodoctor anterior, éste no tiene ningún tipo de brazos; parece una vulgar mesa.

Me siento y paso los pies por el borde. Me encuentro genial. De hecho tengo la sensación de que la máquina ha hecho algo más que quitarme el veneno y curar mis heridas, porque me siento fenomenal. Hasta me parece que veo mejor.

—La hemos salvado. Ya veis que hemos cumplido nuestra parte del trato. Cumplid ahora la vuestra.

—¿Trato? —pregunto, saltando al suelo.

—Hemos negociado en tu nombre mientras te curabas —me explica Tara—. Era necesario. Pero no te va a gustar. Y sin embargo tienes que aceptarlo.

Miro a unos y otros.

—¿Por qué?

—Porque si tú estás incapacitada, yo soy la Art'Ana del nido y empeño la palabra y el honor del nido si durante una negociación llegamos a un acuerdo.

De pronto siento como si algo frío me estuviese recorriendo la espalda. No sé qué ha acordado Tara pero es obvio que me va a disgustar y, sin embargo, no voy a poder hacer nada al respecto. No si ella y Groar lo han aceptado. No si el honor del nido se viera comprometido por romper el acuerdo. Así son los Krogan: el honor lo es todo. Incluso la vida no importa si pierdes el honor. Me obligarán a aceptarlo, tanto si me gusta como si no.

—¿Y qué habéis acordado? —pregunto en un hilo de voz.

Interviene entonces Groar.

—Tu curación como compensación por el ataque, además de un escudo energético personalizado para ti, de forma que no te puedan volver a atacar a traición. También el autodoctor, puesto que es el único que puede curarte. Además, nos quedaremos con todas las armas y equipos de los Tloc muertos como botín de guerra. A cambio renunciamos a seguir las hostilidades por ambas partes.

Asiento. Me parece un buen trato, de hecho salimos ganando bastante con este acuerdo. Lo que no veo es por qué no iba a gustarme.

—Me parece correcto.

—Hay algo más —interviene el Tloc que parece ser el líder—. Nos venderás tu nave.

Le miro con horror.

—¿Qué? ¡No!

—Tus compañeros han cerrado el trato. Debes aceptarlo. El pago es muy generoso.

Me vuelvo hacia los Krogan, indignada.

—¿Pero cómo habéis aceptado eso? ¡Es mi única posibilidad de volver!

Entonces, Groar se agacha hasta que su cabeza está a mi altura, mirándome a los ojos.

—Escucha bien, Ch'Ka —me dice con voz suave en su idioma, para que no le comprendan los Tloc—. Esa nave es peligrosa. Navegó por media galaxia, haciendo algo que ninguna nave hizo jamás. En cuanto se corra la voz, todas las razas querrán hacerse con ella, a cualquier precio. Tu vida no vale nada mientras poseas esa nave. Y una nave desarmada es una presa fácil.

—Pero… —protesto, buscando las palabras. Mi conocimiento del idioma Krogan es aún muy escaso—. ¡Si la vendo no podré volver jamás!

—Tanit —me interrumpe Tara—. Inspeccioné a fondo los motores de tu nave. Es imposible que fueran capaces de realizar ese viaje. Otra cosa lo causó, pero fuese lo que fuese no está en tu nave. Averiguaremos qué fue lo que te hizo viajar tan lejos. Pero ahora tienes que deshacerte de esa nave; estamos en peligro mientras la tengas. Podemos protegerte de los Tloc. Podemos protegerte de asesinos. Pero no podemos protegerte si absolutamente todos quieren matarte para hacerse con ella.

Inspiro hondo, intentando serenarme. Tienen razón, por supuesto. Si he viajado quince mil años luz en cuestión de semanas o quizás incluso de minutos, eso es una tecnología que todos ambicionarán. Por la que cualquier raza estará dispuesta a matar, y aquí la vida no vale mucho. Duraré días en cuanto se corra la voz. Si tengo suerte. No quiero ni imaginar lo que me intentarán hacer si me cogen con vida. Ya he visto cómo Groar intentó sacarle información a un cautivo.

—Está bien —digo en Común, volviéndome hacia los Tloc—. Si el nido ha acordado vender la nave, no deshonraré a mi nido renegando del acuerdo. Pero quiero recoger mis efectos personales. A mi… un animal que me pertenece. Y algo de comida.

—Es aceptable —me contestan—. Pero no retirarás ni modificarás ningún equipo de la nave. La tecnología debe permanecer inalterada. Te acompañaremos en todo momento para verificar que no cambias nada.

Me encojo de hombros. Una vez tomada la decisión me importa un rábano qué hagan con la nave.

—De acuerdo.

Vamos todos en tropel hasta los muelles y abro la esclusa de mi nave. Les tengo que explicar el funcionamiento a los Tloc; lo comprenden enseguida, para ellos es muy rudimentario. Luego Groar desactiva las minas que ha colocado y todos me acompañan a mi camarote, observando mientras recojo mis cosas y las meto en la maleta. Aprovecho para vestirme. Ya sé que a estos ET el que esté medio desnuda les importa una mierda, pero a mí sí me importa. Luego continúo empaquetando.

Ya he vaciado el armario y los cajones, y me pongo a guardar lo que tengo encima de la mesa cuando me piden inspeccionar el cubo holográfico con las fotos de mis padres. Eso sí, me lo devuelven enseguida: es obvio que no se trata de una tecnología secreta.

El camarote de mi padre está muy cerca. Yo no lo había pisado desde… bueno, desde que murió. Demasiados recuerdos, demasiado dolorosos. Con los Tloc pisándome los talones entro allí. Por un momento creo que se van a oponer a que coja nada, pero el cubo holográfico con mi foto encima de la mesa les convence de que son parte de mis efectos personales. No cojo mucho. Los cubos que tenía papá de mi madre y de mí. Su diario en papel, que los ET no consideran digno de una segunda mirada. Las dos maquetas de barcos que estaba terminando, junto con los planos. Tengo que enseñárselo a los Tloc, y explicarles qué es una maqueta, y mostrarles cómo los planos se corresponden con los dos barcos. Por la mirada que me echan yo diría que piensan que los humanos estamos chiflados, pero me dejan envolverlo todo y guardarlo con cuidado en la maleta, que ha ido aumentado de tamaño a medida que metía mis cosas. Tiene ya un tamaño bastante respetable. De hecho es ya más grande que yo.

Con la maleta detrás, me acerco primero a los jardines hidropónicos y luego a la cocina. Lleno otra maleta de comida. Las cocinas automáticas extraterrestres serán muy buenas, pero mi creatividad culinaria es nula y siempre me sale algo con aspecto repugnante. Comestible, pero mejor no mirarlo. Dado que por lo visto las máquinas son capaces de reproducir muestras, prefiero comer algo que se parezca a la comida humana. Además, no tengo ni idea de qué es la comida que come Baguira, y es obvio que la gata no va a poder pedir lo que le guste a una máquina.

Finalmente, llamo a Baguira. Me cuesta menos de lo que esperaba, acude enseguida cuando la llamo aunque mira desconfiada a todos los ET que me acompañan. La cojo en brazos; para mi sorpresa no se resiste, sino que se acurruca en ellos. Me ha debido de echar mucho de menos cuando estaban los Rokuz, antes era bastante arisca. O igual es que piensa que voy a protegerla de todos los monstruos que hay a nuestro alrededor: igual los Rokuz intentaron hacerle daño.

—Os daré acceso al ordenador de la nave —les digo a los Tloc—. Pero sólo entiende mi idioma.

—No es necesario —me contestan—. Se trata de un sistema muy primitivo. Hagamos la transferencia.

Extienden una placa negra en mi dirección y la toco con la mano. Un instante más tarde sé que mi cuenta personal se ha incrementado en unos sesenta y cuatro millardos de créditos, una increíble fortuna. Lo malo es que a cambio he perdido todo lo que me ataba a mi hogar.

Miro una última vez a mi alrededor. Siento ganas de llorar, pero no voy a hacerlo delante de estos bichos. Seguida de mis maletas y de los dos Krogan voy hacia la esclusa y salgo a la estación.

—Era necesario, Tanit —me dice Tara, que debe comprender mi estado de ánimo—. Esta nave no te podía ayudar, pero sí te podía destruir.

—Lo sé —murmullo—. ¿Podemos ir al mirador? Quisiera verla una última vez.

Pero cuando llegamos al mirador me sorprende ver que hay un montón de naves pequeñas ajetreándose alrededor de mi nave. Entonces me doy cuenta de que se está moviendo.

—Remolcadores —me explica Groar—. Los Tloc saben que tienen que llevarse la nave lo antes posible. Ellos tampoco estarán seguros mientras la nave esté aquí.

Lentamente, pero cada vez más rápido, la nave empieza a moverse, gira y se va alejando, hasta desaparecer en un fondo estrellado como jamás se vio en la Tierra. Siento el nudo en la garganta, y aprieto fuertemente a la gata que aún sostengo en mis brazos.

—¿Miau? —me pregunta.

—Sí, Baguira —respondo—. Ahora sólo quedamos nosotras dos.

Y dos extraterrestres, debiera añadir. No sé qué es lo que voy a hacer ahora. Pero es muy probable que jamás vuelva a casa.

Rescate en el infierno

¿Sabes lo que ocurre cuando tienes sesenta y cuatro mil millones de créditos en el banco y estás casada con dos extraterrestres parecidos a los dinosaurios? Pues que te aburres soberanamente.

No es que me queje de estar casada, dejémoslo claro. Aunque a mi edad en Marte o en la Tierra ni se lo plantearían, a quince mil años luz de casa las cosas son muy diferentes. Oficialmente, soy una Po'lai, una adulta-que-no-es-adulta, puesto que pasé la peligrosa prueba de la madurez y sobreviví. Una Po'lai es oficialmente una adulta, el único inconveniente —ventaja desde mi punto de vista— es que no puede practicar el sexo hasta que lo autorice la matriarca del nido. Que por cierto también soy yo. Obviamente no estoy por la labor: a mis once años no tengo edad para practicar el sexo con un hombre, y mucho menos con un alienígena de tres metros de altura por metro y pico de ancho. Pero cuando cumpla los dieciocho voy a tener un problemón, si aún no he vuelto a casa. Que en estos momentos es bastante difícil, por no decir imposible.

Aun así, estar casada con dos Krogan es un chollo, porque me han salvado la vida varias veces y nadie se atreve a atacarme cuando estoy con ellos. Los Krogan son una especie guerrera, están acorazados y son tan difíciles de parar como un carro de combate. Eso es bueno porque en esta parte de la galaxia no existen la ley y el orden. Bueno, existir lo que se dice existir, existen. Cada raza tiene sus propias leyes, y si estás en su territorio más vale que cumplas sus leyes a rajatabla, aquí no se andan con chiquitas si las infringes. Pero una vez fuera de un planeta es peor que el mítico Salvaje Oeste. ¿Por qué? Pues porque las costumbres de las diferentes razas de alienígenas son tan dispares que les ha resultado imposible llegar a un acuerdo sobre un comportamiento común, con lo que cada cual hace lo que le da la santísima gana.

Por ejemplo, nosotros en casa tenemos leyes contra el asesinato. Pero por aquí hay muchas razas —incluyendo los Krogan— para las cuales matar muchos adversarios es cuestión de prestigio. Hay incluso razas que son depredadoras, y no tienen inconveniente en comerse a otros seres inteligentes. Si no lo hacen continuamente es porque también están interesadas en comerciar, y comerte a tus clientes o proveedores no es una buena política. Pero si alguien mata a otro en público, lo más probable es que los demás se pongan a disfrutar del espectáculo. Nadie moverá un dedo, garra o tentáculo para impedirlo.

El comercio también tiene tela marinera. Aparte de que el concepto de valor es algo muy subjetivo, está universalmente aceptado que si te han engañado en un trato la culpa es tuya, por no haber negociado mejor. Y eso suponiendo que no te roben sin más: hay razas que no entienden el concepto de propiedad, y se llevarán todo lo que tienes sin preguntar siquiera. Eso sí, no rechistarán si tú les robas a ellos. Hay una Ley de Comercio, pero son unas reglas bastante laxas, y nadie se preocupa mucho si ésta se viola. El único sitio donde parece que se obliga a seguirla es en esta estación espacial, *Punto de Encuentro*, y sólo porque establece unas reglas básicas de comportamiento que hacen que se mantenga algo de orden. Por cierto, esas reglas no especifican que no se pueda matar a alguien, sólo que los cuerpos de los muertos se utilizarán para darle energía a la estación. Si es que alguien no se los come primero, claro. Hay un mercado de carne fresca bastante concurrido, y nadie pregunta de dónde procede.

Punto de Encuentro es enorme, del tamaño de una pequeña luna; hasta tiene un campo gravitatorio propio. Nadie sabe muy bien quién lo construyó, por lo visto lleva aquí varias decenas de miles de años y ese detalle se ha perdido en las nieblas de la historia. Pero es el principal centro de comercio en esta pobladísima parte de la galaxia, donde en un radio de unos cincuenta o sesenta años luz debe de haber como un centenar de razas. Yo ya he perdido la cuenta de la cantidad de alienígenas que he visto.

Escoltada por la otra hembra de nuestro nido, Tara, he visitado parte de este planetoide artificial. Dicen que el zoco de Puerto Deimos en Marte es la estructura más complicada y enrevesada que haya hecho nunca el ser humano. Bueno, yo he estado allí, de hecho crecí cerca de ese lugar. Y es pura geometría comparado con esta estación. A menos que sepas a dónde vas, te puedes perder en cuestión de minutos.

Quienquiera que construyese esta estación hizo cubiertas planas, pasillos rectos y salas rectangulares. Pero en los milenios que han transcurrido han hecho tantas barrabasadas que a estas alturas ya ni siquiera existen planos de la estación. Hay terrazas en huecos que han abierto a través de varias cubiertas y los pasillos se retuercen como lombrices, esquivando tiendas, talleres y tugurios de diverso pelaje, suponiendo que no vuelvan sobre ellos mismos. Decenas de razas rugen, gruñen, chillan, chirlean o silban en sus respectivos idiomas, o se comunican en el idioma universal que tienen, el Común, que, siendo totalmente lógico, es también a veces muy difícil de entender, dado que cada uno lo pronuncia con su propia entonación.

Las tiendas y bancos al menos los entiendo. A estas alturas identifico también los ambulatorios, aunque en mi caso son perfectamente inútiles: dado que no tienen catalogada a la raza humana, no podrían hacer nada por mí si caigo enferma o estoy herida. Los bares los reconozco sin problemas, después de todo trabajé una vez en uno cuando llegué a esta estación. También soy capaz de adivinar qué hacen algunos talleres. Pero hay muchos recintos que no tengo ni idea de cuál es su propósito, y me mantengo bien lejos de ellos a menos que vaya acompañada de alguien de mi nido. Una vez estuve a punto de meterme en lo que resultó ser el equivalente a un circo romano… como gladiadora. Me di cuenta a tiempo porque estaban sacando los cadáveres de los combatientes. Siento escalofríos cada vez que lo pienso.

Mientras yo intento distraerme, nuestro macho busca una nave. Después de un tremendo tiroteo con una raza extraterrestre, los Tloc, durante el cual casi perdí la vida, llegamos a un acuerdo con ellos. Sobreviví gracias a ese pacto que negoció Tara, dado que yo estaba muriéndome en aquel momento. Consiguió unas magníficas concesiones. La pega es que, como contrapartida, tuvimos que venderles a los Tloc la nave con la que llegué aquí. Pagaron muy bien, es cierto. Nada menos que sesenta y cuatro mil millones de créditos. Una inmensa fortuna. Pero ese trato nos ha dejado varados en esta estación. A menos que consigamos una nave estelar, no iremos a ninguna parte. Lo malo es que los que vienen con una nave también la necesitan para irse, por lo que no es nada fácil conseguir una.

Además, Groar insiste en que la nave esté muy bien armada. Es comprensible. Nuestra refriega con los Tloc dejó un montón de cadáveres; mi nueva familia se despachó como sólo unos Krogan pueden hacer: básicamente dispararon a todo, tanto si se movía como si no. Los gestores de la estación nos pasaron la factura por los daños, la friolera de diecisiete millones de créditos. No discutimos y pagamos sin rechistar; esa suma era pura calderilla frente a lo que nos pagaron los Tloc por mi nave. Aun así, los gestores de la estación no quedaron muy contentos. Los Tloc, a pesar de haber llegado a un acuerdo con ellos, estarían encantados de vernos muertos. Y seguramente habrá un montón de alienígenas en la estación que deben pensar que tenemos mucho más dinero del que nos merecemos y que bien podrían llevarse una parte. Para muchas razas la piratería es una profesión honorable, así que comprendo el punto de vista de nuestro macho: no somos muy populares, o sea que más vale que nuestra nave pueda defenderse. Lo malo es que una nave así es complicada de conseguir y el guerrero pasa mucho tiempo fuera.

Mientras Groar busca una nave, yo me aburro soberanamente. Cepillo o juego un poco con la gata que sobrevivió al accidente que me trajo aquí, pero ésta se cansa enseguida. No hay nada más que hacer, y esta estación espacial no tiene muchos lugares de ocio. Mejor dicho, sí los tiene, pero son tan extraños para mí que no entiendo qué placer sacan los extraterrestres de ello. Aparte de las cuatro o cinco horas de entrenamiento de combate diario, no tengo nada que hacer. A veces me enciendo el equivalente a la televisión, pero excepto las noticias —que son bastante aburridas— la mayor parte del tiempo no entiendo nada de lo que están emitiendo. Y si lo entiendo es peor aún: Va desde lo repugnante a lo horrible.

Tara me entretiene de vez en cuando, enseñándome el idioma Krogan, o contándome historias de su raza. De vez en cuando salimos, y me explica qué son los diferentes sitios e instalaciones que visitamos. Pero la mayor parte del tiempo está enfrascada en el problema de cómo llegué aquí; por lo visto sacó una copia de todos los registros que hicieron los Rokuz de mi nave cuando me la robaron, y se dedica a analizarlos. Aunque no parece progresar mucho.

—¿Te ocurre algo? —pregunta cuando suspiro por enésima vez.

Dudo. El Común no tiene una palabra para lo que quiero decir, al menos que yo sepa. Y si el idioma Krogan la tiene pues aún no la conozco.

—Pesar por inactividad.

Ladea la cabeza, en ese gesto de sorpresa que tiene su raza.

—¿Se puede tener pesar por no hacer nada?

Asiento.

—Sí. Mi raza lo llama aburrimiento.

—Entonces haz algo. ¿Qué es lo que estudiaste? ¿O acaso tu raza no le enseña nada a sus cachorros?

—Claro que sí. De hecho terminé unos estudios… —Mierda, el concepto de universidad no existe aquí—. Unos estudios avanzados. Astrobiología. El conocimiento de seres extraños a nuestro mundo.

Vuelve a inclinarse sobre el problema en el que está enfrascada.

—Entonces aprende sobre todos los seres que hay en esta estación. Vas a tener mucho que hacer.

Me enderezo, sorprendida. ¡Claro! ¿Cómo no se me había ocurrido? Estudié astrobiología en la universidad, para poder ayudar a mamá con la flora y la fauna de Thuis cuando me reuniese con ella. Era la única manera de que me permitiesen viajar a esa colonia, siendo una niña. No bastaba que fuese un genio, tenía además que poder hacer algo útil para la colonia.

Bueno, quizás tarde aún algún tiempo en volver con mi madre. Pero tengo una oportunidad que no ha tenido ningún otro ser humano, puesto que soy la única que ha encontrado alienígenas: documentar seres inteligentes extraterrestres. Cuando vuelva a casa —si vuelvo— seré no sólo la astrobióloga más joven de la historia sino también la más famosa. Volveré con unos conocimientos con los que el ser humano jamás había soñado. La idea me entusiasma; estoy deseando empezar.

Necesito algo para grabar imágenes, registrar mis comentarios y a ser posible realizar análisis. A regañadientes, Tara acepta interrumpir su trabajo y acompañarme a buscar un aparato así; yo no tengo ni idea de la tecnología extraterrestre, pero ella al menos está familiarizada con la mayoría de las razas, sus capacidades técnicas y dónde encontrar lo que yo busco.

No tardamos mucho. La Krogan conoce una tienda adecuada cerca de donde ella iba a mirar armas, y encuentro una mezcla de grabadora y analizador biológico que usan los médicos extraterrestres. Tiene suficiente memoria como para guardar allí la información completa de cien mil pacientes, y además se encripta con mi patrón cerebral, por lo que nadie más podrá usarlo. Una maravilla. Eso sí, Tara insiste en entrar en la tienda de armamento, donde se compra una especie de cañón portátil que dispara granadas incendiarias. Estos Krogan son como niños en lo que a armas se refiere. A mí me compra un rifle electromagnético de mi tamaño con proyectiles criogénicos. Vamos, que si le disparo a alguien lo congelo. Debe de ser para compensar sus granadas. Aunque, seamos sinceros, me ilusiona mucho más la grabadora.

Volvemos a nuestro apartamento, y logro convencerla de ser mi primera grabación. Aguanta con paciencia mientras la fotografío en tres dimensiones, y luego en diferentes posturas, para finalmente escanear sus órganos internos. Luego se va al área de entrenamiento a probar su nuevo juguete, mientras yo miro maravillada el tesoro científico que acabo de capturar. Para alegría mía resulta que el dispositivo viene con información de fábrica sobre algo más de un centenar de razas, y es capaz de identificar y etiquetar los distintos órganos, así como sus funciones. Además, como puede leer mi mente, veo la información en español.

El colmo: Tara tiene dos corazones. Supongo que, siendo tan grande, debe ser necesario para la circulación sanguínea. Tiene una columna vertebral mucho más resistente que la de los humanos, y sus costillas parecen diseñadas para aguantar un impacto de bala, tan fuertes son. Por lo demás, los pulmones y el estómago son parecidos a los de los seres humanos, aunque entre medias hay un órgano que no logro identificar. La etiqueta que me muestra el aparatito es algo así como "acelerador". Tomo nota de que tengo que investigar qué es eso.

El resto de su anatomía, para mi sorpresa, es bastante común. Podría haber evolucionado en la Tierra: excepto ese órgano extraño y los dos corazones no parece tener nada especial. Bueno, salvo la forma, pero en la Tierra tuvimos unos dinosaurios que podrían haber evolucionado hacia esa forma en caso de no haberse extinguido. Claro que los dinosaurios no eran mamíferos.

Tara obviamente sí lo es: los pechos que tiene se parecen a los de una mujer humana, aunque son naturalmente más grandes. Puedo incluso detectar los conductos para la leche. Eso sí, los órganos sexuales internos son más parecidos a los de los orangutanes. Qué narices, de no existir aquí esas máquinas autodoctores, podría hasta hacer de comadrona el día que ella tenga cachorros. Cuando hice el curso de colono en Marte me enseñaron cómo ayudar en un parto, y el de Tara no iba a ser muy diferente.

Vuelve Groar, y le toca someterse a su vez a mi examen. No le gusta, pero hago prevalecer mi autoridad como matriarca del nido y termina aceptándolo, gruñendo. Cuando se va finalmente a comer, he duplicado mis datos. No hay mucha diferencia, salvo la que cabría esperar debido a que tiene un sexo diferente. Lo más destacado es que tiene unas costillas adicionales en la espalda, además de una piel especialmente dura. Está literalmente acorazado ahí. Posiblemente le dispares y la bala rebote. No quiero ni imaginarme en qué clase de entorno han debido de evolucionar los Krogan para necesitar este tipo de blindaje. Ni siquiera los rinocerontes de la Tierra tenían tal protección.

Termina de comer y se mete en el área de entrenamiento. Probablemente se tirará un montón de tiempo admirando el nuevo juguete de Tara, así que yo me visto y salgo. Eso sí, primero me pongo la coraza debajo de la blusa. Ya he visto cómo funcionan las cosas por aquí, y el llevar esa protección me salvó la vida hace algunos días. Además, voy armada y me he puesto el escudo energético que conseguimos de los Tloc. Si alguien quiere meterse conmigo, más le vale que venga con armamento pesado. Con todo el entrenamiento de combate al que me ha sometido mi marido extraterrestre, soy capaz de enfrentarme incluso a un Krogan. Algo que por cierto ya hice durante mi prueba de la madurez.

Es cuando entro en un ascensor cuando me doy cuenta de que me están siguiendo. Krogan. Como una docena. No me habría llamado normalmente la atención, dado que estamos en pleno barrio Krogan, pero a dos de ellos los vi cuando salí con Tara a por mi grabadora. Los recuerdo porque tienen unas cicatrices que desde luego deben ser el resultado de una lucha tremenda. No es nada fácil herir a unos seres tan acorazados como ellos, y mucho menos hacerles cicatrices como las que llevan esos dos.

Mientras asciendo por el tubo del ascensor miro hacia abajo. Sí, están entrando también en el tubo. Subo seis cubiertas hasta una de las avenidas principales de la estación, salgo del tubo y finjo pasear, mirando las tiendas. Al cabo de un rato entro en una tienda y compro un aparato que no tengo ni idea de para qué sirve, pero que me permite ver que están esperando a cierta distancia, aparentando que no miran en mi dirección.

Frunzo el ceño. Aquí hay algo raro. No parece que quieran hacer nada en público, pero igual están esperando a que entre en una zona menos concurrida de la estación. En cuyo caso tendré un buen problema. Si es menester yo puedo derribar a un Krogan, ya lo he hecho con anterioridad. Pero no podré con una docena de ellos.

Hago como si no los viese y paso a su lado, de nuevo en dirección al ascensor. Entro en él, y procuro deliberadamente no pensar si quiero bajar o subir. Ya me pasó la primera vez que me subí en uno: si no le indicas qué quieres hacer, caes como una piedra.

Y eso es exactamente lo que pasa: me precipito al vacío. Pero como estoy preparada le ordeno al ascensor con la mente que pare en el piso adecuado, y salgo apresuradamente con una mirada hacia arriba. Los Krogan están bajando, pero mucho más lento. Acabo de sacarles una importante ventaja. Comienzo a correr.

Entro precipitadamente en el nido, y tanto Groar como Tara salen inmediatamente del área de entrenamiento al oírme, con las armas en la mano. Jadeando del esfuerzo les informo de mi pequeña aventura. Sé que ellos me protegerán de esos enemigos. Pero para mi sorpresa, se echan a reír, con esa risa rara que parece una tos.

—Ké, ké, ké… Tanit, no te estaban acechando.

Supongo que pongo cara de tonta.

—¿No?

—No. Son de nuestro clan. Les hemos contratado para que te escolten cuando salgas. Por si los Tloc contratan a alguien para hacerte daño a pesar de nuestro acuerdo. Necesitarían un verdadero ejército para luchar contra tantos Krogan.

Ahora sí es seguro que tengo cara de tonta, aunque ellos probablemente no sean capaces de reconocer esa expresión.

—¿Por qué no me lo dijisteis?

—No queríamos que te preocupases. Después de todo, eres una Po'lai.

Entonces oímos el ruido al otro lado de la puerta. Gruñidos y un chillido como si estuviesen matando a alguien. Al instante los dos Krogan están de nuevo con las armas en la mano, apuntando a la puerta. Yo, sin darme cuenta, también he sacado mi pequeña pistola con balas explosivas. Tara hace un gesto hacia la puerta, se activa la cámara y vemos un holograma del exterior.

Los Krogan están alrededor de una especie de marmota de aproximadamente un metro setenta. La mayoría de ellos le están apuntando con armas de muy diversas formas y tamaños. Como se les ocurra disparar se van a matar entre ellos. Otros están con unas afiladas dagas, pinchándole en plan juguetón. Bueno, lo que un Krogan considera juguetón. La marmota está sangrando de diferentes heridas.

—¡Parad eso!

Groar y Tara se miran y abren la puerta, las armas dispuestas. Un instante más tarde, la marmota es arrojada a mis pies.

—Estaba intentando entrar —aclara uno de los Krogan con cicatrices—. No le hemos matado por si queríais hacerlo vosotros.

—Buen trabajo —alaba Groar—. Volved a vuestros puestos de vigilancia.

Los Krogan se marchan, evidentemente muy satisfechos de ellos mismos, y Tara cierra la puerta. La marmota está quejándose en el suelo. A decir verdad, me da un poco de pena.

—Llevadle al autodoctor —ordeno—. Luego veremos qué es lo que quiere.

—Primero veamos si lleva armas —gruñe Groar, registrándole rápidamente.

No parece ir armado, porque enseguida lo levanta y lo lleva al cuarto de al lado, donde está el autodoctor que conseguimos de los Tloc. En cuestión de minutos la máquina ha curado las heridas del extraterrestre. Lo que no hace es reparar los desgarrones en su uniforme.

Finalmente, la marmota se levanta. Tiene una piel de color marrón claro, con un pelo bastante bonito. Unos bigotitos muy graciosos. Unos ojos grandes bastante normales, orejas pequeñas y un hocico oscuro. Eso sí, ahí acaba la similitud con las marmotas. Tiene unas manos de cinco dedos cortos con unas uñas afiladísimas. Por sus dientes es también obvio que no se trata de un roedor. Al contrario, por la forma de sus caninos yo diría que es carnívoro. Podría ser perfectamente un animal de la Tierra, salvo por el pequeño detalle de que mide más que yo y se trata de un ser inteligente.

A pesar de su aspecto pacífico, yo no me confío. A estas alturas ya he aprendido que los extraterrestres son imprevisibles. Sigo con mi pistola en la mano, por si acaso. Y Tara no se molesta en disimular que le está apuntando con su nuevo juguete. Desearía que no lo hiciese. Si dispara este trasto, las granadas incendiarias harán que todos salgamos ardiendo.

—No pensaba que fuera tan peligroso veros —mascula la marmota.

Groar gruñe, divertido.

—Somos peligrosos. Lo saben todos nuestros enemigos.

—Yo no soy enemigo.

El guerrero bufa.

—Ya veremos. Identifícate.

—Soy… —dice un nombre impronunciable, lleno de ges y jotas que hace que tenga ganas de aclararme la garganta, de tan complicado que es—. Represento a la raza Kanil. Vengo a contratar vuestros servicios.

Nos miramos. Incluso sin saber aún reconocer las expresiones Krogan, sé que esos dos están conteniendo la risa. A mí también me cuesta no soltar una carcajada. ¿Contratarnos? Eso sí que tiene gracia. Con lo que los Tloc pagaron por mi nave, tenemos más dinero del que podremos gastar nunca. Nada menos que sesenta y cuatro mil millones de créditos. Claro que no vamos a ser tan estúpidos como para decirlo. No conviene decir que eres rico cuando estás rodeado de seres que estarían encantados de matarte con tal de quedarse con tus riquezas. Que yo seré una niña, pero no me chupo el dedo y, además, ya me han escarmentado demasiado.

—¿Por qué nosotros?

—Porque sabemos que habéis luchado con los Tloc. Que habéis matado a muchos de ellos. Hace centenares de ciclos que nadie ha logrado matar a un Tloc en combate individual.

Le echo una ojeada a Groar. Él me está mirando a mí. Sé que está orgulloso. Más honor para nuestro clan, aunque la muerte de los Tloc fue en realidad un intento desesperado para salvarme a mí. Lo consiguió, y ahora puede presumir de haber hecho algo que nadie ha conseguido en siglos. A los Krogan les encanta jactarse de sus hazañas.

—O sea, que buscas unos guerreros.

—Busco a alguien que sea capaz de realizar un rescate donde otros han fracasado. Alguien muy excepcional, capaz de hacer lo imposible. Si os habéis enfrentado a los Tloc con éxito, entonces sois probablemente lo que estemos buscando.

Tara interviene entonces.

—¿Y por qué crees que te vamos a ayudar? No somos mercenarios. No nos interesa tu dinero.

—Sé que estáis buscando una nave. Una nave bien armada. Os daremos una nave de esas características si lográis realizar la misión.

Groar gruñe, despectivo.

—¿Una nave Kanil? Son tan débiles que se rinden en cuanto un pirata se acerca. Si no fuese por vuestra flota, vuestro mundo se habría ya muerto de hambre. Sólo los escoltas mantienen a los piratas a raya.

—Una nave de guerra Xebú.

Los dos Krogan pegan un evidente respingo. Luego le miran, ladeando la cabeza. Sé es que es su manera de expresar sorpresa.

—¿Tenéis una nave Xebú?

No soy capaz de distinguir el tono de los Kanil, pero juraría que se está regocijando por el interés que ha causado.

—Un acorazado de bolsillo. Lo capturamos durante la última guerra con los Serelens, hace treinta y dos ciclos. No sabemos cómo es que lo tenían. Está reparado, pero es muy incómodo y de poca utilidad para los Kanil.

La voz de Groar suena suspicaz. Lo sé, después de tantas semanas en su compañía empiezo ya a captar sus entonaciones.

—Será demasiado grande para nosotros.

—Sólo necesita una tripulación de dos, aunque puede alojar hasta cien tropas de asalto. Podréis tripularla. Y está muy bien armada.

Groar y Tara se miran. Aun sin que pronuncien palabra sé que están por aceptar la oferta. No sé qué clase de raza serán los Xebú, ni cómo son sus naves, pero deben ser algo impresionante. Entonces me miran a mí. Claro, soy la Art'Ana, la matriarca del nido. La decisión es mía.

—¿Cómo es esa clase de nave? —les pregunto en Krogan, para que no nos entienda el Kanil.

—No he visto nunca ninguna. Pero es muy poderosa. Y muy rápida —me contesta el guerrero—. Con una nave así no tendríamos que preocuparnos de la mayor parte de las amenazas.

Le contemplo, dudando.

—No sabemos en qué estado está.

Entonces Groar gruñe, despectivo.

—Por muy mal que esté, podemos arreglarla. Tenemos suficientes créditos para hacerlo. Una nave así es imposible conseguirla por medios normales, simplemente no está en venta.

Miro a Tara.

—Pero la misión debe ser muy peligrosa. O no ofrecerían algo así.

Entonces se ríen los dos.

—Ké, ké, ké… ¿Más peligrosa que los Tloc? Tanit, estás en peligro. Los Tloc acordaron no atacarnos, pero pronto pondrán precio a tu cabeza. Sabes demasiado. Ellos querrán ser los únicos que dominen el salto intergaláctico. Tienen tu nave, pero no querrán que nadie obtenga lo que pueda haber en tu cabeza. A menos que consigamos una nave muy potente, seremos presa fácil de los cazadores de recompensas. Pronto una docena de Krogan no será suficiente para protegernos. No cuando el premio por matarte puede llegar a ser de centenares de millones. Los Tloc pueden pagarlo.

Suspiro. Supongo que tienen razón. Pero maldita las ganas que tengo de meterme en una aventura así. Groar me ha entrenado bien, y tengo el escudo protector que conseguimos de los Tloc, pero aún recuerdo muy bien que hace poco estuve a punto de morir en un tiroteo.

—Está bien —le espeto al Kanil en Común—. Oigamos de qué se trata. Quizás nos interese.

Le da algunas vueltas, pero al final nos lo cuenta todo. Había una nave pequeña en tránsito hacia su planeta, que por causas desconocidas se ha estrellado en un mundo a medio camino. Se trata de rescatar a los supervivientes. Así de sencillo.

O quizás no sea tan sencillo. Incluso a mí me suena raro. Al menos no me parece normal que una nave estelar se estrelle en un planeta. ¿Cómo podría ocurrir? Se supone que una nave en trans-luz no puede chocar contra nada. Bueno, conozco una excepción: el accidente que me trajo aquí. ¿Pero estrellarse en un planeta? Además de salir de trans-luz, la nave tendría que tener los motores normales averiados. Incluso un funcionamiento mínimo debiera haber podido colocar la nave en órbita. Y si no funcionasen los motores en absoluto se habría estrellado en la superficie a la velocidad de un meteorito, suponiendo que no se hubiese quemado en la atmósfera. No habría supervivientes.

Se lo comento a mi nido en Krogan, para que no nos entienda la marmota, y están de acuerdo. Hay algo extraño aquí. Me vuelvo hacia la marmota.

—¿Cómo es posible que se estrellase en un planeta? ¿No funcionaban los motores?

Hace un ruidito extraño y abre las manos, en un gesto que supongo que significa algo así como un encogimiento de hombros.

—No lo sabemos. La nave tiene daños, pero no podemos inspeccionarlos desde la órbita del planeta, y no hemos logrado acercarnos lo suficiente para saber el qué ocurrió.

—¿Y cómo sabéis que hay supervivientes?

—Las comunicaciones con la nave estrellada aún funcionan. Hay dos supervivientes, el resto de la tripulación ha muerto.

—¿No habéis intentado un rescate? —interviene Tara.

—Por supuesto. Varias veces. Pero no lo hemos logrado. Es por eso que necesitamos a un equipo especial. Alguien capaz de hacer lo imposible, de tener éxito donde hemos fracasado. El planeta es peligroso.

Groar gruñe, suspicaz.

—¿Qué clase de peligros tiene el planeta?

—Vientos extremadamente fuertes. Erupciones volcánicas. Animales peligrosos.

Los dos Krogan bufan con obvio desprecio.

—Eso no es nada especial. También lo hay en nuestro planeta.

—Por eso recurrimos a vosotros. Nuestros equipos de rescate no lograron sobrevivir.

Nosotros nos miramos. ¡Mierda! Quizás se le haya escapado, pero el Kanil ha dicho demasiado. No es que hayan fracasado; es que sus equipos de rescate han muerto en el intento. El planeta en cuestión debe ser peligroso de verdad. Pero si han sacrificado varios equipos de rescate, debe tratarse de un personaje importante.

—¿Quiénes son los dos supervivientes?

Yo no soy capaz de leer las expresiones de los alienígenas, pero es evidente que ha dudado por el tiempo que tarda en responder.

—No estoy autorizado a decirlo.

Bueno, él no tendrá autorización para decirlo, pero nosotros tampoco tenemos tanto interés en este rescate, nave Xebú o no. Además… ¿Arriesgar nuestras vidas sin siquiera saber por qué? ¡Que se vaya a la mierda la marmota esa!

—Pues entonces búscate a otros —le espeto, dándome la vuelta—. No voy a arriesgar las vidas de mi nido por un cualquiera.

—¡Es un cachorro! —grita el Kanil detrás de mí.

Me vuelvo, perpleja.

—¿Un cachorro?

El extraterrestre extiende los brazos, como si nos estuviese suplicando.

—¡Sólo tiene un ciclo!

Groar gruñe, fastidiado.

—Entonces está muerto. Un cachorro de esa edad, por muy rápido que madure su raza, no puede sobrevivir solo.

—Está con su madre. Ella está herida, pero aún puede cuidarle. Aún están vivos. Pero no les queda mucho tiempo. Dentro de veintiséis microciclos se les acabarán las provisiones.

Echo un rápido cálculo, lo que es complicado de narices, pero siempre se me han dado bien las matemáticas. Un ciclo en Común es aproximadamente la cienmillonésima del tiempo que la galaxia tarda en dar un giro completo, algo más de dos años terrestres. Un microciclo son algo más de diecinueve horas y media. Veintiséis microciclos son, por lo tanto, unos veintiún días terrestres. No es mucho tiempo. No si hay que viajar a otro sistema solar.

—Entonces el rescate es imposible —respondo—. Jamás llegaríamos al lugar del rescate a tiempo.

—Tenemos una nave exploradora aquí. La más rápida de la que disponemos los Kanil. Tardaremos treinta y cinco microciclos entre llegar y realizar el rescate.

—¿Y sobrevivirá el cachorro sin comida nueve microciclos? —intercede Tara.

—No estará sin comida.

Frunzo el ceño. Aquí hay algo que no cuadra.

—¿Pero no dices que se les acabarán las provisiones en veintiséis microciclos?

—Sí. —No sé por qué, pero su voz suena de pronto rara. Y lo que dice a continuación me produce escalofríos—. Pero su madre está disponible. En cuanto sepa que el rescate es inminente, el cachorro podrá comenzar con ella. Ella le dará al menos veinte microciclos más. Suficiente tiempo para el rescate.

—¿Quieres decir…? —Me cuesta hasta imaginármelo—. ¿Quieres decir que se la comerá?

Simplemente me mira.

—He oído que eres hembra. Si tu cuerpo fuese la única fuente de comida, ¿no estarías dispuesta a dárselo a tu cachorro?

Siento que un escalofrío recorre mi columna. Por supuesto, jamás había pensado en tener hijos, no a mi edad. Seguramente haría cualquier cosa por ellos. Sé que mis padres lo habrían hecho por mí. ¡Pero dejarse devorar! Supongo que no puedo pensar como una extraterrestre.

—¿Y no podría ella dejar de comer unos microciclos? Para que el cachorro tenga más tiempo antes de… ¿antes de comenzar con ella?

Juraría que duda.

—Supongo que sí. Pero sólo si el rescate no fuese a durar mucho más.

Pienso furiosamente. Es un bebé. Extraterrestre, pero un bebé. Y su madre le quiere tanto que está dispuesta a dejarse devorar con tal de que sobreviva. Siento que tengo un nudo en el estómago. Esto me sobrepasa. Pero siento que no puedo permitir que mueran ese bebé y su madre. Por muy peligroso que sea.

—Hay algo raro en esto —gruñe entonces Groar—. ¿Qué nos estás ocultando? ¿Quién es ese cachorro? ¿Por qué ibais a ceder una nave de guerra por él?

El Kanil tarda en contestar, como si le costase decirlo. Finalmente parece decidirse.

—Es la luz del cielo —dice en voz baja.

Por cómo ladean los Krogan la cabeza sé que están sorprendidos. Aunque yo no he entendido nada.

—¿La luz del cielo?

—Su Dios viviente —me aclara Tara—. ¡No es de extrañar que estén dispuestos a pagar lo que sea con tal de rescatarle! Creen que una maldición caerá para siempre sobre ellos si el cachorro muere.

—Lo malo —apunta Groar en su idioma, para que no nos entienda la marmota— es que eso nos pone en una posición muy difícil. Si fracasamos, los Kanil nos matarán por haber dejado morir a su Dios.

—Y nos matarán igualmente si nos negamos a salvarle —objeta la hembra en el mismo idioma—. No teníamos suficiente con los Tloc, ahora también los Kanil querrán acabar con nosotros.

Inspiro profundamente. Todas las opciones son malas. Está visto que tengo un don especial para meterme en líos. Bueno, si hemos sobrevivido a los Tloc me imagino que podremos rescatar a ese bebé. Al menos hay dos guerreros acorazados conmigo. Ellos me protegerán, así que supongo que estaré a salvo. Creo. Además, necesitamos esa nave. Groar tiene razón, los Tloc no van a permitir que siga con vida.

—Entonces no nos queda alternativa, ¿verdad? —pregunto en Krogan.

Simplemente me miran, pero no hace falta que digan nada. Es obvio que piensan lo mismo. De todas formas, soy la Art'Ana. La decisión es mía.

—De acuerdo —mascullo, volviéndome hacia el Kanil—. Iremos con vosotros. ¿Has dicho que tenéis contacto con la nave siniestrada?

—Sí.

—Entonces decidle a la madre que deje de comer dieciocho microciclos antes de nuestra llegada. Para que el cachorro tenga suficientes provisiones hasta que lleguemos. Intentaremos que sobrevivan los dos. ¿Dónde está vuestra nave?

—En la cubierta trescientos ochenta, esclusa setecientos cuatro.

—Necesitaremos nuestras armas —advierte Groar—. Id preparando la nave. Tardaremos cuarenta nanociclos en llegar. Estad listos para salir.

—Os estaremos esperando.

Mientras el Kanil sale del nido, Groar se dirige a la armería y comienza a sacar armas suficientes para una pequeña guerra. Yo echo mano de mi coraza, pero Tara sacude la cabeza.

—Necesitaremos nuestras armaduras. No sabemos a qué nos enfrentamos.

A decir verdad, nunca he usado mi armadura. Tara tiene que ayudarme a ponérmela, aunque no me coloco el casco. Luego, mientras yo recojo mi ropa y otras cosas que me quiero llevar, ella se pone la suya.

—No podemos llevarnos el autodoctor que conseguimos de los Tloc —me informa Groar mientras se pone su propia armadura—. Aunque sea el único que pueda curarte. Pero nos llevaremos una cápsula estática para volver a traerte aquí si eres herida.

Hubiese deseado que no hubiera dicho eso. Sé qué es una cápsula estática, es una especie de envoltorio donde el tiempo prácticamente se detiene. Horriblemente cara, pero nosotros nos la podemos permitir. De hecho hasta tenemos dos. Algo muy útil si tienes que transportar a un herido, puesto que te da muchísimo tiempo para llevarlo a un sitio donde puedas curarlo sin que se desangre. Pero maldita la gracia que me hace que Groar me recuerde que puedo salir herida. Hace sólo semanas estuve a punto de morir, cuando nos enfrentamos a los Tloc.

—Llevémonos las dos cápsulas —respondo.

Gruñe algo.

—Había pensado en dejar a tu mascota en una de ellas. No nos la podemos llevar.

Dudo un instante, pero la hembra interviene entonces.

—Tanit tiene razón, podemos necesitar las dos cápsulas en caso de emergencia. Yo me ocupo de la gata.

Tara programa la máquina cocinera para que saque varias veces al día la comida de Baguira; así la gata no pasará hambre. Como ya sabe que tiene que hacer sus necesidades en la superficie blanca que absorbe los excrementos, tampoco tenemos que preocuparnos por eso. Probablemente me echará de menos, pero eso no tiene remedio. La acaricio antes de irnos.

—Cuídate, Baguira.

Maúlla, lastimera, o al menos a mí me lo parece. Debe comprender que algo está pasando. Pero luego se sube a la cama, y se tumba allí. Sigue mirándonos cuando salimos por la puerta. Espero que esté bien.

Levantamos no poca expectación cuando marchamos por los pasillos de la estación, mas todos los alienígenas se apartan presurosamente cuando nos ven venir. Es lógico: cuando un Krogan va con coraza no está precisamente de buen humor, pero si lleva armadura de combate es que está buscando una enorme pelea. Además, después de correrse la voz sobre nuestra batalla contra los Tloc, nadie quiere bronca con un Krogan.

Llegamos a la esclusa setecientos cuatro y nos están esperando para darnos acceso. Nos filtramos a través de la pared y subimos a bordo. Apenas han cerrado la esclusa detrás de nosotros cuando la nave ya comienza a moverse. Ni siquiera hemos llegado a nuestro camarote cuando la nave ya está acelerando, y eso que la nave exploradora es muy pequeña. Sólo horas después, una vez que hemos dejado detrás los pozos gravitatorios del sistema solar en el que nos encontramos, pasamos a modo trans-luz, doblando el espacio para el salto estelar. A partir de ese momento nos toca esperar a llegar a nuestro destino. Eso sí, esta vez no me voy a aburrir.

Durante todo el viaje Groar me entrena en el uso de mi armadura personal. Bueno, ellos lo llaman armadura, pero en realidad es una mezcla de armadura y traje espacial. Es enormemente compleja, la impresora 3D del nido ha tardado nada menos que dos semanas enteras en fabricarla.

Si alguien piensa en las armaduras del Medievo de la Tierra, está muy equivocado. Una armadura Krogan se parece tanto a las armaduras medievales como una nave estelar a uno de los barcos de vela cuyas maquetas solía hacer mi padre. De entrada, se ajusta a mi cuerpo como una piel, tanto que es más cómodo ir desnuda que vestida dentro de la armadura. No es rígida; se adapta a mis movimientos de tal manera que a veces tengo la sensación de no llevar nada. Y es fuerte, muy fuerte. Groar me lo demostró, disparándome dos balas explosivas. La armadura se contrajo instantáneamente en el punto de impacto, disipando la fuerza de la explosión, y las balas no hicieron siquiera un arañazo en su superficie. Está pensada para resistir el impacto de micrometeoritos en el espacio. Y estos, viajando a una velocidad de centenares o miles de kilómetros por hora, liberarían tanta energía cinética como una bomba al impactar contra la armadura.

Pero eso es la parte del blindaje. También es un traje espacial, y me río yo de los trajes espaciales que usamos los humanos. Tiene bombonas de oxígeno, por supuesto, pero podría funcionar incluso sin ellas, regenerando la atmósfera a medida que voy consumiendo oxígeno y exhalando dióxido de carbono. Recicla mis desechos, convirtiéndolos en agua y... bueno, algo parecido a la comida.

Puede sonar raro comerte tu propia mierda, pero podría sobrevivir casi tres semanas sin tener que abrir el traje, antes de que las inevitables pérdidas hiciesen que terminase comiendo mierda de verdad.

Por supuesto tiene impulsores, para poder maniobrar en el espacio. Tiene un pequeño reactor de fusión que proporciona la energía y para colmo, si se queda sin masa de reacción, utiliza los residuos biológicos que no logre reciclar en comida. Aprovecha todo. De hecho hasta puedes recoger residuos espaciales, meterlos en un hueco del traje, y convertirlos en masa de reacción. Nada de preocuparse por quedarse sin energía.

Lógicamente, es resistente al calor y al frío. Muy resistente, de hecho. Podría estar en el cero absoluto o en un horno a ochocientos grados centígrados, y dentro de la armadura yo seguiría con unos confortables veintidós grados. Puedo coger un hierro al rojo vivo o meterme en nitrógeno líquido y no me pasará nada. Y tiene sensores para ver a centenares de kilómetros en casi cualquier frecuencia.

Pero su uso es complicado de narices. Se entiende: puede mantenerme a salvo de prácticamente cualquier cosa. Tendrían que tirarme al sol o atacarme con armamento pesado para poder penetrar mi armadura. Pero los sistemas inteligentes que tiene requieren de instrucciones inteligentes. Porque la propia armadura es capaz de matarte si no la manejas con cuidado.

Casi todos los aparatos extraterrestres se manejan con la mente, pero por lo visto eso no es cierto con los sistemas críticos. Ello es debido a que en una situación crítica tu mente puede estar ocupada en resolver el problema al que te enfrentas, mientras que muchas acciones mecánicas pueden realizarse de forma casi instintiva. El instinto, en cambio, se puede conseguir mediante un exhaustivo entrenamiento.

Y vaya que si me entreno. Groar me adiestró en combate básico para que pudiera pasar la prueba de madurez Krogan. Creí que aquello era duro. Pero cuando engancha mi armadura a un simulador de combate es cuando me entero de verdad de lo que es duro. En los treinta y cinco microciclos —unos veintiocho días— que tarda nuestro viaje literalmente nos machaca a Tara y a mí. Eso sí, cuando terminamos su entrenamiento estamos seguras de que nos podemos enfrentar a lo que sea.

Notamos el choque cuando la nave sale de trans-luz. Es una sensación muy extraña, como si tu cerebro se estirase y encogiese de nuevo durante un momento. Sabiendo que hemos navegado entre las estrellas doblando el espacio, casi parece lógico.

Obviamente vamos inmediatamente al puente, a ver dónde estamos. Aún tardaremos uno o dos días en llegar, pero estamos impacientes por saber nuestro destino, y los Kanil nos lo muestran en la pantalla: un planeta oscuro, donde brillan enormes luces amarillentas unidas por ríos del mismo color. Y parece que hay explosiones en la superficie.

—¿Qué es ese planeta? —pregunta nuestro macho—. Parece volcánico.

—Lo es —contesta el piloto—. Este sistema solar es muy joven, y los planetas se formaron hace poco. Estamos en el sistema Renero, muy cerca de los mundos Krogan. Vosotros lo conocéis como Ren-Ar-Reo. Este es el quinto planeta de ese sistema.

Groar y Tara se miran entonces. A estas alturas ya los conozco suficientemente bien como para captar la mayoría de sus emociones, y detecto preocupación.

—¿Conocéis ese planeta?

—Sí. —La voz del guerrero intenta quitarle importancia, pero yo ya sé captar en parte su entonación—. Es un planeta volcánico. Muy peligroso. Los Krogan lo conocemos como el Fesk-Nar-Lorin.

Mi conocimiento del Krogan aún no es demasiado bueno, pero sé traducirlo. Significa el lugar de las almas condenadas. Lo que los humanos llamamos el Infierno.

Volvemos a nuestro camarote y organizamos un consejo de guerra. En el idioma Krogan, para que no nos entiendan las marmotas.

—Va a ser muy peligroso —advierte Tara—. ¡No es de extrañar que busquen a un equipo especial!

—¿Aguantarán nuestras armaduras? —pregunto yo ingenuamente—. Las temperaturas deben de ser muy altas, y parece que hay muchísima lava.

—No me preocupan las armaduras —masculla el guerrero—. Pueden incluso resistir la lava durante varios microciclos. Pero las erupciones lanzan ceniza y piedras al cielo. Eso es muy peligroso. Además, habrá fortísimos vientos debido a la convección del aire. Vamos a tener muchos problemas para aterrizar.

Entonces Tara se ríe.

—Ké, ké, ké… Groar, era la mejor piloto de mi nido desde que tenía seis ciclos. Te aseguro que me dan lo mismo las corrientes de convección que pueda haber, puedo plantar cualquier nave al lado del lugar del naufragio. Es más, si no se puede aterrizar me puedo sostener por encima de él mientras vosotros rescatáis a ese cachorro y a su madre. Eso sí, como nos impacten bombas volcánicas mientras estamos en el aire, podemos tener serios problemas.

—¿Ha aterrizado alguien antes en este planeta? —pregunto.

—Sí —gruñe Groar—. Algunos locos lo han hecho. La mayoría no lograron volver a despegar. Tara, ¿estás segura…?

Entonces la hembra sisea, en clara señal de reproche.

—¡Soy la mejor! ¿Acaso dudas de ello?

—No. ¿Art'Ana?

Inspiro profundamente. La decisión es mía. En un impulso me acerco al intercomunicador y me conecto con el puente.

—¿Cuántas misiones de rescate habéis intentado?

Juraría que el piloto ha dudado un instante antes de contestar.

—Cuatro.

—¿Y por qué fracasaron?

Esta vez no hay duda: ha titubeado antes de contestar.

—Las corrientes de aire son muy fuertes. Además, hay que aterrizar a cierta distancia, el lugar del naufragio es muy escarpado. El terreno es peligroso. Hay animales agresivos. Ninguna de las misiones de rescate logró volver.

Corto el comunicador y tamborileo los dedos contra mi pierna, dubitativa. Tengo una sensación extraña. Como si hubiese algo más que no nos han contado.

—¿Qué pensáis? —pregunto a mi nueva familia.

Los dos gruñen al unísono.

—Demasiado tarde para echarnos atrás —masculla Groar—. Si nos negamos a bajar nos matarán. No algo tan burdo como atacarnos. Pero pueden por ejemplo conectar nuestro camarote con el exterior, dejándolo al vacío.

—Podemos atacar y tomar el mando de la nave —sugiere Tara—. Pero les tendremos que matar a todos, lucharán hasta la muerte para salvar a su Dios. Y los Kanil pondrán entonces precio a nuestra cabeza. No nos perdonarán jamás haber dejado morir a ese cachorro.

Suspiro. O sea que se trata de bajar o asesinar a toda la tripulación, convirtiéndonos además en proscritos. Bueno, no creo que los Kanil sean más peligrosos que los Tloc. Pero me repugna realizar un asesinato en masa con tal de no correr riesgos. De todas formas, las siguientes palabras de Groar cierran la discusión.

—Pero no sería honorable hacerlo. No cuando hemos aceptado la misión.

No hay más que discutir. El honor para los Krogan lo es todo. Preferirán morir antes que deshonrarse. Tara y Groar van a bajar, lo sé, y nada de lo que pueda decir les disuadirá. Yo podría quedarme, pero sé que no lo haré. Ellos son ahora mi familia. Me han salvado la vida varias veces. Bajo ningún concepto voy a abandonarles. Por muy peligroso que sea.

—Entonces sólo nos queda realizar la misión. Lo requiere nuestro honor.

Habré hablado como un verdadero Krogan, pero la verdad es que estoy acongojada. Aunque, por mucho miedo que tenga, voy a ir con ellos. No soy invulnerable, pero mi armadura me protegerá contra casi cualquier cosa. Además, tengo el escudo energético de los Tloc. Es incluso posible que sea la que mejores posibilidades tiene de salir con vida de los tres.

Para mi sorpresa, hay muchas naves en la órbita del planeta. Naves enormes. Incluso Groar se queda asombrado cuando desde el puente vemos cómo vamos a atracar en una de ellas.

—Debe de estar al menos la mitad de la flota Kanil aquí —nos dice en su idioma, para que no nos entiendan los ET que están pilotando nuestra nave—. Debe de ser cierto que su Dios viviente está allí abajo.

Miro hacia el planeta, que ya domina todo el cielo. No tiene un aspecto precisamente tranquilizador. El lugar de las almas condenadas. El Infierno. Un nombre muy apropiado. A pesar de todo, no puedo reprimir une escalofrío.

—¿Me imagino que no pretenderán que bajemos con esta nave?

—No creo. Hay muy pocas naves estelares que puedan aterrizar en un planeta, y menos en éste.

Entramos en un enorme hangar, filtrándonos por la esclusa de la nave, y en cuestión de minutos nos han transferido a nosotros y a nuestro equipaje a una nave más pequeña en medio de una enorme expectación. Y cuando digo enorme no exagero nada: hay al menos quinientas marmotas alrededor de todo el hangar mirándonos en silencio.

Tara se sienta inmediatamente en los controles de la nave. El asiento es un poco pequeño para ella, pero apenas parece notarlo. Inspecciona rápidamente los controles. Después se vuelve para mirarme.

—No hay problema. Puedo pilotarla. Es sólo un transbordador, y además algo anticuado. Nada especial. ¿Art'Ana?

Inspiro fuerte y me siento en el asiento del copiloto. Vaya. No llego ni a la ventanilla. Me vuelvo a poner de pie.

—Adelante.

Lo bueno de las naves extraterrestres es que dominan la gravedad tan perfectamente que ni te das cuenta de que están acelerando. De pronto estamos cruzando la esclusa y un instante después nos encontramos de nuevo en el espacio.

Miro la nave que acabamos de abandonar mientras Tara maniobra hacia el planeta. Es enorme. Una nave de guerra, por la pinta que tiene. Las naves terrestres son ridículas comparadas con esta. Pero Groar no parece impresionado.

—Los acorazados Kenil son un desecho biológico —comenta, despectivo—. Hasta una fragata Krogan tiene más potencia de fuego.

Tara se ríe mientras desciende rápidamente hacia la atmósfera. Yo, en cambio, me pregunto cómo de brutales deben ser las naves de guerra Krogan si éstas les parecen una mierda.

Entramos en la atmósfera, y con la fricción de la velocidad nos envuelve una lengua de fuego. Pero a medida que descendemos y aminoramos velocidad recuperamos la visión. Bueno, es un decir, porque estamos metidos en gruesas nubes de humo negro. Nuestra hembra tiene que navegar a ciegas.

—Llegando a zona del rescate.

De pronto salimos de las nubes. Groar se acerca a la ventana de la cabina y se asoma.

—Nos han engañado esos excrementos de Kanil —gruñe.

Me asomo yo también a la ventana polarizada. El aspecto del planeta es terrorífico. Ríos de lava por todas partes. Erupciones volcánicas por doquier. Y lo que es peor, hay al menos cuarenta naves estrelladas por toda la zona de aterrizaje. Nuestro guerrero tiene razón: nos han engañado. Hay muchos más intentos de rescate de lo que nos habían dicho. Y todos han terminado con resultados catastróficos.

Siento que se me eriza el vello. Hay algo extraño aquí. No es normal que estas naves hayan caído, por muy fuertes que las corrientes de aire puedan ser por aquí. De pronto tengo una extraña sensación.

—Tara, ¡asciende! —ordeno en un impulso—. ¡Ya!

Si hay algo bueno de los Krogan, es que no discuten las órdenes de su matriarca. Inmediatamente nuestra piloto pone los motores a máxima potencia. Lo cual es un acierto, porque casi en el mismo momento pasa una bola de fuego por debajo de nosotros.

—¡Maniobras de evasión! —ruge nuestro macho, saltando al asiento del copiloto—. ¡Activamos armamento!

—¡No! —grito yo—. ¡No disparéis! ¡Ganad altura y esquivad los disparos, pero no disparéis!

El enorme guerrero se vuelve hacia mí, sorprendido.

—¿Cómo?

Yo estoy mirando por la ventana. Hay unas extrañas formas que están saliendo de la lava. Parecen enormes gusanos. O quizás sean los cuellos de algunas criaturas sumergidas en la roca fundida. Uno de los bichos gira el cuello en nuestra dirección, y una bola de fuego se precipita contra nosotros. Por suerte Tara está pendiente, y el bólido incandescente no nos da.

—No servirá de nada disparar —le explico a Groar, explorando el terreno con la mirada—. Esas naves también tenían armas, y sólo consiguieron que las derriben. Procuremos no cabrear a esos bichos.

—Han dejado de disparar —informa Tara—. Pero nos están vigilando. ¡Dioses, hay al menos setenta!

Me asomo de nuevo, mirando hacia abajo. Efectivamente, los ríos y lagos de lava están infestados de cuellos que se asoman, girándose en nuestra dirección. Cada vez hay más. Ya deben sobrepasar el centenar. Es imposible que aterricemos aquí. Seremos derribados en cuanto lo intentemos.

Un reflejo capta mi atención, y miro. Hay naves en el suelo, y no parece que estén dañadas. Están en el cráter de un volcán apagado. ¡Claro! Esos bichos viven en la lava. En ese cráter ya no hay lava, y sus bordes ocultan las naves de sus proyectiles.

—Tara, gira a la derecha. Treinta grados. Aterriza en el cráter, donde están las demás naves.

Ella mira, mientras gira la nave.

—Sabes que al aterrizar nos volveremos a poner a tiro de esas bestias.

—Aproxímate desde el otro lado del cráter, para ofrecer un blanco durante menos tiempo —ordena Groar—. Luego baja realizando maniobras de evasión. Si esas naves lograron aterrizar, nosotros también podremos hacerlo.

Nuestra piloto levanta el morro de la nave y gira, un amplio círculo que hará que nos aproximemos al cráter desde la dirección opuesta. Yo sigo observando a las criaturas en la lava. Nos están siguiendo con las cabezas, pero ya no intentan dispararnos. De hecho, cuando bajamos para aterrizar en el cráter, ni siquiera nos disparan, incluso aunque estamos a tiro. Hay algo muy extraño en todo esto.

—Pffff —resopla la Krogan mientras apaga los motores—. Pensé que no lo íbamos a lograr.

El guerrero señala a las demás naves que nos rodean. Debe de haber como media docena.

—Ellos lo lograron. Era obvio que es posible aterrizar.

Yo no digo nada, pero reflexiono furiosamente. De acuerdo, el sitio donde están todas las naves estrelladas es un lugar que las bestias que viven en la lava protegen con todas sus fuerzas. Pero este lugar no parece preocuparles, puesto que no nos han atacado ni a nosotros ni a las demás naves que han aterrizado aquí. ¿Por qué?

Tara gruñe algo, levantándose.

—No les ha servido de mucho. Esas naves están abandonadas. Todos han muerto.

Entonces veo el movimiento cerca de una de las naves y señalo.

—Todos no. Queda uno.

Los dos Krogan se arman hasta los dientes mientras la figura se acerca a nuestra lanzadera. Yo cierro mi armadura y activo el escudo energético que conseguimos de los Tloc. Aunque, a decir verdad, no espero que el superviviente vaya a atacarnos.

Entra en la esclusa, y esperamos pacientemente a que el sistema iguale las presiones y expulse los gases venenosos. Entonces el extraño entra y se quita el casco.

Es un Sneog. Bípedo, de aproximadamente un metro setenta, cubierto de piel marrón oscura, con un rostro parecido a los leones marinos y una enorme cresta roja encima del cráneo. Frunzo el ceño. No me gustan los Sneog. Son mercenarios, y además he tenido ya varios pésimos encuentros con ellos. Primero intentaron secuestrarme. Luego me intentaron matar. Vamos, que mis encuentros con esta raza han sido de todo menos pacíficos. Menos mal que los Krogan están con las armas preparadas.

Pero pronto es evidente que no viene buscando gresca. Está herido, y nos suplica que le llevemos fuera del planeta. Es el único superviviente de otra misión de rescate.

Dejo que Groar lleve el interrogatorio. Los Sneog por lo visto también fueron contratados para este mismo rescate, y bajaron al planeta con cinco lanzaderas, en una demostración de fuerza. Sólo sobrevivió una al ataque de las bestias, y para entonces sus reservas de combustible habían bajado tanto que fue un milagro que lograsen siquiera aterrizar. Pidieron ayuda a los Kanil, y éstos les contestaron que sólo les ayudarían si rescataban a la luz del cielo. Salieron los doce que iban en la lanzadera, pero no llegaron ni siquiera acercarse a la nave Kanil caída. Las bestias de lava les achicharraron, y él se libró porque iba algo rezagado y logró tumbarse detrás de unas rocas.

Groar genera el mapa de la zona, haciéndole señalar su recorrido y el lugar de la masacre en el holograma. Frunzo el ceño, extrañada. Han pasado al lado de varios ríos de lava, pero las bestias no les han atacado. Sólo cuando se han acercado a la zona donde está la nave derribada han sido agredidos. Nuestro guerrero también se ha dado cuenta del detalle.

—¿No os atacaron las bestias que viven en la lava mientras marchabais?

—No. Estábamos preocupados, pero se limitaron a observarnos. Pero de pronto todas nos asaltaron. Sólo sobreviví yo. ¿Podemos irnos ya?

—No —respondo yo—. Primero tenemos que salvar a ese cachorro.

—¡Es imposible! —grita el Sneog—. ¿Acaso no has visto cuántos lo hemos intentado? ¡Y están todos muertos!

—Y nosotros también lo estaremos si despegamos sin el cachorro —musita Tara—. Los Kanil no permitirán que abandonemos. Si intentamos despegar nos reuniremos con esas naves destrozadas. Hay dos que fueron derribadas por misiles, los daños son muy diferentes a los de las demás naves. Debieron intentar volver a ponerse en órbita.

El herido se sienta, obviamente abatido.

—Entonces estamos muertos.

Groar gruñe, despectivo.

—Somos Krogan. Un Krogan no se rinde nunca. Si tenemos que morir, moriremos con honor.

Preferiría que no hubiese dicho eso. Pero su raza es así. La muerte es un ligero inconveniente, lo único importante es el honor. Suspiro. Mejor pongámonos en marcha. Habrá que ver cómo nos las apañamos con los gusanos. Porque no tenemos muchas opciones.

Me vuelvo a poner el casco, que me había quitado mientras hablábamos con el Sneog. Todos captan la indirecta, incluso el visitante, y se ponen los suyos. En un impulso sujeto a mi traje la grabadora biológica que compré en *Punto de Encuentro*. No sé si me acercaré lo suficiente a los gusanos como para poder analizarlos, pero nunca se sabe, y esos bichos son realmente muy interesantes. Luego cojo mi fusil. Esto no es una excursión, igual lo necesitaré.

El trasbordador es algo anticuado, y además ahorraron en su fabricación. La mayoría de las naves alienígenas tienen como esclusa una especie de pared a través de la que te puedes filtrar pero que no permite que pase el aire. Ésta no. Tiene dos puertas, como las naves humanas, y nos tenemos que apretujar en un espacio reducido mientras la puerta interior se cierra y comienza el ciclo de reciclar nuestra atmósfera y sustituirla por la del exterior.

La esclusa parece tardar una eternidad en abrirse. Yo estoy nerviosa, comprobando continuamente mi traje-armadura. Hasta ahora sólo lo había probado en un entorno seguro. ¿Pero y si tiene una grieta por la cual se escape el aire? ¿Por la cual entren los gases venenosos?

Es una tontería, por supuesto. Groar nos ha hecho comprobar dos veces nuestras armaduras, y luego las ha verificado él personalmente. No hay nada que temer.

De todas formas, compruebo la atmósfera en cuanto la puerta exterior se abre. Hay algo más de presión de la que estoy acostumbrada, como 1,2 atmósferas. Para mi sorpresa hay mucho vapor de agua en la atmósfera, e incluso más oxígeno que en la propia Tierra, casi un treinta y cinco por ciento. Eso sí, poco nitrógeno y muchísimo azufre en el aire, amén de muchas cenizas. A pesar de tanto oxígeno, me ahogaría en un instante si no llevase un traje espacial.

Bueno, eso sería si no me cociese primero. La temperatura ronda los ciento veinte grados centígrados. Esto no es precisamente un sitio para estar fresquito.

De pronto me doy cuenta de que Groar ya ha salido, seguido del Sneog. Me toca a mí, es costumbre entre los Krogan que los guerreros abran la marcha, con las hembras en la retaguardia. Pero la Art'Ana, la matriarca, va en el centro, al frente de las hembras. Tara ya me está mirando como preguntándose a qué espero. Está con su lanzador de granadas incendiarias preparado, y de pronto me doy cuenta de lo inútil que va a ser esa arma. Aquí las granadas incendiarias van a ser como una ducha refrescante. Yo al menos llevo mi fusil criogénico, capaz de dejar helado a cualquiera. Aunque con el calor que hace me pregunto si realmente va a servir para algo.

Salgo cuidadosamente al exterior, y me recibe una bofetada de ruido. Un continuo rugido, a veces interrumpido por lo que parecen enormes explosiones. Tengo que ajustar mi traje, para que atenúe el volumen de los sonidos exteriores. La atmósfera es muy densa, y este ruido infernal se transmite muy bien a mucha distancia. Entonces miro a mi alrededor.

Vale, es la caldera de un volcán apagado. Ninguna sorpresa. Visité un montón de volcanes apagados mientras vivía en Marte. Incluso estuve en el mayor volcán del sistema solar, el Monte Olimpo, aunque tuve que ir en traje espacial, puesto que tiene veintidós kilómetros de altura y sobresale de la atmósfera, por muy terraformado que esté Marte. Aquella caldera sí que era impresionante, con sesenta por ochenta kilómetros de ancho y tres y medio de profundidad. Ésta no llega ni a pasable, debe de tener menos de un kilómetro de diámetro.

Miro el suelo. Lava solidificada, y ni siquiera hay fumarolas. Este volcán está bien apagado. Mejor así, sólo faltaba que entrase en erupción precisamente ahora.

—Adelante.

Groar abre la marcha, seguido del Sneog, con Tara cerrando la fila. El recorrido es pesado, puesto que el terreno es muy irregular. Además, tenemos que subir por las paredes del cráter. Son bastante empinadas, y antes de que lleguemos a la mitad de la ladera yo ya estoy jadeando del esfuerzo.

Llegamos finalmente al risco del volcán, y nos paramos un instante, mirando el asombroso espectáculo que se nos presenta.

Hay miles de volcanes. Literalmente. Volcanes hasta el horizonte, y la mayoría están activos. Algunos simplemente vierten lava, pero otros están continuamente lanzando cenizas y rocas al aire. Si de verdad existe el infierno, debe ser muy parecido a esto.

Hay flujos de lava por todas partes, y lo extraño es que haya roca solidificada entre tanto magma. Supongo que con el aire la piedra fundida termina por enfriarse. Porque hay muchísimo viento. La lava calienta el aire, que obviamente asciende, arrastrando hacia abajo el aire frío de la estratosfera. Este efecto de convección produce un viento muy desagradable que me está zarandeando continuamente. A los Krogan quizás no les afecte tanto, dado que pesan muchísimo más que yo, pero yo soy una niña y peso menos de cuarenta y cinco kilos. No sé si puedo salir volando, pero por si acaso manipulo mi armadura para que las suelas se vayan anclando en el suelo. Es una característica que tiene el traje para cuando no hay gravedad, que evita que salgas volando al andar. Impedirá que pueda correr, pero no pienso arriesgarme a que me lleve el aire.

Un enorme cuello sale entonces de un río de lava que fluye cerca de donde estamos y se vuelve hacia nosotros.

—¡No disparéis! —grito, puesto que todos han levantado instintivamente las armas.

Me hacen caso, incluso el Sneog, y miro perspicazmente al gusano, o lo que sea. ¿Qué clase de criatura es esa? Sé que la lava es roca fundida, y creo recordar que está a una temperatura de entre los setecientos y mil trescientos grados centígrados. ¿Cómo es posible que ese ser esté viviendo a esas temperaturas?

La vida es muy resistente, capaz de sobrevivir en entornos realmente extremos. Los humanos hemos encontrado microorganismos que sobrevivían a casi el cero absoluto. Hemos encontrado bacterias dentro de rocas, incluso en el reactor de centrales nucleares. Los peces abisales de la Tierra sobreviven sin luz, a presiones tremendas. ¿Pero vivir en la lava? Durante mis estudios de astrobiología estudié casos de animales que viven en entornos realmente extraños, especialmente los de la colonia Zeta. Pero nunca había oído hablar de organismos superiores que viviesen a temperaturas tan extremas.

Enciendo la grabadora biológica y comienzo a registrar los datos de ese ser. Bueno, registro lo que puedo, a esta distancia no voy a poder identificar sus órganos internos. Luego lo comprobaré, pero tengo la impresión de que su piel es como si fuera de porcelana. Porcelana negra. Debe de ser una capa térmica que protege sus órganos internos del tremendo calor. Mis profesores de la universidad habrían dado un brazo por estar aquí y ver esto.

Aparece un segundo cuello en la lava, y también gira la cabeza hacia nosotros. No puedo ver ojos, pero juraría que nos están observando.

—¡Nos van a matar! —se exalta el Sneog—. ¡Yo me vuelvo a mi nave!

No contesto. Si quisieran matarnos ya lo habrían hecho, estamos dentro del alcance de sus bolas de fuego. Pero no hacen nada. Nos inspeccionan durante aproximadamente un minuto, y luego uno de los animales se va nadando mientras el otro se sumerge de nuevo.

A mi pesar, respiro aliviada. No parecían agresivos, pero hay cuarenta y tantas naves estrelladas. Algo hicieron esas naves que cabreó a esos bichos. Nosotros también lo hicimos. Igual es que le tienen miedo a las cosas que vuelan pero en tierra les parecemos inofensivos.

—Vamos.

El Sneog ha huido, para desprecio de los Krogan. Nosotros, en cambio, comenzamos a avanzar lentamente en dirección al lugar del accidente. No es nada difícil verlo, la nave blanca destaca claramente en la montaña negra sobre la que ha caído. Resulta complicado andar sobre el terreno volcánico, dado que las rocas son muy irregulares. Es una suerte que las suelas de mis botas se puedan anclar al suelo: entre las fuertes rachas de viento y lo escarpado del terreno seguro que me habría caído varias veces.

A medida que avanzamos comenzamos a ver más gusanos, o lo que sean. Estoy con algo de canguelo, pero nos ignoran incluso cuando pasamos muy cerca de ellos. No sé por qué atacaron a los Sneog, pero nosotros no parecemos importarles mucho. Llevamos andando casi una hora, avanzando lentamente, y nos siguen haciendo caso omiso. Alguno ha pasado incluso a menos de ochenta metros de nosotros, como si no existiésemos. Es enorme, debe de tener al menos veinte metros fuera de la lava; no tengo ni idea de cuál puede ser su longitud total, pero no me extrañaría que sobrepasase los cincuenta o sesenta metros. Espero que la grabadora biológica lo haya registrado todo.

Una roca incandescente cae de pronto del cielo, a menos de cien metros de donde estamos, causando un enorme estruendo y levantando una enorme polvareda de chispas, cenizas y pequeñas rocas. Me quedo petrificada por un instante. Esa bomba volcánica debe de pesar al menos dos toneladas. Si nos hubiese aplastado… Pero Groar simplemente mira al cielo, comprobando que no caen más piedras, y sigue andando. Después de una ligera duda le sigo. Da lo mismo que camine o esté parada, si nos cae algo así encima no lo contaremos, por muy blindada que esté nuestra armadura. Para mi alivio veo que delante de nosotros hay una planicie de casi un kilómetro que es totalmente llana. Al menos vamos a poder avanzar fácilmente un buen trecho. Entonces me doy cuenta de algo.

—Esperad.

Me detengo. Todas las bestias en la lava se han girado hacia nosotros y se están acercando. Aún no nos han lanzado sus bolas de fuego, pero es obvio que están dispuestas a atacarnos. Hasta ahora nos han ignorado, pero su comportamiento ha cambiado. Hay algo aquí que quieren proteger.

Pienso furiosamente. Estudié la carrera de astrobióloga en la universidad, puesto que era el único trabajo que conseguiría que me autorizasen a reunirme con mi madre, en la colonia de Thuis. Una de las asignaturas era Comportamiento Animal, y esta conducta agresiva por parte de animales gregarios es muy típica cuando están protegiendo a sus crías.

Me enderezo, súbitamente excitada. ¡Eso es! Por la razón que sea nos hemos metido en una zona de cría de estos animales. Viven en la lava, pero tal vez pongan sus huevos en tierra, al igual que hay animales marinos que ponen sus huevos en tierra seca. Las tortugas en la Tierra, sin ir más lejos. O los caleros de la colonia Zeta.

—¿Qué ocurre, Tanit? —pregunta Groar.

—Creo que ya sé por qué estos bichos atacan a todos los que se acercan. Dadme unos nanociclos.

Miro atentamente la explanada. No parece haber nada especial. A mí me parece que lo que veo es roca natural. Entonces empiezo a distinguir un ligero movimiento, como si algo se moviese con las corrientes de aire. Parece que hay algo parecido a hierba, de un color muy similar al de la roca. Solo que no es hierba. Deben de ser larvas de los gusanos que hay en la lava. Sus colores les camuflan tanto que casi no se pueden distinguir de la roca sobre la que están extendidas.

La conclusión es bastante obvia: esas larvas no deben de ser capaces de resistir las altas temperaturas del magma incandescente. Al intentar aterrizar aquí, las naves encendieron sus impulsores. Suponiendo que no quemasen las larvas, las aplastarían, de ahí que los gusanos de lava las derribasen. Cuando aterrizaron en una zona donde no causarían daño, los gusanos se despreocuparon. Pero cuando los tripulantes bajaron e intentaron pasar por aquí, pisando las larvas, los adultos volvieron a intervenir.

Cambio el visor del casco para que me muestre sólo la luz infrarroja, pero es un desastre: hay tantas fuentes de calor a mi alrededor que estoy casi deslumbrada. Entonces cambio el filtro a luz ultravioleta. Y efectivamente, ahora distingo claramente que encima de las rocas hay algo que parecen largas y gruesas ramas. Se mueven muy lentamente. Alguien que no supiese qué son supondría que son simples plantas, y las pisaría sin más. Mataría a las larvas, atrayendo sobre él y sus acompañantes la ira de los gusanos de lava.

¿Son inteligentes los gusanos? No tengo ni idea. Es posible que sí, puesto que no atacan deliberadamente a menos que te acerques demasiado. Pero ese comportamiento también lo tienen algunos animales que protegen a su manada. En resumen: no hay datos suficientes al respecto. Lo que sí está claro es que como intentemos pasar entre las larvas, los gusanos nos van a bombardear con sus bolas de fuego hasta que no seamos más que cenizas.

Ajusto el visor del casco para volver a la visión normal, sobreponiendo la imagen ultravioleta. Así veré las larvas sin perder la visibilidad del terreno.

Miro a mi alrededor. Toda la planicie delante de nosotros está cubierta de larvas. Pero a la izquierda hay unas rocas, y parece que por allí no hay nada. Tendremos que ir por el camino más difícil.

Groar y Tara se sorprenden cuando les explico mis conclusiones. Pero en cuanto inspeccionan ellos también el terreno con luz ultravioleta llegan rápidamente a la misma conclusión. Los humanos tenemos tendencia a pensar que unos monstruos enormes como ellos deberían ser poco listos, pero no es así. No sé si los Krogan son especialmente inteligentes, pero estos desde luego que sí lo son.

—Bien deducido, Art'Ana.

Siento que me hincho de orgullo ante el halago, especialmente porque Tara me lo ha dicho con tanta formalidad. No es sólo que lo haya hecho bien, al utilizar mi título de matriarca del nido está reconociendo al mismo tiempo que soy una buena líder. Teniendo en cuenta que las hembras Krogan suelen luchar por el liderazgo, está también confirmando que está dispuesta a obedecerme. Dado que ella mide al menos sesenta centímetros más que yo y pesa al menos el quíntuple, eso es muy tranquilizador.

—Por allí.

Escalamos las rocas, procurando mantenernos lo más lejos posible de las larvas. Y funciona: los gusanos continúan vigilándonos, pero no nos atacan.

Llegamos entonces a un nuevo río de lava. ¡Mierda! La nave siniestrada está al otro lado, no vamos a poder pasar.

—Usemos los impulsores —ordena Groar.

Me había olvidado por completo que nuestros trajes tienen impulsores para maniobrar en el espacio. En un instante estamos elevándonos.

Por poco termino en la lava. Las turbulencias de aire sobre el río de roca fundida son enormes; incluso Groar y Tara parecen tener problemas para estabilizar su vuelo, y yo soy mucho más ligera que ellos. En un instante he subido centenares de metros debido al aire ascendente. Entonces ya sobrevuelo tierra firme y reduzco con cuidado la potencia de mis impulsores, hasta aterrizar con suavidad. Resoplo de alivio cuando siento que mis pies están de nuevo en el suelo; no me ha gustado ni pizca mi primer vuelo, a pesar de que el traje se supone que debe estabilizar mi trayectoria de forma automática. No es un buen sitio para volar.

Escalamos las rocas y llegamos finalmente a la nave siniestrada. Es pequeña para ser una nave estelar, apenas unos setenta metros. La rodeamos, buscando la esclusa. Pero entonces los dos Krogan se detienen. Descuelgan sus rifles de la espalda, y miran suspicaces a su alrededor.

—¿Pasa algo? —pregunto.

Entonces Groar señala.

—Mira.

Echo un vistazo. Ese lado de la nave está destrozado, con planchas de metal sobresaliendo hacia fuera. Debió de ser donde chocó contra algo. Entonces frunzo el ceño. Si chocó contra algo las planchas debieran estar dobladas hacia dentro, no hacia fuera.

—¿Hubo una explosión en la nave?

—Una bomba, o un misil penetrante —gruñe el guerrero—. Pero no debió explotar correctamente. De haber explotado una carga completa, la nave habría quedado pulverizada.

Me quedo helada.

—¿Alguien intentó matarles?

—Sí —confirma Tara—. Vayamos con cuidado. Los supervivientes pueden querer defenderse. Y los asesinos no querrán que les rescatemos.

Descuelgo yo mi propio rifle de la espalda y suelto el seguro. Miro a mi alrededor. Habría que estar loco para bajar aquí a fin de rematar el asesinato. No, si alguien quiere acabar el trabajo lo intentará mientras intentemos salir de aquí.

Groar gruñe con aprobación cuando lo digo en voz alta.

—Empiezas a pensar como una Krogan. Tendremos que ir con cuidado.

Finalmente encontramos la esclusa: está en la parte delantera superior de la nave. Es probable que sea un costado, pero la nave está fuertemente escorada. Al menos está intacta. Bueno, es un decir. La parte delantera está intacta, el resto está claramente dañado.

Groar y Tara me agarran de los brazos y encienden sus impulsores, subiéndome hasta la nave. Lo agradezco enormemente. Soy demasiado ligera como para volar sola con estos vientos tan fuertes. Por supuesto, ellos también se han dado cuenta.

La esclusa es lo que cabe esperar: una pared permeable a los cuerpos que no permite que se escape el aire. A pesar de llevar viéndolo ya meses, me sigue sorprendiendo esta tecnología que hace que los materiales tengan propiedades diferentes dependiendo de qué está interactuando con ellos. Detengo a Groar cuando va a atravesarla.

—No —le ordeno—. Iré yo. Los Kanil son pequeños. Podrías asustar a los supervivientes.

—Son más altos que tú —objeta.

—Por eso sé que no les asustaré.

Me descuelgo por la esclusa al interior de la nave. Aún oigo cómo Tara le dice a nuestro macho:

—Es obvio que valor no le falta a nuestra Art'Ana.

Me río a mi pesar. ¿Valor? ¿Para qué? Pero la risa se me atraganta un instante más tarde: Algo que tiene toda la pinta de ser un arma se ha colocado contra el visor de mi casco.

—¿E ne rejj-es efff?

Me vuelvo lentamente, procurando no hacer movimientos bruscos. Hay un Kanil, más o menos de mi estatura, con un aparato en las manos que no parece ser precisamente un regalo de bienvenida.

—Venimos a rescataros —respondo en Común, esperando que no se note el canguelo que tengo. Se supone que mi armadura puede aguantar varios impactos directos, pero, aun así, prefiero no ponerla a prueba.

Baja el arma y se deja caer en lo que parece ser un asiento; es entonces cuando me doy cuenta de la sangre que tiene en su ropa.

—Salva… salva a la luz del cielo —murmura. Luego se cae hacia atrás, como si se le hubiesen acabado las fuerzas.

Llamo inmediatamente a Groar y a Tara, que se dejan caer por la esclusa con las armas en la mano, por si tuvieran que acudir en mi auxilio. Inspeccionan brevemente la estancia y luego bajan sus rifles.

—¿Estás bien?

—Sí. —Señalo—. Está herida. Y no ayuda que lleve dieciocho microciclos sin comer.

—Bueno —gruñe Groar, descolgando el paquete que lleva a la espalda—. Para eso trajimos las cápsulas estáticas.

Despliega la especie de bolsa, y con cuidado metemos a la herida dentro. Espero que no sea demasiado tarde, parece estar muy mal. Entonces Groar aprieta el botón de activación, y la bolsa se vuelve rígida, presentándonos una superficie plateada. Dentro de ella, el tiempo está casi detenido. Si aún no ha muerto, la Kanil sobrevivirá hasta que podamos curarla.

—¿Y el cachorro?

Miramos a nuestro alrededor, pero no parece haber nadie. Entonces Tara señala, y yo me vuelvo. Veo unos pequeños ojitos que me miran desde debajo de lo que parece ser una pila de pieles.

—Ahí.

Me acerco yo, hablando con voz suave en Común, aunque es probable que el cachorro no haya aprendido aún ese idioma. Quito con cuidado las pieles que le cubren. Es adorable, un peluche de algodón del tamaño de un niño de dos años. Una preciosidad. Pero entonces abre una boca de dientes afilados y me muerde la mano que estoy tendiendo hacia él.

Bueno, muerde el traje espacial. Menos mal, si no hubiese llevado mi traje-armadura me habría hecho muchísimo daño.

—¡Pero bueno! ¿No tienes modales?

Debe estar muy asustado, porque sigue intentando morderme y clavarme sus afiladas uñas. ¡Jopé con el peluche! Por suerte Tara le agarra y le mete sin contemplaciones en la segunda cápsula estática. Un instante más tarde también ésta nos presenta su superficie plateada.

Groar empieza entonces a colgarse la primera cápsula en la espalda.

—Yo llevaré a la madre —declara—. Tara llevará a la cría.

No protesto. Es obvio que ellos, al ser mucho más grandes que yo, están más capacitados para el transporte de los supervivientes. Aprovecho para darme una vuelta por la sala. Entonces, detrás de una consola, veo los restos de algo.

Me quedo contemplándolo en cuanto adivino qué es. Supongo que para ellos el canibalismo no tiene las mismas implicaciones morales que para los seres humanos. Pero está muy claro en qué han consistido sus provisiones. Y la madre habría sido el siguiente plato si hubiéramos tardado algo más. Siento que un escalofrío me recorre la espalda.

Las pasamos canutas para volver a salir. La nave está inclinada, y la esclusa está arriba. Tenemos que izarnos, no podemos utilizar los impulsores en un espacio tan restringido. Tardamos casi veinte minutos en salir, pero finalmente estamos de nuevo al aire libre.

—¡Mirad!

Miro en la dirección que señala el brazo de Tara. Hay algo en el cielo, y los gusanos ahora parece que de pronto están alerta. Hago que el visor de mi casco acerque la imagen. Es una especie de pájaro. No, se parece más a los antiguos Pterodáctilos. Mi casco me informa de las dimensiones: es enorme, tiene casi veinte metros de envergadura. Y detrás están acercándose más.

Pego un respingo cuando uno de los gusanos escupe una bola de fuego. Un instante más tarde todos están atacando a los seres voladores. Algunos caen, derribados por los proyectiles que lanzan los gusanos. Pero otros Pterodáctilos los esquivan, lanzándose hacia tierra. Hacia la explanada donde están las larvas. El fuego de los gusanos se hace más intenso. Es obvio que están protegiendo a sus crías con todas sus fuerzas.

De pronto, para mi gran congoja, algo me agarra fuertemente y me levanta por los aires. En un instante estoy a decenas de metros por encima del suelo. Miro hacia arriba. Es uno de esos Pterodáctilos, que me ha agarrado y probablemente me lleve a su nido para darse un banquete a mi costa, sin comprender que no logrará penetrar mi armadura a menos que me cueza un cuarto de hora en la lava.

Reacciono por puro instinto, Groar me ha entrenado bien. Levanto mi fusil criogénico y le disparo al cuerpo. En un instante está cubierto de hielo. Lo malo es que entonces empezamos a desplomarnos como dos piedras. Por suerte, el duro entrenamiento al que me ha sometido mi macho hace que también ahora reaccione por instinto y encienda los impulsores del traje. Mi caída comienza a frenarse, pero no lo suficientemente rápido. Dentro de unos segundos voy a caer en un lago de lava. ¡Mierda! ¡Me voy a freír! Mi armadura aguantará unos minutos en la lava, pero no lo suficiente como para alcanzar la orilla. Siento que súbitamente estoy paralizada por el miedo.

Entonces una enorme forma oscura emerge de la roca fundida, justo debajo de mí. Un instante más tarde choco contra algo. Los amortiguadores de mis botas suavizan el golpe, pero aun así pierdo el equilibrio y me caigo de culo. Una vez que estoy en el suelo, los impulsores de mi traje se apagan solos, y yo respiro hondo, sabiendo que me he librado por los pelos.

Entonces oigo el bramido por encima del ruido de las explosiones volcánicas, y giro la cabeza. Me quedo paralizada de la impresión: hay un enorme cuello que sale del extremo de la roca sobre la que estoy, y se ha vuelto hacia mí. Yo creía que eran gusanos, pero son algo parecido a los Plesiosauros que nadaban en los mares de la Tierra allá por el Jurásico. Salvo por el pequeño detalle de que estos bichos nadan en la lava y lanzan bolas de fuego. Y yo estoy sentada sobre él.

No sé si me está mirando; no parece tener ojos. Pero es evidente que sí es consciente de mi presencia, la cabeza está apuntando en mi dirección. ¿Me lanzará una bola de fuego? No sé si mi armadura la aguantará, pero en todo caso terminaré en el magma y me achicharraré.

¿Podría dispararle? Funcionó con el Pterodáctilo. Pero en el mejor de los casos lo congelaré y se hundirá. Lo malo es que en ese caso yo me hundiré con él. Me quedo muy quieta, acongojada, esperando a ver qué hace ese bicho.

Entonces el animal aparta la cabeza, mira de nuevo hacia delante y empieza a avanzar lentamente por la lava en dirección a la orilla.

—Tanit —oigo por la radio—. ¡Usa tu impulsor! ¡Alcanza la orilla!

Buena idea. Se me había olvidado por completo que mi traje tiene un impulsor. Pero dudo. Aparte de que este infernal viento me puede lanzar de nuevo a la lava, las llamas del impulsor van a alcanzar al animal si lo enciendo. No creo que le vaya a hacer daño a un ser que nada en la roca fundida, pero igual se asusta y me lanza una de sus bolas de fuego. Mejor espero un poco. Por ahora no ha intentado hacerme daño. Eso sí, estoy lista para elevarme si se sumerge de nuevo o intenta atacarme. En un impulso enciendo de nuevo mi analizador biológico. Si salgo de esta quisiera saber algo más de estos animales, jamás pensé que un organismo superior pudiera vivir a estas temperaturas.

Llegamos a la orilla, y la bestia apoya la cabeza sobre las rocas, quedándose inmóvil. ¿Acaso me está invitando a bajarme de su lomo? Dudo un momento, pero luego voy andando cuidadosamente por su cuello y, haciendo equilibrios, llego sana y salva a la orilla. Apenas me he bajado cuando la cabeza se levanta y se me acerca hasta quedar a escasos centímetros. Me podría partir de un bocado, pero no hace amago de atacarme.

En un impulso extiendo la mano y acaricio la enorme cabeza. Lo he entendido. Estos seres son inteligentes, o al menos semi-inteligentes, y han comprendido lo que venimos a hacer. También han visto que hemos tenido un cuidado exquisito de no herir a sus crías. Y probablemente hayan comprendido que los Pterodáctilos que atacan a sus larvas también son enemigos nuestros, de ahí que me hayan salvado.

—Gracias —digo, aunque sé perfectamente que no puede entenderme.

Entonces tengo una sensación extraña, como si alguien me abrazara. Es tan real que hasta me vuelvo para ver quién es. Pero no hay nadie. Vuelvo a mirar y el alienígena se está hundiendo de nuevo en la lava. Comprendo entonces que ha sido él. Telepatía, o algo similar. No podemos entendernos, así que me ha transmitido una emoción.

Los dos Krogan llegan corriendo, ignorando los pesados fardos a su espalda. Juraría que están preocupados. Quién lo diría, sabiendo que son una especie de dinosaurios inteligentes. Pero sé que tienen sentimientos, y su preocupación parece genuina.

——¿Estás bien? —pregunta Tara, con un tono que me parece ansioso—. Estuvimos a punto de disparar, pero con tanto viento no estábamos seguros de no darte a ti.

—Estoy bien —contesto—. No les disparéis. Son inteligentes, y saben que no somos enemigos. Simplemente evitemos pisar sus larvas.

—De acuerdo —confirma Groar. Señala—. Por allí.

Es una pesadilla el trayecto sobre las rocas, pero evitamos cuidadosamente cualquier área plana. No estoy muy segura de que con luz ultravioleta pueda detectar todas las larvas, así que mejor no nos arriesgamos. Tardamos casi dos horas en volver a nuestra nave. El Sneog sale inmediatamente de la suya cuando nos ve venir.

—Veo que habéis tenido éxito. ¿Me sacaréis del planeta?

Ni siquiera veo su arma hasta que Groar y Tara le disparan al mismo tiempo. El impacto de los proyectiles es tan fuerte que su cuerpo es arrojado a veinte metros de distancia.

—Aficionado —gruñe Groar, evidentemente muy complacido consigo mismo—. No se ataca a unos Krogan en campo abierto, y menos cuando llevan armadura. Debió esperar a que estuviésemos en el trasbordador y nos hubiésemos quitado los cascos, usando entonces una granada.

Tara suelta un gruñido de asentimiento.

—Los Sneog nunca han sido grandes estrategas.

Yo miro el cadáver a nuestra izquierda. Su traje espacial está claramente desgarrado. Si no le mataron los disparos, ahora sí está muerto. Suspiro. No tiene sentido recoger su cuerpo, no sabría qué hacer con él.

—Paz a su alma —murmuro. Supongo que hasta los extraterrestres deben tenerla.

Pasamos por la esclusa. Tenemos que turnarnos, con las dos cápsulas los dos Krogan abultan tanto que es imposible que entremos todos a la vez. Entra primero Tara, con las armas en la mano, por si alguien hubiese logrado entrar en la nave. Siendo más pequeña que el guerrero, podrá moverse mejor. Luego entro yo. Tara ya está quitándose la cápsula estática del cachorro de la espalda.

—¿Está bien? —pregunto.

Ella simplemente gruñe.

—No veo por qué no, la cápsula está intacta. Voy a contactar con los Kanil.

La miro sin comprender, mientras se sienta en el asiento del piloto.

—¿Por qué?

—Para decirles que tenemos a su Dios viviente a bordo. Para que no nos disparen.

Asiento, mientras Groar entra y se pone a quitar su propio fardo. Tara está ya hablando por el sistema de comunicaciones.

—Dicen que esperemos. Nos escoltarán. Una escolta de honor.

De pronto, eso me da muy mala espina. No sé por qué, pero tengo una sensación rara. Como si algo no encajase. Y empiezo a fiarme de mis presentimientos. Ya me han salvado varias veces la vida.

—Tara, no quiero ninguna escolta.

Los dos Krogan se vuelven para mirarme.

—¿Por qué?

Pienso un instante. Entonces sé qué es lo no me cuadra.

—Alguien saboteó esa nave. Tuvo que ser un Kanil, no se permitiría el acceso a la nave a nadie que no lo fuera. Y tuvo que ser alguien muy bien situado. Alguien de mucho poder. Alguien que sabía qué nave tomaría su Dios, y que logró introducir una bomba, a pesar de todas las medidas de seguridad que serían lógicas en un caso así.

Asienten a la vez. Ya lo he dicho, estos dos monstruos no tienen un pelo de tontos.

—Y que podría asegurarse de que alguien de la escolta nos disparase. —Tara ya está encendiendo los sistemas—. No vamos a esperar. Larguémonos.

Despega bruscamente. Inmediatamente gira la nave, para no sobrevolar la zona de cría de los gusanos, y empieza a ganar altitud. Entonces oímos una brutal explosión, y nuestra nave es salvajemente sacudida. Groar se asoma.

—Bueno —comenta tranquilamente—. El volcán está de nuevo activo. Alguien ha lanzado una bomba de gran calibre sobre nuestro lugar de aterrizaje. Tara, maniobras de evasión. Métete en las nubes de ceniza, ahí no podrán detectarnos.

—Sabes que podremos chocar contra alguna roca lanzada al aire.

—Mejor que un misil. Vaya. Parece que se están disparando entre ellos.

Noto que tengo las piernas de mantequilla y me siento en el suelo, mientras Groar se sienta en el asiento del copiloto y enciende el sistema de comunicación para hablar con los Kanil. Se despacha de forma muy creativa. Yo creía que el Común no servía para insultar, pero durante cinco minutos nuestro macho utiliza ese lenguaje para describir unos hábitos de los Kanil que probablemente sean imposibles, pero que te revuelven el estómago sólo con oír su descripción.

Nos contestan desde diferentes fuentes, con instrucciones contradictorias, pero la señal es súbitamente ahogada por una fortísima emisión.

—Soy el Poggher. Manténganse a cubierto hasta que acabemos con esos traidores. No respondan a ninguna emisión que no sea la mía.

Tara mira a nuestro macho.

—¿El Poggher?

—Su sacerdote supremo.

—¿Le hacemos caso?

Groar lanza un gruñido bajo de impaciencia.

—No nos queda más remedio. Esta lanzadera no puede realizar un salto estelar, y tienen toda una flota en órbita. Mantengámonos ocultos por ahora.

—No hay problema.

Seguimos volando, ocultos en nubes de ceniza. De vez en cuando vemos un bólido pasar cerca de nosotros, pero Tara parece tener un sexto sentido para esquivar esas bombas volcánicas. Al cabo de un rato empieza a pasárseme el canguelo que tengo. Me levanto y me coloco entre los dos, mirando al exterior. Aunque no hay nada que mirar, sólo una pared de ceniza gris. Tara está volando a ciegas.

Al cabo de horas, mientras nuestra piloto está haciendo un brusco giro a la derecha para esquivar otra roca incandescente, el sistema de comunicaciones atrona de nuevo.

—Soy el Poggher. Pónganse en órbita y atraquen en nuestra nave insignia.

—¿Cómo sabemos que es él? —pregunto.

Gruñen ambos, divertidos.

—¿Con una señal tan fuerte? Tiene que venir de la nave insignia. Y si esa nave la ha conquistado el otro bando, estamos muertos.

Salimos finalmente de las nubes de ceniza y comenzamos a ver las estrellas.

—Creo que nos hemos metido en una guerra civil.

Ya puede decirlo Groar, ya. Hay restos de naves por todas partes. Muchos están cayendo hacia el planeta, desintegrándose en la atmósfera. Aquí ha tenido lugar una verdadera batalla.

—Esperemos que haya ganado el bando correcto —musita la hembra.

Miro el tremendo desastre que se muestra ante nuestros ojos y siento un escalofrío. Han debido de morir miles o decenas de miles de Kanil en esta lucha.

—¿Y cómo sabremos si es el correcto?

Nuestro macho se ríe ante mi inocente pregunta.

—Es el correcto si no nos intenta matar y nos paga por el rescate.

Miro de nuevo la enorme masacre.

—¿De verdad crees eso?

Entonces su voz cambia a una entonación que sé que utiliza cuando está hablando en serio.

—Art'Ana, la religión y el gobierno de los Kanil no nos atañen. Nosotros no intervenimos en esa lucha, entre otras cosas porque nos sería imposible comprender sus razones. Llevan miles de ciclos de disputas teológicas. Si ellos no han sabido resolver sus diferencias, menos podremos hacerlo nosotros.

Es obvio que tiene razón. Incluso aunque supiéramos con toda certeza que un bando es mejor que el otro, ¿con qué derecho moral podríamos nosotros intervenir?

Tara va esquivando los restos, saltando de un derelicto a otro. Inicialmente me sorprende, puesto que no se dirige directamente a la nave insignia, un enorme monstruo que sobrepasa claramente en tamaño a todas las demás naves. Pero luego lo comprendo: está usando los escombros como escudos, por si hubiese aún alguien con deseos de matarnos.

Pero su precaución resulta excesiva; nadie nos vuelve a disparar. Suspiro de alivio cuando penetramos en el hangar de la nave.

A diferencia de la vez anterior, hay sólo cinco Kanil en el hangar. Grandes, vestidos con ropajes de color azul y amarillo. Uno de ellos lleva un bastón y un gorro de tela muy sofisticado de casi medio metro de altura. Supongo que es el gran sacerdote. No dicen palabra hasta que depositamos las dos cápsulas estáticas delante de ellos.

—¿Está ahí la luz del cielo?

—Sí.

El sacerdote señala hacia un lado. Hay allí un autodoctor.

—Ponedle en el autodoctor.

Groar gruñe, y levanta su arma.

—Primero nuestra recompensa. Hemos arriesgado nuestras vidas para traerle aquí.

El Poggher le contempla, con un gesto que supongo que es de desprecio. Pero luego debe darse cuenta de que es mala idea cabrear a un Krogan. Señala hacia un lado.

—Allí está.

Me vuelvo. En un extremo del enorme hangar hay una extraña nave de unos ciento veinte metros de longitud. Estilizada, no se parece en nada a las naves estelares clásicas que tienen protuberancias por todas partes. Casi parece un pez. Hasta tiene lo que parecen aletas.

Groar gruñe, complacido.

—Una nave Xebú. Jamás había visto ninguna, pero había oído hablar de ellas.

—Como ves, cumplimos el trato. Ahora llevad a la luz del cielo al autodoctor.

—El cachorro está bien. Es la madre la que está gravemente herida.

La mirada que me lanza el gran sacerdote es claramente burlona, y eso que yo no puedo leer las expresiones de estas marmotas.

—Sólo es una hembra. No tiene mayor importancia. Dejadla morir.

Pisa el botón de apertura de la cápsula, y desaparece la superficie plateada. La hembra está boqueando; es obvio que no va a aguantar mucho más. Siento que me invade la indignación cuando el Poggher le vuelve a ordenar a nuestro macho que saque al cachorro de su cápsula y lo meta en el autodoctor. En un impulso descuelgo mi rifle criogénico de la espalda. Al instante los dos Krogan empuñan también las armas.

—¿Qué es esto? —se enfurece el del gorro—. ¡Ira! ¿Acaso osáis desobedecerme?

—Yo también soy una hembra —le espeto al muy imbécil—. Y la vida de esta madre vale mucho más que la tuya. Quiso sacrificarse por su hijo. Eso es mucho más de lo que harías tú. Groar, cúrala.

—Yo lo haré —se ofrece Tara, agachándose y cogiendo a la hembra en sus brazos. No sé cómo lo ha hecho, pero sigue empuñando su fusil lanzagranadas. Recula lentamente con su preciosa carga hasta el autodoctor, lo rodea y deposita a la hembra en la plataforma. Antes de que los brazos del ingenio comiencen a moverse ya está empuñando su arma con ambas manos.

—¡Estáis locos! —me chilla el Poggher—. ¡Dejadla morir! ¿No veis que su influencia sobre la luz del cielo es una herejía?

Entonces lo pillo. La madre debe ser un estorbo para los sacerdotes. Debe oponerse a que el cachorro sea manipulado por estos personajes de ropajes azules y amarillos. Lo que es una buena razón para salvarla.

—Si logró engendrar a la luz del cielo, entonces ella misma es una bendición —respondo, y por cómo se enderezan sé que he dado en el blanco. Es cierto, la madre es un personaje influyente, y los sacerdotes quieren deshacerse de ella. Razón de más para salvarla. No sólo hará siempre lo mejor para su cachorro, también mantendrá a raya la ambición de la casta sacerdotal. Porque estos tipos me caen bastante mal.

Los sacerdotes se miran entre ellos, pero saben que vamos a dispararles si se mueven, y ellos están desarmados. Esperan en silencio mientras el autodoctor cura las heridas de la hembra. Finalmente, ésta se endereza. Mira a su alrededor, obviamente confusa.

—¡La luz del cielo! —grita—. ¿Dónde está la luz del cielo? ¿Dónde está mi cachorro?

Bajamos las armas, y señalo.

—Aquí.

Corre hacia la cápsula, y desactiva el campo estático que paraliza el tiempo. En cuando ve a su bebé lo abraza con todas sus fuerzas. El cachorro la abraza a su vez, y le murmura suaves palabritas a su madre. Ahora sí parece un peluche de verdad.

Entonces suenan dos pequeñas explosiones y el gran sacerdote y otro se derrumban, muertos. Resulta que algunos de los sacerdotes sí llevaban armas escondidas en sus túnicas. Les miro, perplejos.

—Pero… ¿qué ocurre? ¿Qué es esto?

El arma se levanta, apuntándome al pecho. No me preocupa mucho; llevo una armadura Krogan, que desde luego detendrá una sola bala sin problemas. Y antes de que dispare por segunda vez le habremos disparado nosotros.

—¡Ira! ¿Acaso no lo comprendes? ¡Basta de supersticiones ridículas! La luz del cielo tiene que morir, ¡así todos sabrán que sus creencias no valen nada! ¡Que no es un dios y que no ocurrirá nada si muere! ¡Así acabará el reinado de los sacerdotes!

O sea, que lo que ocurrió en realidad era una especie de golpe de Estado. Una revolución. Y nosotros nos metimos de por medio. Se suponía que teníamos que fracasar y el bebé tenía que morir. Dado que el atentado inicial habría parecido un accidente, los revolucionarios podrían haber seguido en la sombra, subvirtiendo el orden establecido. Lo malo es que, contra todas las previsiones, nosotros tuvimos éxito.

Entonces Groar gruñe, amenazador.

—¿De verdad crees que vas a poder matarnos? ¿A unos Krogan? ¿Con ese juguete?

—No tenemos que mataros a vosotros.

Sé lo que va a hacer incluso antes de que termine de hablar. Mientras gira su arma yo salto hacia el bebé, cubriéndole a él y a su madre con mi cuerpo. Un segundo después mi campo de energía empieza a desviar los disparos. Espero que Groar actúe pronto, este campo no aguantará un fuego sostenido.

Pero no tenía que haberme preocupado. El enorme guerrero ha saltado en el momento en que comenzaron a dispararle al bebé, o mejor dicho, a mí. Ha agarrado a dos de los Kanil rebeldes, y ha hecho entrechocar sus cabezas con tanta fuerza que ha abierto una de ellas como si fuese una nuez. Tara, mientras tanto, le ha arrancado la cabeza al tercero. No hay nada peor que dos Krogan cabreados.

—¿Estás bien? —me pregunta la Krogan cuando todo ha terminado—. Por un instante pensé que te iban a matar. No recordaba que llevabas el escudo de los Tloc.

A decir verdad, yo tampoco me había acordado. Había confiado en mi armadura. Pero el escudo energético es mucho más eficaz.

—Sí. —Miro a mi alrededor. Estos disparos van a atraer a alguien. Pronto vamos a estar metidos en un buen lío. Nadie se va a creer que no hemos matado al gran sacerdote.

—Tenéis que iros —dice de pronto la hembra Kanil en Común—. Coged una nave. Yo los entretendré todo lo que pueda.

—¿Y tú? —pregunto, mientras los dos Krogan se están ya volviendo—. ¿Y tu cachorro?

Juraría que la marmota ha sonreído.

—Él es la luz del cielo; yo soy su madre. No nos ocurrirá nada. Y le ayudaré a cambiar a nuestro pueblo. Hay muchas cosas que cambiar.

—¡Tanit! —grita Tara detrás de mí.

Asiento. Es obvio que tenemos que largarnos lo antes posible.

—Os deseo… —¿Cómo se dice "suerte" en Común? No tengo ni idea—. Probabilidades favorables.

Cruza las palmas de las manos, y se inclina. Hago lo mismo y salgo corriendo. Logro filtrarme por la esclusa de la nave Xebú al mismo tiempo que un enorme contingente de Kanil irrumpe en el hangar.

Me pierdo al instante. Esta nave es muy extraña, y tardo casi media hora en encontrar el puente de mando. Tara está sentada en el asiento del piloto, y la flota Kanil está alejándose perceptiblemente. No, somos nosotros los que nos estamos alejando, ellos siguen en órbita alrededor del planeta.

—¿No nos han disparado? —pregunto.

—No.

La miro, perpleja.

—¿Y no nos persiguen?

—No.

Contemplo la pantalla. No me lo puedo creer.

—Pero… deben pensar que hemos matado a su sumo sacerdote. Supongo que la madre del cachorro les habrá dicho la verdad…

—Aun así, querrían vernos muertos. Sabemos que alguien ha querido matar a su Dios viviente. Hemos visto que los herejes se han infiltrado en los más altos niveles del sacerdocio. No querrán que lo contemos.

Me lo pienso un instante. Es evidente que tiene razón.

—Pero entonces, ¿por qué no nos persiguen?

—Precisamente Groar se ha hecho la misma pregunta. Ha ido a investigar.

—Y ya sé la respuesta —responde nuestro macho, entrando por la puerta. Parece muy satisfecho de sí mismo—. Habían puesto un explosivo nuclear.

Se me abre la boca.

—¿Un explosivo nuclear? ¿Y cómo lo has encontrado?

Entonces Groar se ríe.

—Ké, ké, ké… Porque son unos inútiles. Hay cinco sitios donde es posible colocar un arma nuclear en una nave sin que pueda ser detectada fácilmente con algo tan sencillo como un detector de radiación. Cuatro requieren un amplio desmontaje, para el cual no tuvieron tiempo. El quinto es en el propio reactor. Aunque quien quiera colocar un artefacto allí recibirá tal dosis de radiación que morirá sin remedio, incluso con un traje antirradiación. Pero los Kanil son unos cobardes. No hay ninguno capaz de sacrificar su vida para eliminarnos. Así que escondieron la cabeza nuclear en el único sitio donde no parecería estar fuera de lugar.

Tara ladea la cabeza, sorprendida.

—¿La armería? —aventura.

—Sí. Estaba activada, por supuesto. Dentro de cuarenta nanociclos habría explotado, volando la nave, y a nosotros con ella.

Palidezco. Ya me han intentado matar antes. ¡Pero usar una bomba atómica para hacerlo! Está visto que los extraterrestres se rigen por principios muy diferentes a los terrestres.

—¿Supongo que la habrás desactivado?

Me hace un gesto que casi parece de desdén, aunque estoy segura de que jamás haría eso ante su matriarca.

—Por supuesto.

Suspiro. Una vez más he logrado esquivar a la muerte gracias a mi nueva familia. Pero en este universo hostil está visto que vamos a tener que andarnos con mucho cuidado. Ya hay al menos dos razas que quieren vernos muertos.

—¿Y qué hacemos ahora?

—Tenemos que volver a *Punto de Encuentro*. Hay algunas cosas que tenemos que recuperar del nido. Tu gata. El autodoctor, puesto que es el único que puede curarte. Los equipos que les arrebatamos a los Tloc. Y luego tenemos que convertir nuestra cuenta corriente en mercancías negociables, cargarlas en la nave y salir corriendo. Pronto habrá un precio sobre nuestras cabezas. Si no lo ponen los Kanil, lo harán los Tloc. Hemos hecho demasiados enemigos.

Ojeo la pantalla principal, mirando la enorme nube de estrellas que forman el centro galáctico. En un universo tan grande, ¿a dónde iremos? ¿Dónde nos podremos esconder?

—¿Y después?

—Armaremos esta nave hasta que podamos enfrentarnos a cualquier nave que quiera atacarnos. Y una vez que estemos seguros de tener una defensa adecuada, nos dedicaremos a nuestro verdadero objetivo.

Me vuelvo y miro al enorme guerrero, extrañada.

—¿Nuestro objetivo? ¿Cuál?

Enseña los dientes. Aunque a otro le pueda aparecer amenazador, sé que, si no va acompañado de un gruñido, para su raza es en realidad una sonrisa.

—Llevarte con tu madre.

Estoy a quince mil años luz de mi hogar, en una nave de guerra alienígena, con dos enormes dinosaurios inteligentes. Pero de pronto casi me siento como si estuviera en casa.

Sobre la colección *En órbitas extrañas*:

En órbitas extrañas es una colección de historias sobre una niña que debido a un accidente en una nave estelar está perdida en el espacio interestelar e intenta regresar con su familia. Los relatos de esta colección ya publicados o a punto de publicarse son los siguientes:

Volumen 1:
1. La niña perdida
2. Primer contacto
3. El nido del Krogan
4. Los compradores del futuro
5. Rescate en el Infierno

Volumen 2:
6. El honor de los Krogan
7. El amuleto sagrado
8. Al otro lado de lo imposible
9. La venganza de los Tloc
10. La nave cantarina

Volumen 3:
11. Ecos de la Tierra
12. El corazón del Paraíso
13. La Diosa del Caos
14. La luz del cielo
15. En busca de los dioses

Las recopilaciones (volúmenes) están o estarán disponibles en papel y en formato electrónico. Los diferentes episodios se pueden también comprar por separado (sólo en formato electrónico).

Otros relatos del autor:
…Y se firmó la paz (ciencia-ficción)

Otros libros del autor:
Sofía y el Ángel Caído (novela romántica)
Lorraine y el lord impotente (novela romántica)

Sobre el autor:

Ramón Somoza (1956) nació en La Coruña, España. Escribe desde los 15 años, cuando vivía en Holanda.

Es informático de carrera, pero su experiencia cubre muchísimos campos. Ha trabajado como traductor, ha desarrollado software, desde sencillas aplicaciones web o de escritorio hasta sistemas corporativos, e incluso software para aviones de caza (Eurofighter). También ha trabajado en áreas de Fabricación y de Servicios, y en la línea de montaje del avión de transporte A400M. Se ha ocupado de modelado de datos, de negociación de contratos, de gestión de programas y también de inteligencia y desarrollo de negocio.

Ramón Somoza también ha participado en grupos de estandarización, tanto de software como de soporte logístico integrado. Ha participado en al menos una docenas de comités de este tipo y ha dirigido dos de ellos en la SAE y otros dos en la ASD.

No obstante, lo que le gusta de verdad es escribir. Dado que viaja muchísimo, aprovecha para escribir libros durante sus viajes. Habla correctamente cinco idiomas.

Si le ha gustado este libro, visite la web del autor en:

http://ramon.somoza.name

A este autor le encanta que sus lectores le escriban con comentarios, sugerencias o incluso simplemente para charlar. Puede contactar con él en:

Twitter: @RamonSomoza
Correo: ramon@somoza.name

Considere también la posibilidad de añadir una reseña en Amazon, Goodreads o cualquier foro literario para contarle a otros lectores cómo le ha parecido el libro.